講談社文庫

イクサガミ　人

今村翔吾

講談社

目次

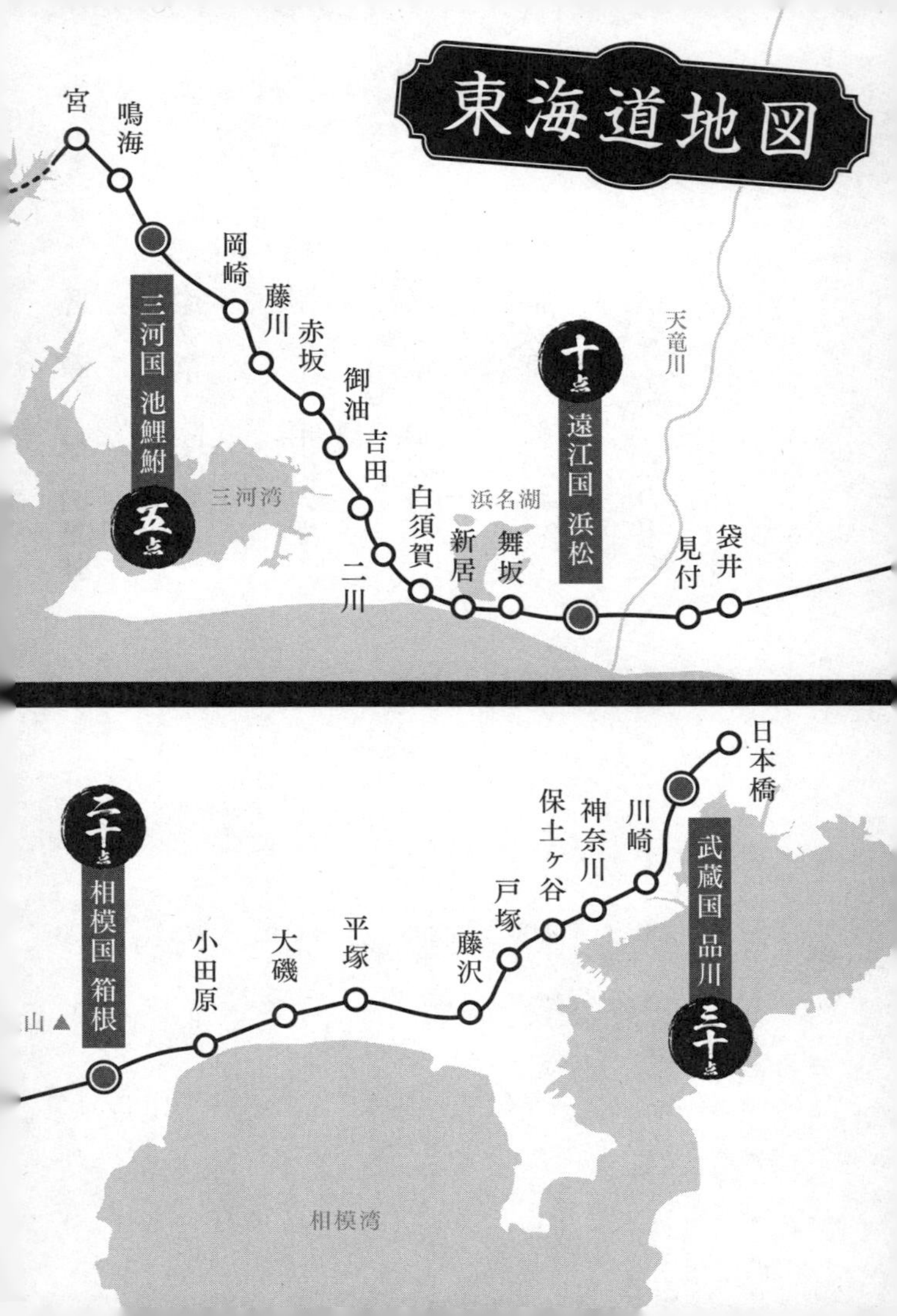
東海道地図
宮
鳴海
三河国 池鯉鮒
五点
岡崎
藤川
赤坂
御油
吉田
三河湾
二川
白須賀
新居
浜名湖
舞坂
十点
遠江国 浜松
天竜川
見付
袋井
日本橋
川崎
神奈川
保土ヶ谷
戸塚
藤沢
平塚
大磯
小田原
二十点
相模国 箱根
山
武蔵国 品川
三十点
相模湾

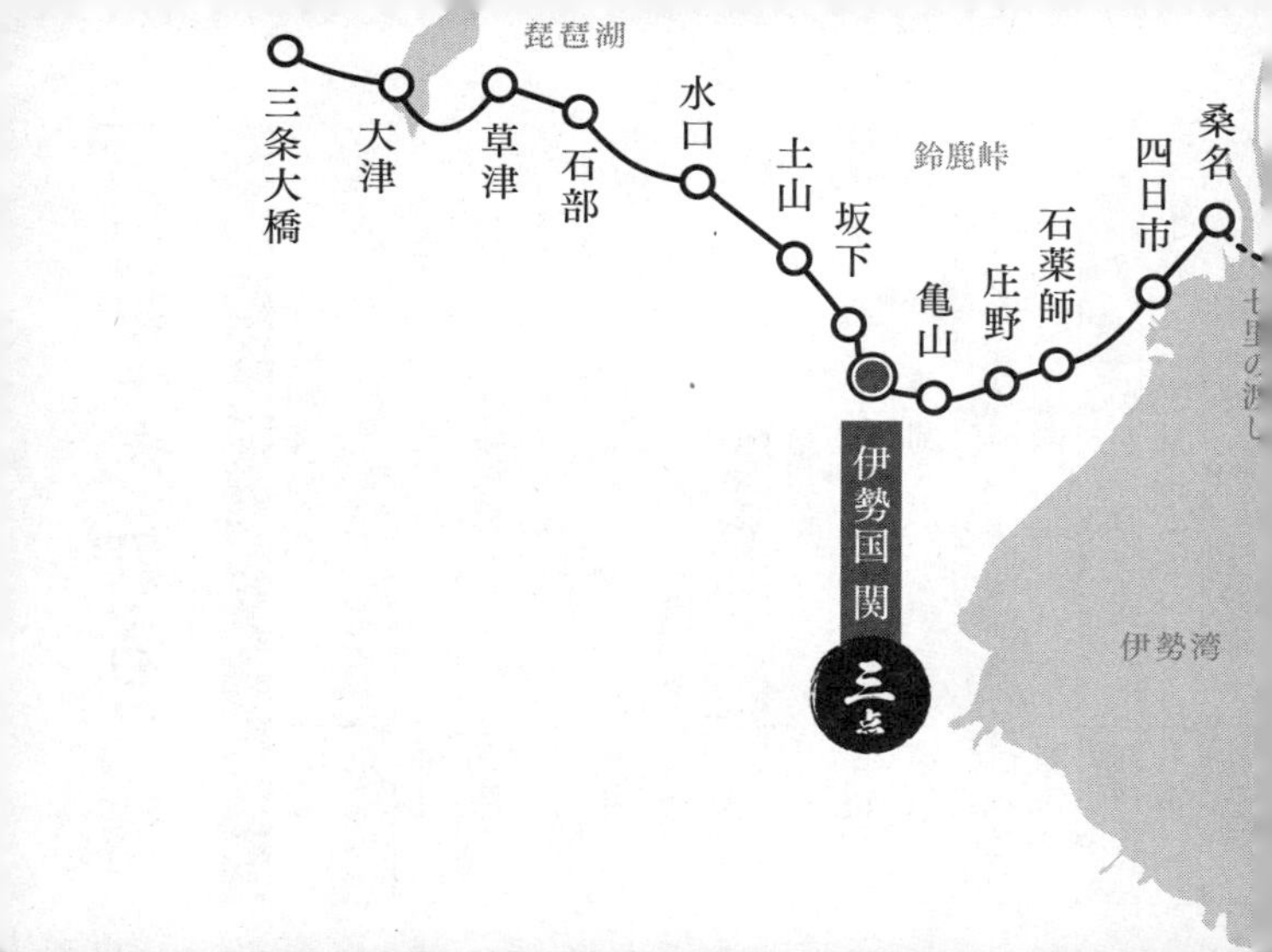
琵琶湖
三条大橋
大津
草津
石部
水口
土山
坂下
鈴鹿峠
亀山
庄野
石薬師
四日市
桑名
七里の渡し
伊勢国 関
三点
伊勢湾

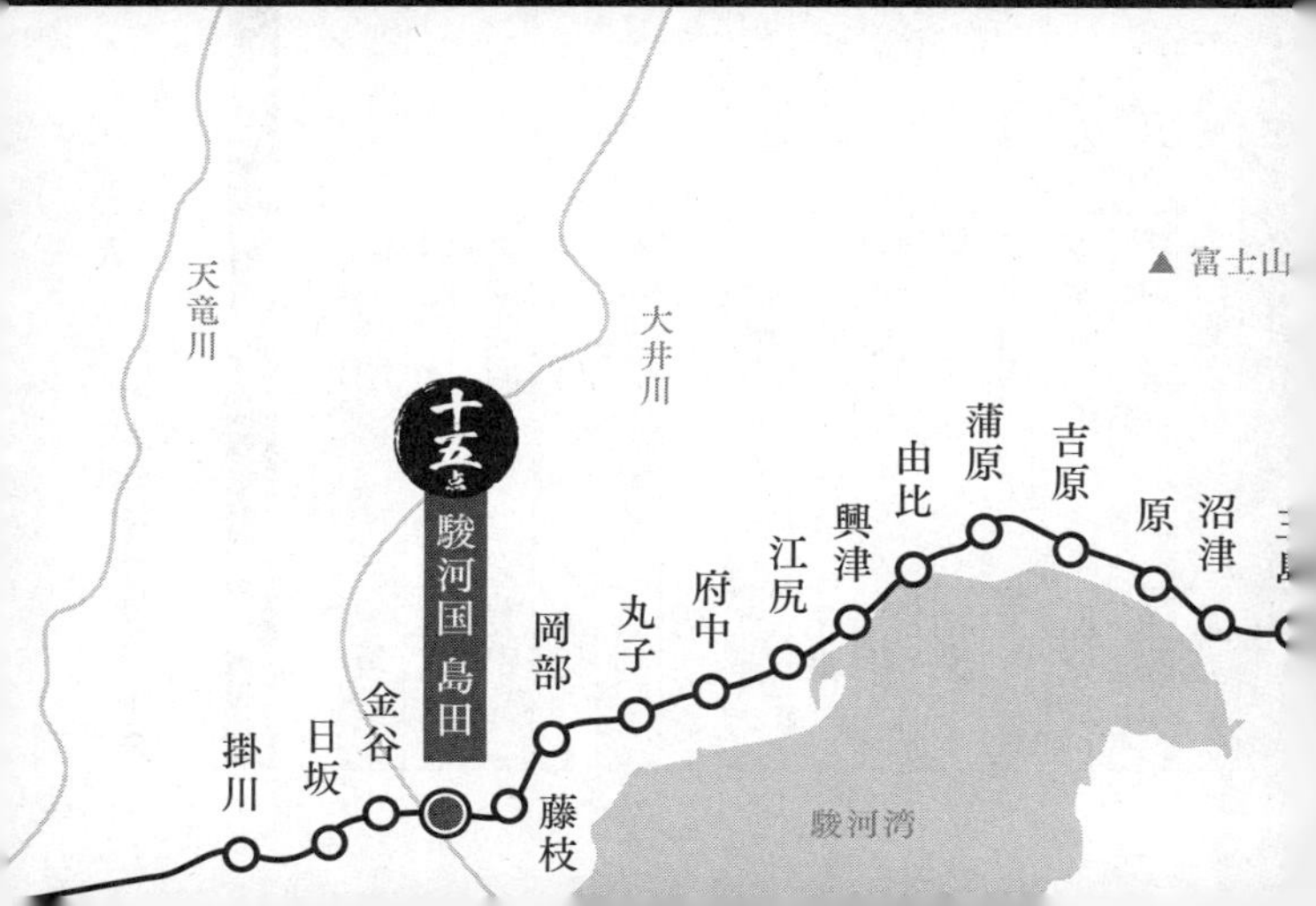
富士山
天竜川
大井川
十五点
駿河国 島田
掛川
日坂
金谷
藤枝
岡部
丸子
府中
江尻
興津
由比
蒲原
吉原
原
沼津
駿河湾

「蠱毒」参加者名簿

男　二百八十三人
女　九人

※本拠地は現在の地名

番号	名前	本拠地
一	軸丸鈴介	大分
二	三条音也	京都
三	蟹江仁	愛知
四	安藤神兵衛	京都
五	織茂敏九郎	神奈川
六	白崎克右衛門	福井
七	田中次郎（化野四蔵）	広島
八	三栖鍬助	和歌山
九	布村以徳	富山
十	十亀恰	愛媛
十一	伊刈武虎	東京
十二	納雁十郎	兵庫
十三	中西求馬	京都
十四	犬塚章八	愛知
十五	尾鷲孫太郎	三重
十六	野々口七郎兵衛	京都
十七	水津凪	山口
十八	山下音門	大阪
十九	菊臣右京	京都
二十	奥原此面	長野
二十一	岩坂衛守	大阪
二十二	苑田門弥	長崎
二十三	泉尾拓郎	奈良
二十四	中桐傭馬	岡山
二十五	山本丹下	千葉
二十六	蛯原男也	宮崎
二十七	松土悠平	山梨
二十八	柿花円樹郎	大阪
二十九	安楽弥二郎	鹿児島
三十	番場大悟郎	和歌山
三十一	安海錦	宮城
三十二	竹重祀留	山口

三十三	山崎狼一郎	福岡
三十四	刑部游軒	静岡
三十五	斎須数久	茨城
三十六	黄瀬篤之丞	滋賀
三十七	岸名参平太	神奈川
三十八	飯田七九郎	東京
三十九	鑓水紀一郎	山形
四十	岡副公典	三重
四十一	井垣南堂	兵庫
四十二	大洞清継	岐阜
四十三	千場銀次郎	石川
四十四	多久和諸領	島根
四十五	椋平諒四郎	京都
四十六	近石湖生	香川
四十七	都留重行	大分
四十八	宝蔵院袁駿	奈良
四十九	沼田大輔	群馬
五十	鎌苅与一	大阪
五十一	曽和狐八	和歌山

五十二	坊谷精五郎	京都
五十三	楠目浩也	高知
五十四	開原耕平	広島
五十五	桑子妙兵衛	群馬
五十六	武曾林之介	福井
五十七	尾関羽四郎	愛知
五十八	藍野糺	千葉
五十九	梁島貫政	栃木
六十	国領恵	滋賀
六十一	彦田勝司	東京
六十二	緒方源新	熊本
六十三	佐々木要一	愛知
六十四	麦倉樹	東京
六十五	保家和七郎	徳島
六十六	貫地谷無骨	福岡
六十七	木田源左衛門	大阪
六十八	堀籠丹六	宮城
六十九	正津文雄	福井
七十	八木澤駿	山形

番号	名前	本拠地
七十一	岩科万吉	静岡
七十二	浦久保秦造	奈良
七十三	船崎英治	富山
七十四	外舘真輔	岩手
七十五	中北通	三重
七十六	伊藤庄平	京都
七十七	梅北香室	鹿児島
七十八	暮林甲八郎	静岡
七十九	菱山一冊	東京
八十	末沢薫平	香川
八十一	礒江自然	鳥取
八十二	籠谷克実	兵庫
八十三	栗坂致衛門	岡山
八十四	郷間玄治	栃木
八十五	高水三郎左	東京
八十六	岡久仁九郎	徳島
八十七	鈴江蔵主	徳島
八十八	甘利義助	長野

番号	名前	本拠地
八十九	縄田朗吾	山口
九十	軍司雅	茨城
九十一	押部宇内	兵庫
九十二	ギルバート・カペル・コールマン	イングランド
九十三	陣内六蔵	佐賀
九十四	佐草安馬	神奈川
九十五	櫻井亮太郎	奈良
九十六	安東算倫	岐阜
九十七	雲川昌丞	大阪
九十八	斎朧之輔	宮城
九十九	柘植響陣	東京
百	百武匡光	佐賀
百一	秋吉大	福岡
百二	鯖戸千徳	三重
百三	垣見妙治	愛知
百四	指宿将殿	鹿児島
百五	蒲圭三郎	岐阜
百六	佐藤冬二	東京

百七	立川孝右衛門	石川
百八	嵯峨愁二郎	神奈川
百九	小櫃甚吉	埼玉
百十	肥塚半兵衛	兵庫
百十一	秋津楓	福島
百十二	古賀岩助	福岡
百十三	木村多聞	茨城
百十四	胡子尚人	広島
百十五	椎野滋正	神奈川
百十六	成富一波	佐賀
百十七	渋木豪	新潟
百十八	兎沢志津摩	秋田
百十九	上別府朗助	鹿児島
百二十	香月双葉	京都
百二十一	坂庭弦	群馬
百二十二	忽那壮一郎	愛媛
百二十三	隈部壬丸	熊本
百二十四	舟生晃	山形
百二十五	玉邑案月	福井

百二十六	山田助左衛門	埼玉
百二十七	江辺文内	大阪
百二十八	小北志堂	大阪
百二十九	辛島昇司	青森
百三十	鴨下蘭	東京
百三十一	阿蘇孝臣	熊本
百三十二	坂間雉松	神奈川
百三十三	香取景周	千葉
百三十四	徳留光貴	鹿児島
百三十五	甲藤夢之介	高知
百三十六	我満慈連坊	青森
百三十七	切中元成	徳島
百三十八	四方勘作	京都
百三十九	陸乾	中国
百四十	萱場雅楽	宮城
百四十一	強矢泰伸	埼玉
百四十二	岡部幻刀斎	京都
百四十三	中道正安	静岡
百四十四	阿比留吟	長崎

番号	名前	本拠地
百四十五	往西閑々斎	奈良
百四十六	歌川知憲	東京
百四十七	後舎詫一	大阪
百四十八	広実十内	山口
百四十九	虻川陣内	秋田
百五十	徳良玄太	山梨
百五十一	徳良庄二	山梨
百五十二	徳良三蔵	山梨
百五十三	愛生丞	新潟
百五十四	有島隆弦	鹿児島
百五十五	野路俊資	福井
百五十六	峪清記	和歌山
百五十七	葛山羊太郎	三重
百五十八	烏野次郎	大阪
百五十九	西慶	兵庫
百六十	轟重左衛門	静岡
百六十一	竿本嘉一郎	和歌山
百六十二	小作魁	東京

番号	名前	本拠地
百六十三	竿本勇次郎	和歌山
百六十四	伊橋晋	千葉
百六十五	五十君申芸	愛知
百六十六	薩川暁	静岡
百六十七	草山卯吉	神奈川
百六十八	衣笠彩八	大阪
百六十九	一倉弥元太	群馬
百七十	孫崎釜太郎	石川
百七十一	長南主尾	山形
百七十二	松宮一郎	埼玉
百七十三	今溝直也	長野
百七十四	鉄尾梁算	京都
百七十五	折笠十次	福島
百七十六	桐ケ谷堂軒	神奈川
百七十七	桃谷定庵	広島
百七十八	楼順	沖縄
百七十九	七里芳四郎	滋賀
百八十	米林知己	石川

百八十一	斉尾盤若	鳥取
百八十二	柴田庄三郎	富山
百八十三	郡山蝶介	鹿児島
百八十四	加古傑	愛知
百八十五	佐用弁心	兵庫
百八十六	石井音三郎	岐阜
百八十七	大成祥三	広島
百八十八	村野恭次	東京
百八十九	国領舜也	滋賀
百九十	柳楽馬介	島根
百九十一	温品粂作	山口
百九十二	類家五郎	北海道
百九十三	上条辰吉	長野
百九十四	宇根主税	広島
百九十五	高橋積男	東京
百九十六	加賀谷勝吉	秋田
百九十七	笠置公丸	大分
百九十八	中平胖	高知
百九十九	祇園三助	東京

二百	吉田直人	大阪
二百一	吉田生司	大阪
二百二	坂巻伝内	新潟
二百三	笹沼伊作	栃木
二百四	風見極人	茨城
二百五	五ノ井孫助	福島
二百六	宇垣万花	岡山
二百七	江間千太	静岡
二百八	鮫島鋏九郎	鹿児島
二百九	西方柳斎	新潟
二百十	忍田彦右	埼玉
二百十一	岡林勝久	高知
二百十二	妹尾億弥	岡山
二百十三	池松小源太	福岡
二百十四	赤星転助	熊本
二百十五	眠	台湾
二百十六	山口浪江	東京
二百十七	師岡鉄五郎	東京
二百十八	夏原出	滋賀

番号	名前	本拠地
二百十九	都田時之介	鳥取
二百二十	尾前傳一	宮崎
二百二十一	上米良尊	宮崎
二百二十二	天明刀弥	京都
二百二十三	尾前傳次	宮崎
二百二十四	黒木太進	宮崎
二百二十五	石引源九郎	茨城
二百二十六	柏瀬雷蔵	栃木
二百二十七	多田羅健至	香川
二百二十八	各務薫吾	岐阜
二百二十九	今井安宅	神奈川
二百三十	赤山宋適	愛媛
二百三十一	川本寅松	愛媛
二百三十二	油利乙造	京都
二百三十三	七種千鶴	長崎
二百三十四	押谷休道	滋賀
二百三十五	馬込荘八	石川
二百三十六	杉本吾一	大阪

番号	名前	本拠地
二百三十七	脇山定衛門	佐賀
二百三十八	池尻狛余	京都
二百三十九	磯和公堂	三重
二百四十	金子鷲朗	埼玉
二百四十一	二星経司	兵庫
二百四十二	久保寺知	神奈川
二百四十三	月東肇	愛知
二百四十四	松雪誠之丞	佐賀
二百四十五	上領鎌三郎	山口
二百四十六	森重次郎左衛門	山口
二百四十七	森重吉之介	山口
二百四十八	来田真人	兵庫
二百四十九	松本菊次郎	東京
二百五十	沖杉鋲弥	栃木
二百五十一	自見隼人	千葉
二百五十二	小林岱輔	千葉
二百五十三	神取忠三	愛知
二百五十四	井手早太郎	京都

二百五十五	県謙三郎	静岡
二百五十六	吉里佐内	熊本
二百五十七	犬童無二	熊本
二百五十八	阪井道之助	大阪
二百五十九	三箇吉家	富山
二百六十	横森右中	山梨
二百六十一	関根壮七郎	埼玉
二百六十二	瀬間さと	群馬
二百六十三	目方辰雄	滋賀
二百六十四	篠十兵衛	東京
二百六十五	黒見海衛門	鳥取
二百六十六	榎園潔	鹿児島
二百六十七	青鹿小文庫	埼玉
二百六十八	依光正遺	高知
二百六十九	狭山進次郎	東京
二百七十	朝永高秋	長崎
二百七十一	宇部捨助	岩手
二百七十二	鹿糠牧太	岩手
二百七十三	塩路倉鴨	和歌山

二百七十四	笹子票助	千葉
二百七十五	油布清高	大分
二百七十六	九島将監	秋田
二百七十七	カムイコチャ	北海道
二百七十八	横溝亙	神奈川
二百七十九	犬伏阿三坊	徳島
二百八十	竹葉拓	愛媛
二百八十一	村田譲二	大阪
二百八十二	氏井八十八	東京
二百八十三	芝池百太郎	大阪
二百八十四	鴻上和	愛媛
二百八十五	牛嶋願五郎	福岡
二百八十六	矢追友輔	奈良
二百八十七	大湯龍五郎	青森
二百八十八	安次嶺岳	沖縄
二百八十九	神門銅逸	島根
二百九十	阿久根国光	鹿児島
二百九十一	峰寛弥	長崎
二百九十二	蹴上甚六	宮城

イクサガミ　人

壱《イチ》ノ章　蠱毒蒸煮《こどくじようしや》

一

愁二郎《しゆうじろう》ははっと目を覚まして身を起こした。それと同時に全身に激しい痛みが走り、小さな呻《うめ》きと共に顔を歪《ゆが》めた。

「ここは……」

一瞬、此処《ここ》が何処《どこ》なのか判《わか》らなくなった。いや、違う。幕末の京《きよう》の、志乃《しの》に出逢《であ》ったあの日と錯覚してしまったのである。

「愁二郎さんが！」

双葉《ふたば》が目を潤ませて歓喜の声を上げる。そのすぐ近くには安堵《あんど》に胸を撫《な》で下ろす進《しん》次郎《じろう》。その向こうに襖《ふすま》の傍《そば》の壁にもたれ掛かった彩八《いろは》の姿もある。己は今、東京《とうきよう》に向けての旅の途中。命を奪い合う蠱毒の最中にいるのだ。

「この程度で死ぬたまじゃないと言っただろう」

彩八はぞんざいに言い放つが、口辺に小さな窪《くぼ》が出来ていた。これは彩八が安堵した時の癖であると知っている。

「俺は……眠っていたのか」

「覚えていないの？」

双葉はまた不安げな顔になって尋ねる。

「進次郎と共に掛川《かけがわ》を目指しているところまでは」

浜松《はままつ》郵便局で激しい攻防の後に脱出し、三つ先の掛川宿を目指した。とはいえ、街道を行けば目立ち過ぎるため、北から大きく回り込むことにしたのだ。夕陽《ゆうひ》に照らされる天竜川《てんりゅうがわ》を渡り、辺りが暗くなった頃に袋井《ふくろい》の北を通過した。そこまでは何とか記憶にあるが、以降は曖昧になっている。

「愁二郎さんは肩で息をしておられ、呼び掛けても返事はそぞろで……」

進次郎が振り返った。浜松郵便局を抜けた当初から息遣いは荒かったが、それは時を追うごとに酷《ひど》くなっていったという。

愁二郎もそのことは覚えている。相当な量の血を流していたこと、さらには京八《きょうはち》流《りゅう》の奥義を全開で酷使したことで、途中から躰《からだ》が鉛のように重くなっていった。

それでも少しでも浜松を離れ、一刻も早く掛川で双葉たちと合流しなければならない。愁二郎は懸命に脚を前にやっていたが、その辺りで限界を迎えたらしい。

「進次郎さんが」

双葉は掛川に到着した時のことを語った。亥《い》の刻、午後十時を過ぎた頃である。

――彩八さん。着きました。

彩八は禄存《ろくぞん》で繰り返す声を捉えて迎えに走った。そこには愁二郎を脇に支え、疲労困憊《こんぱい》の進次郎の姿があったという。

「まだ一里はあっただろう。よく運べたな……」

「いえ。意識はありませんでしたが、脚は前に出ていたので驚きました。だからこそ何とか来られたのです」

「助かった」

本心からの言葉である。浜松郵便局でもそうだった。進次郎がいなければ、己はここに辿《たど》り着いていなかっただろう。

「衰えたようには見えなかったけど」

彩八は視線を外しながら言った。

「当初は鈍っていたのは確かだ。随分と取り戻したように思うが……」

「それほどってことね」

彩八は溜息《ためいき》混じりに漏らした。

「ああ、強い」

貫地谷無骨《かんじやぶこつ》。浜松郵便局から抜け出した後、己の躰を確かめたものの射創は一つも無かった。軽い火傷《やけど》の他は、傷の全てが無骨に付けられたものであった。

実力が伯仲していたこと、無骨が義眼であること、それを取り外した時に何故《なぜ》かさらに強くなり圧倒されたこと。愁二郎は全てを手短に話した。

「火に巻かれて死んだということは？」

「判らない。だが……あの男こそ、あの程度で死ぬような気がしない」

「厄介ね。あんたが勝てないということは私も勝てない」

「そうだろう」

過信、虚勢、楽観は無用。冷静に敵の強さを量れ。師に幼い頃より教え込まれてきた。現段階の兄弟の実力は、四蔵《しくら》、愁二郎、彩八の順である。

「関わらないように行こう」

己と彩八の二人掛かりであれば、無骨を仕留められるかもしれない。が、確実とは言えない。また戦わねばならぬなら、東京で四蔵と合流してからのほうが望ましい。

「今は……何時ほどだ」

ならば猶更《なおさら》、早くここを発《た》つべき。障子が薄《う》っすらと青み掛かっており、夜が明けたことだけは確かだ。

「この旅籠《はたご》、珍しく時計がありました。見てきます」

進次郎は腰を上げた。時計は高価で、東京でもまだ普及していない。旅籠は時を気にする者が多いからか、最近ではちらほら置いてあるところも増えて来ている。

「今は五時前ですね」

間もなく戻って来て、進次郎が報じた。

「すぐに発とう」

愁二郎は立ち上がった。

浜松からの追手を気にしているだけではない。大久保利通《おおくぼとしみち》が命を狙われているのだ。四蔵が向かったものの、一刻も早く己も東京に入るに越したことはない。

他にも進次郎は未《いま》だ黒札を所持しており、参加者にこちらの場所が筒抜けになる。これを手放すためには、島田宿《しまだ》にまで行かねばならない。しかもこの時に最後尾ならば、失格となってしまうのだ。

加えてさらにもう一つ。白須賀《しらすか》宿と新居《あらい》宿の間で出逢った西洋人、ギルバートは、

――五月二十日までに横浜《よこはま》を抜けたほうがいい。

と、語っていた。その日、英国からの要人が多数横浜港に入る。故に警備が厳重となり、武器を携帯しての通過が極めて難しくなるからだ。

本日は五月十三日。まだ猶予はあるものの、それは常の旅の話。蠱毒の最中であることを鑑みれば、決して悠長には構えていられない。

「もう支度は出来ている」

彩八が手甲《てっこう》に指を通しながら言った。

「お前がいてくれてよかった」

もし昨夜に敵の襲撃があったならば、双葉は命を落としていたに違いない。いや、この掛川宿にすら辿り着けなかっただろう。彩八はこちらの礼には何も触れず、

「……早くして」

と、愛想なく急《せ》かした。

掛川宿の旅籠を出たのは、五時二十分過ぎのこと。まだ夜の残滓《ざんし》で景色は青み掛かっており、往来にもほとんど人通りは無かった。

「愁二郎さん、大丈夫……？」

宿場を出る頃、双葉が不安げに訊《き》いた。

「心配ない。随分と寝た」

愁二郎は微笑《ほほえ》みを返した。蠱毒が始まって以来、深い眠りに就くことは一度も無かった。昨日、かなり眠ったお陰で躰に力が戻っているのを実感している。

「傷は……」

「縫ってある」

「進次郎さんが？」

双葉は驚きの表情になった。

「ああ……言っていなかったか。愁二郎さんが自分で……」

進次郎は顔を顰《しか》めた。昨日、天竜川に差し掛かる直前、改めて躰の傷を確かめた。一ヵ所だけ骨には達していないが深い傷があり、月灯の下、自ら縫合したのである。

「よく持っていたね」

彩八が感心したように言った。

「必要になるかもしれないとな。戊辰《ぼしん》の頃はずっと持っていた。それも……」

妻の志乃がそのように勧めてくれたから。戊辰の戦いでは幾度となく役に立ったものだ。此度《こたび》も最悪の事態を想定し、荷の中に入れていたという訳だ。

──志乃や十也《とおや》の具合はどうなのか。

そのことを考えない時はない。きっと自身も辛《つら》いのに、今の己を見たら自分のことはそっちのけで心配するのだろう。これしきのことで倒れる訳にはいかなかった。

「心配ない」

愁二郎は双葉に向けて言うと、白金を溶かしたように滲《にじ》む東天に向け、もう一度同じ言葉を小さく呟《つぶや》いた。

次の島田宿まで三里四十三町。決して急がずとも昼までには到着するが、一つ大きな問題があった。島田宿を通過するための、
──点が足りない。
のである。浜松宿を通過した時点では、愁二郎、双葉、響陣《きょうじん》、進次郎の四人で六十一点を保有していた。しかし、四蔵を東京まで走らせるために十九点を渡した。これによって残り四十二点。
さらに響陣は敵の本拠があると思われる富士《ふじ》山麓に向かった。富士山に行くには島田宿を越えねばならない。首の札を含めて十五点が必要である。残りは二十七点。島田宿を通過するためには一人十五点が必要で、今のままだと十八点不足している。

札が足りないのは彩八も同じ。彩八は十二点で浜松を抜けたので、あと三点足りない。つまり四人で島田宿までに二十一点も集めねばならないのである。

「もう島田までは遠く無い」

掛川宿から島田宿までは僅か三里余。間には日坂《にっさか》宿と金谷《かなや》宿の二つだけ。ここまで来ているということは、基本的には皆が少なくとも十点持っている。それでもこの短い間に、二人以上から札を奪わねばならないのだ。歩みながら相談をしている中、

「黒札を割れるのって、確かめる前なのかな？」

と、双葉がぽつりと漏らした。

「あっ……」

進次郎は小さく吃驚《きっきょう》し、彩八は溜息を漏らして前髪を掻《か》き上げた。

「確かに。それ次第でさらに厳しくなる」

愁二郎は小さく舌を打った。双葉に言われるまで気が付かなかった。進次郎が首にしている「黒札」は十九点分であり、島田宿まで割ることが出来ない。これが島田宿で札を検める前か後かでも話は大きく違ってくる。

前者ならば先に計算したように二十一点で足りる。しかし、後者だったならば、進次郎の余る分を振り分けられないので、さらに四点が必要となり、合計二十五点が必

要となってくるのだ。

たった四点だがこれは存外大きい。二十一点ならば運よく十点以上を持つ者が一人含まれていれば、二人を倒すだけで島田宿を突破出来る。二十五点となれば二人では足りない可能性が極めて高くなる。

「三人だね」

幼い頃から常に最悪の事態を想定することを教えられてきただけに、彩八はすでに腹を決めている。

掛川宿から一里十九町の日坂宿に入った。日坂宿は本陣一軒、脇本陣一軒、旅籠三十三軒、八百人足らずが暮らす小さな宿場である。そのため人通りも決して多くはなく、三助《さんすけ》のように気配を消すのに余程長《た》けている訳でも無い限り、手練《てだ》れが近くにいれば気付くはずである。

「しかし……全く気配がないな。どうだ？」

今や禄存を身に付け、己よりも遥《はる》かに気配を探るのに長けた彩八に向けて訊いた。

「いや、いない」

宿場の声を聞いている限り、殺伐とした会話は皆無。二人組以上ではなく、単独の場合を考えても、やはりそれらしい者はいないという。これまでは次の宿場に着く度に蠱毒参加者らしき者を見掛け、その間にも度々襲撃を受けて来たのだ。ここに来て急に途絶えたことを訝《いぶか》しんでいる中、愁二郎の脳裡《のうり》にとあることが過《よ》ぎった。

「そうか……一体、今は何人残っている」

「なるほど。少し考えさせて下さい」

進次郎は商い下手の父を支えて奮闘してきただけあり、計算には自信があるらしい。眉間に指を添えながら続けた。

「まず天龍寺《てんりゅうじ》での参加者は二百九十二人でした。浜松宿を抜けるには最低でも十点が要ります」

「つまり二十九人ということか」

今まで考える余裕も無かったが、思っていた以上に減っていることに吃驚した。

「いえ、もっと少ないはずです。四蔵さんはすでに三十点。響陣さんも十五点を持っています」

つまり二十九人のうちから二人、二百九十二点のうち四十五点はすでに場から消えていることになるという。進次郎はさらに言葉を続けた。

「そこから彩八さんの分も含め、私たちが持っている三十九点も抜けば、残りは二百八点となります」

「つまり俺たち以外に二十人……」

「それが最大です。十点以上持っている者も必ずいる。ましてやもうすぐ島田宿ともなれば猶更。実際は十七、八人。それよりも少ないかも知れません」

仮に十八人だとすれば、別行動の四蔵や響陣を含めても、蠱毒参加者はもう二十四人しか残っていないことになる。

蠱毒が始まった当初は目を瞑《つぶ》っていても参加者に当たった。むしろ回避するのが難しかったほど。これがまず蠱毒の第一の局面。

そこから数が絞られていき、強者に対抗するために徒党を組み、協力と裏切が繰り返されたのが第二の局面。そして今、数は三十人を割ったことで、

――参加者と遭遇するのが困難。

と、いう第三の局面に入っているらしい。

「遭わないはずだ」

この日坂宿も含めてまだ二十五の宿場が残っている。その中で二十数人。しかも己たちのように未だ徒党を組んで動いている者がいれば、さらに遭遇する確率は低くなる。ここからは札を集める為《ため》、むしろこちらから参加者を探し求めねばならない。

「本当に十八人だとすれば、私たちが戦えるのは十五人になる」

彩八が神妙に付け加えた。

「ああ、そうだな」

まず甚六《じんろく》は戦うことはない。

さらに現時点で逆に遭遇してはならない者が二人いる。一人は貫地谷無骨。現在、生死は不明であるが、生きているならば関わらないと決めたばかりである。

そしてもう一人が岡部幻刀斎《おかべげんとうさい》。この理由は明快。四蔵がいても劣勢を強いられた。今の一行では勝てる見込みが一厘も無いからだ。この三人を除けば、狙えるのは十五人しかいない。

「他の人も同じかも……」

双葉が再び口を開いた。己たちと同じように札が足りていないのに、参加者と邂逅《かいこう》出来ずにいる者がいるということ。十分に考えられる。

「まずいな」

「うん」

愁二郎が零《こぼ》すと、すぐに彩八が同調した。

「どういうこと？」

双葉は怪訝《けげん》そうに二人を交互に見た。札が足りないまま辿り着いてしまう者が続出する。中には道中での札の獲得を諦め、後続を待ち構える者もいるだろう。そうして、島田宿には残りの蠱毒参加者が溢《あふ》れ返ることになる。

「島田宿で殺し合いが始まる」

愁二郎は低く言った。双葉は頬を引き攣《つ》らせ、進次郎は愕然《がくぜん》とした表情になった。蠱毒が始まってから天龍寺以来の乱戦になる。しかもあの時は弱者から一枚でも札を奪えば境内から出られたのに対し、今度はここまで生き抜いた手練ればかり。煮詰めに煮詰めた蠱毒という様相を呈するはずだ。

「それが解《わか》った今、考えるべきは二つ。一つは島田宿に出来る限り早く着くこと」

後になればなるほど罠《わな》を仕掛ける者も増えるし、事前に徒党を組まれてしまう危険も大きい。さらに無骨や幻刀斎も札が足りていない場合、奴《やつ》らが到着するまでに札を奪取して島田宿を抜けたい。

「もう一つは？」

彩八は冷静な口調で訊いた。

「島田宿までに札を得る」

最も良いのは島田宿に到着した時点で、四人分の六十点を確保していること。すぐに札を検めさせて、修羅となる宿場を抜けられる。

くのである。

「いや、お前達は、浜沿いを行け。俺は敢《あ》えてゆっくりと一人で行く」

東海道《とうかいどう》を外れれば、敵に会う確率も低くなる。そして、己は時を掛けてこのまま行くのである。

「なるほど。甚六にも会えるかもしれないしね」

「ああ、それも狙いだ」

蠱毒に参加している最後の兄弟、蹴上《けあげ》甚六の動向は未だ知れぬ。もし合流して協力出来たならば、これほど心強い男はいない。

「危ないですよ！」

進次郎が慌てて止めた。単独行動となれば危険は伴う。それに進次郎が拳銃を手に入れたとはいえ、三人のうちで手練れは彩八だけになってしまうのだ。

「どう思う」

愁二郎は彩八に向けて諮った。彩八はまた溜息を一つ漏らし、

「それが最良じゃない」

と、答えた。双葉たちを守るにあたり、最も警戒すべきは奇襲である。しかし、禄存がある限りそれは防げる。彩八もそれを理解している。

「二人を頼む」

「何時？」

愁二郎の言には答えず、彩八は短く訊いた。何時に、島田宿で合流するのかという意味である。

「午後四時までには島田宿に入る。過ぎたらそういうことだ」

その時刻までに入らなければ、己は死んだものと思えということだ。

「解った」

双葉たちを守ることに抵抗を示すかと思っていたが、彩八はあっさりと了承してくれた。島田宿での乱戦を回避出来るならば、やる価値はあると思っている証左であろう。

「後で会おう」

心配そうに何度も振り返る双葉に、愁二郎は頬を緩めて手を上げてみせた。

*

上米良《かんめら》尊《たける》は堂上を見つめながら薄っらと笑みを浮かべた。槐《えんじゅ》と名乗った男が語ったことは突拍子もないことであり、周囲の者は明らかに動揺している。しかし、尊はこのような事態も想定していたからである。

尊が故郷の飫肥《おび》で豊国《ほうこく》新聞なるものを手にしたのは、今から約二月前の三月の初めであった。まず考えたのは誰かの悪戯《いたずら》ということ。それにしては上質の紙を用いており、インクもしっかりと乗っていた。何よりかなりの枚数が出回っている。悪戯にしては些《いささ》か手が込み過ぎている。

次に頭を過ぎったのは、何者かが士族を集めて反乱を企図しているということ。昨年は西南《せいなん》の役《えき》があったばかり。この宮崎《みやざき》県でも戦はあったし、旧飫肥藩の者も飫肥隊として反乱に加わっている。しかし、反乱を企てるのならば秘密裡に動くはずで、このような派手がましいことをする意味が無い。

——真《まこと》なのかもしれない。

尊は次第にそう思い始めた。半信半疑である。だが、十万円という大金ならば賭ける価値はある。人生を取り戻すには十分な額である。

安政《あんせい》元年（一八五四年）、尊は上米良家の嫡男として生まれた。上米良家は代々馬《うま》廻《まわり》を務めており、禄高《ろくだか》は百石。五万一千石の飫肥藩では上士の家柄である。

飫肥藩の藩校である振徳堂《しんとくどう》では文武共に教える。尊は七歳になった頃から通い始めると、瞬く間に頭角を現し、

――上米良の子は神童よ。

と、家中でたちまち噂《うわさ》となった。尊もまたまんざらでもなく、同年代の者たちを引き連れて得意になっていたのは確かである。が、それは長くは続かなかった。尊が振徳堂に通い始めてから三年後、学問で己を上回る者が出現したのである。

名は寿太郎《じゆたろう》と謂《い》う。僅か十八石取りの下級武士、小村《こむら》家の長男である。寿太郎は一つ年下。尊が入った翌年には入学していたが、当初は学問についていくことが出来ず、意に介することなどなかった。しかし、寿太郎は何をしたのか、二年でめきめきと力を付け、尊を一気に追い抜いてしまったのである。

以降、尊も一層学問に励んだものの、再び追い越すどころか、その差は開く一方であった。寿太郎の勢いは留まることなく、成績優秀者にしか認められぬ学費免除、入寮も前倒しで認められ、飫肥藩きっての学者である小倉処平《おぐらしよへい》からも、

――寿太郎はやがて天下に名を馳《は》せる。

と、最大限の賛辞を受ける始末。一方、己はというと、最初だけだっただの、上には上がいただの陰口を叩かれるようになった。

乱れつつある世にあっては、学問よりもむしろ剣術こそが必須。尊はそう自分に言い聞かせて剣術に磨きを掛けた。

元々、才はあったのだ。剣術では同門の追随を許さず、寿太郎とて全く歯が立たない。しかし、寿太郎は何度倒しても、諦めることなく挑んで来る。そのような寿太郎が腹立たしく、尊は青痣《あおあざ》が出来るほど打ちのめしたものである。

やがて戦が始まった。飫肥藩は強大な薩摩《さつま》藩と接しており、その動向に付き従うほかない。尊は戊辰の戦の頃は十五歳。一応、戦には出たものの、飫肥藩そのものが後方支援を務めていたため、磨いてきた剣術を使う機会も訪れることはなかった。

明治《めいじ》四年（一八七一年）、廃藩置県により飫肥藩は飫肥県に。同年中に都城《みやこのじょう》県に吸収される。明治六年（一八七三年）、その都城県も美々津《みみつ》県と合併して宮崎県に。さらに明治九年（一八七六年）、宮崎県は鹿児島《かごしま》県に組み込まれた。遂《つい》に名実ともに薩摩に吞《の》み込まれた格好である。

それもあって明治十年（一八七七年）の西南の役にも加わることになる。寿太郎を絶賛したあの小倉処平が一隊を率いて奮戦したが、やがて腹を切って果てた。

凄《すさ》まじい勢いで変わりゆく明治という時代。尊は如何《いかが》であったか。端的に言えば、

――何も変わらないまま。

であった。いや、むしろ悪くなっている。飫肥県の役人を旧藩士の中から選ぶとなった時、人妻に手を出していたことが運悪く露見して採用されず。三百石の家老家と

の縁組も破談となった。両親からも勘当されて弟が家督を継いだ。

家からは厄介払いの金が渡されたのみ。それを元手に商売を始めたが上手《うま》くはいかない。やがて尊は唯一自信のある剣術にものを言わせて、用心棒のようなことをするようになっている。まさに踏んだり蹴ったりである。

一方、あの寿太郎はどうなったか。明治三年（一八七〇年）に学問が認められて上京。大学南校《だいがくなんこう》、今の東京大学に入学。次席の成績を修めて、今では米国のハーバード大学に留学している。帰国の折には政府の要職に就くと目されており、人々は飫肥の誇りだと褒めちぎっている。

「このような筈《はず》では無かった……」

尊は幾度となく零した。何処でこれほどまでに差が生まれたのか。己が薩摩の出身であったならば。あと少し早くに生まれていれば。あの人妻が言い寄って来たからだ。せめて露見していなければ。ほんの火遊びなのだから旧藩士の連中も見逃してくれてもよいではないか――。尊は己の不運を呪い続けて生きて来た。

が、ここで幸運が巡って来た。一発逆転。十万円もあれば一生遊んで暮らせる。

――馬鹿め。

尊は周囲の者たちを見渡した。どの者も阿呆面《あほうづら》で唖然《あぜん》としている。己はこの者たちと違う。十万円が真ならば、それ相応の危険があると想定して備えをしてきている。

尊が咳《せき》払いを一つすると、近くの三人が小さく頷《うなず》く。一人は振徳堂の同門で、これまた不遇を託《かこ》っている黒木太進《くろきたしん》。そして、用心棒仲間の尾前傳一《おまえでんいち》、傳次《でんじ》の兄弟。彼らに豊国新聞を見せ、共に行こうと誘ったのである。

槐が言うこの遊び。やがて徒党が出来ていくことだろう。しかし、端《はな》からの四人組は稀《まれ》に違いない。この時点でかなり有利にことを進められる。

――ものが違うのだ。

尊は鼻を鳴らして目配せをした。先刻、札が配られた。尾前傳一が二百二十番、己が二百二十一番、尾前傳次が二百二十三番、黒木太進が二百二十四番。

間の二百二十二番、徒党だということも知らず、己たちの間に茫《ぼう》と突っ立っていた男。開始と同時にまずこの者から仕留めるという合図を送ったのだ。

この男、随分と若い。戊辰の時は子どもだったはずで、実戦の経験は無いと見て間違いない。大方、何処かの道場で剣を齧《かじ》って勘違いした輩《やから》であろう。いや、道場での経験もほとんど無いだろう。その証左に憎らしいほどの涼やかな顔には傷一つ無かった。恐れから放心しているのか、人形を彷彿《ほうふつ》とさせるほど虚《うつ》ろな目をしている。

「さあ、始めましょう。では皆様、東京で……いや、あの日に消えた江戸《えど》でお待ちしております！」

槐が諸手《もろて》を掲げて開始を告げたその直後、

「やれ！」

と、尊は仲間に命じつつ自らも抜刀した。

「え……」

尊は素っ頓狂な声を出して固まった。何が起きているのか理解が追いつかない。傳一と傳次の首が転がってぶつかり、兄弟で向き合うようにして止まっている。黒木は刀を抜こうとした右腕を切り落とされたが、絶叫する間もなく頭を割られて柘榴《ざくろ》の如《ごと》くなっている。

「え、え、え……何が――」

それ以上、言葉も出なかった。景色が歪んだかと思うと、次の瞬間には地が見えていた。事態を把握すべく必死に眼球を動かす。そこには見慣れた己の両脚があった。

ずっと解っていた。己は自らの才を驕《おご》り、寿太郎は懸命に努力をした。その差なのだと。だからこそ今から取り返す。その筈であったのに――。

「これ？」

氷の如く冷たい声と共に、己の札を拾う美しい手が見えた。それを最後に暗黒が迫ってきて視野を埋めていった。

＊

日に一度、正午に行う会議の場において、川路利良《かわじとしよし》は開口一番で、

「明日になる」

と、宣言した。部屋に銘々の感嘆の声が満ちる。三菱《みつびし》の榊原《さかきばら》、住友《すみとも》の諸沢《もろさわ》、三井《みつい》の神保《じんぼ》、安田《やすだ》の近山《ちかやま》、それぞれが財閥の将来を担うと嘱望される有望株である。今回の蠱毒計画に必要な経費は彼らの財閥より出ている。とはいえ、財閥の社主はこのことを知らない。万が一、失敗した時に累が及ばぬようにするためである。つまりその時の責は全て彼らが被《かぶ》る。彼らは失脚するどころか、大袈裟《おおげさ》ではなく命すら危うい。

一方、成功した時には、彼らだけではなく、子々孫々まで財閥での地位が確約されるだろう。中には今回のことを皮切りに、財閥の乗っ取りを目論《もくろ》む野心家までいる。そのような重要な賭けであるが故、彼らが前のめりになるのも納得出来る。

近山は嘆息を漏らして言った。

「あとは前島《まえじま》ですな。その足取りは？」

「浜松郵便局を脱したのは確かですが、その後の足取りは杳《よう》として知れません」

己が露骨に苦々しい表情となったからか、これには傍らに立つ秘書長の平岸《ひらぎし》が答えた。

浜松郵便局で一網打尽にするつもりだった。しかし、これに関しては向こうが上手だったと言わざるを得ない。いや、こちらが甘く見ていた。

軍に加え、抜刀警官隊を送り込んだ。その中には剣撃大会で三位、四位の上位者である標《ほくそ》と樹《うてな》、東六市《あずまろくいち》と五泉悠馬《ごせんゆうま》も含まれている。さらにはあの貫地谷無骨も懐柔してぶつけたことで、必ずや鏖《みなごろし》に出来ると思っていた。

しかし、結果は軍、警官共に多数の死者と怪我《けが》人を出して、前島らを取り逃がしてしまった。生き残った者の証言に拠《よ》ると、東と五泉は為《な》す術《すべ》もなく斬られたという。貫地谷無骨も行方不明。浜松郵便局の焼け跡に屍《しかばね》が無かったことから脱出したらしい。あの凶人のことだから、気を取り直して蠱毒を楽しんでいるところだろう。

「大久保さえいなければ、前島などは物の数ではない」

所詮、大久保の腰巾着である。このことを他の政治家に告げたとしても、誰も信じはしない。大久保が死んだことで錯乱し、陰謀論に憑《と》りつかれたとしか思われないだろう。実際に行っている己でさえ、蠱毒は未だに荒唐無稽に思えるのだ。

「難局は乗り越えたということで、いよいよ蠱毒の本領が発揮されますな」

榊原は気の早いことで、嬉々《きき》として言った。前島は蠱毒を催した訳を、不平士族、特に暗殺に長けた達人を一網打尽にするためだと考えているはず。確かにそれも理由の一つではある。

だが奴らを葬り去るだけならば、軍を誑《たぶら》かして動員し、天龍寺に集めた時に斉射で殺してしまえばよいのだ。蠱毒の真の狙いは別にある。

「相応《ふさわ》しい者たちが残っております。一度、ご覧になりますか？」

平岸が諂ると、四人はいずれも卑しい笑みを浮かべて頷いた。出身、年齢、性格は違えども、これだけは同じなのはおかしなものである。

「前島に与《くみ》した者ども、行方知れずの貫地谷無骨も含め、現在残っているのは二十三名。こちらになります」

平岸は残った者の名簿を一人ずつに配り、四人は食い入るように見始めた。

一番　　　軸丸鈴介
七番　　　化野四蔵
十一番　　伊刈武虎
二十四番　中桐傭馬

四十八番　宝蔵院袁駿
六十六番　貫地谷無骨
八十四番　郷間玄治
九十二番　ギルバート・カペル・コールマン
九十九番　柘植響陣
百八番　嵯峨愁二郎
百十一番　秋津楓
百二十番　香月双葉
百三十九番　陸乾
百四十二番　岡部幻刀斎
百六十番　轟重左衛門
百六十八番　衣笠彩八
百八十六番　石井音三郎
二百十五番　眠
二百二十二番　天明刀弥
二百五十一番　自見隼人

二百六十九番　狭山進次郎
二百七十七番　カムイコチャ
二百九十二番　蹴上甚六

「郷間《ごうま》玄治《げんじ》……宇都宮《うつのみや》の熊か⁉」

一番先に口を開いたのは榊原であった。

「ご存知でしたか」

平岸は針のような目をさらに細めた。

「俺は小山《おやま》藩の出身。下野《しもつけ》……栃木《とちぎ》では知らぬ者はおらぬ豪傑だ」

旧宇都宮藩士で身丈六尺五寸の巨漢であるという。宇都宮戦争では銃弾を躰に受けつつも、大金槌《おおかなづち》を振り回して奮戦してそのような綽名《あだな》が付いたという。

「軸丸《じくまる》……軸丸……聞いたことがあるぞ」

諸沢が記憶を喚起するように眉間を指で叩く。

「大分有終館《おおいたゆうしゅうかん》の出身。人斬り河上彦斎《かわかみげんさい》の最後にして最強の弟子と言われた者です」

「そうだ。警戒すべき者の名で見たのだ」

川路が少し話してやれと目配せすると、平岸は意を汲《く》んで話し始めた。

「他にも中桐傭馬《なかぎりようま》は元岡山《おかやま》藩士で直猶心流《ちょくゆうしんりゅう》中興の祖、井上猶心斎《いのうえゆうしんさい》の直弟子。生きているかのように鎖鎌を操り、これまで強敵を討って来たと報告を受けております」

平岸は咳払いをしてさらに続けた。

「宝蔵院袁駿《ほうぞういんえんしゅん》は大和興福寺《やまとこうふくじ》の僧で、かの胤舜《いんしゅん》の再来とまで言われた槍《やり》遣い。自見隼人《じけんはやと》は元久留里《くるり》藩士で、直心影流《じきしんかげりゅう》剣術と武衛流《ぶえりゅう》砲術の共に皆伝。ヤタガン式を用いています」

「ヤタガン式……？」

近山が怪訝そうに呟いた。

「オスマン帝国が用いていた銃剣です。幕末にも用いていた諸藩があったとか」

平岸は丁寧に答えて次の人物へ進めた。

「石井音三郎《いしいおとさぶろう》は元郡上八幡《ぐじょうはちまん》藩士で、あの凌霜隊《りょうそうたい》の副隊長を務めた男です」

「思い出した！　今武蔵《むさし》と呼ばれた男だ！」

神保が唐突に声を上げる。

「その通りです。今も二刀を用いてここまで生き抜いて来ました」

平岸は頷いて言葉を継いだ。

「この轟重左衛門《とどろきじゅうざえもん》は元幕臣で伝習隊《でんしゅうたい》です。剣の腕前は相当なもので、当時から恐れられておりました。上野《うえの》戦争で砲撃を受けて聴覚を失っているとのこと。それでここまで来ているのですから驚きですね」

「この伊刈武虎《いかりたけとら》は……あの伊刈組の?」

榊原は再び目に留まった名を口にした。

「左様。東京で今最も恐れられている博徒の頭です。金さえ払えば必ず殺す。皆様の中にも使った御方がおられるのでは?」

平岸が口角を上げて尋ねた。自身が直《じか》に依頼したことはなくとも、心当たりがあるのか視線を逸《そ》らす者もいる。

「しかし、この中にあって博徒とは見劣りがする……まず消えるでしょうな」

神保はそのように見立てたが、平岸は首を横に振った。

「この伊刈武虎。百二十九番の辛島昇司《からしましょうじ》を討ちました」

「あの新選組《しんせんぐみ》のか……序盤は猛威を振るっていただろう」

辛島昇司は新選組の生き残りである。慶応《けいおう》元年(一八六五年)四月の募集で加わり、いきなり百四十八人中三十二席。二番組伍長《ごちょう》を務めるほどの腕前であった。蠱毒前半では草津《くさつ》宿で奇襲を返り討ちにし、水口《みなくち》宿を過ぎた辺りで三人を同時に仕留め、石薬師《いしやくし》宿では猛者を仕留めた。まず東京まで残るだろうと話題に上っていたのだ。しかし、御油《ごゆ》宿を過ぎたところで伊刈と対峙《たいじ》。顔の原形が無くなるほどドスでめった刺しにされて死んだという。

「恐ろしい男だ……それにしてもよく調べたものだ」

神保は舌を巻いた。

「調べに長けた者は多く抱えていますので。しかし、それでも摑《つか》めぬ者もちらほら。特に外国の者などは来歴がよく判っておりません」

ギルバートは英国人、陸乾は清《しん》国人ということしか判っていない。外国とは異なるが、カムイコチャもアイヌ民族の者ということ以外は不明であるという。

「そして、恐らくはもう一人」

平岸は最も近くの近山の名簿を指差した。

「これは……何と読むのでしょう。ねむ、ねむり……みんですか？」

「ミフティと呼ぶようです」

眠。天龍寺で自身の名としてその一文字を記したという。この者に付く樒《しきみ》いわく、日本語を喋《しゃべ》らないし、理解もしていないようであるという。これが滅法強い。たまたま対峙したのが猛者ばかりとなったが、その全てを難なく討ち果しているらしい。そして、最も驚くべきことは、

「手を触れずに殺したことがあるとか」

「馬鹿な。妖《あやかし》でもあるまいに」

「さて……どうなのでしょう」

平岸が薄く笑み掛けると、近山は悪寒が走ったように身震いをした。

「女もいるのか」

榊原は話を転じて舌を打った。この男、これまでも女を見下す言動が多くあり、今もそれが表に出ている。

「はい。まず件《くだん》の嵯峨《さが》愁二郎と共にいる香月《かつき》双葉。嵯峨の妹という衣笠《きぬがさ》彩八。さらに秋津楓《あきつかえで》。これは薙刀《なぎなた》を用いる会津《あいづ》の――」

「会奸《かいかん》の女か」

榊原は大袈裟に鼻を鳴らした。幕末、長州《ちょうしゅう》藩を中心に会津藩をその蔑称で呼んだ。これはもう一つの蔑称と一緒に呼ぶことが多い。それが川路の出身である薩摩を指す薩賊《さつぞく》。如才ない諸沢は連想させまいとしたのだろう。慌てて話に割って入った。

「女は三人ということですな」

「いえ……もう一人」

「何ですと……それらしい名は見当たりませぬが」

「つい先ほど話しました。眠は女です」

先刻、如何《いか》に強く、如何に奇怪であるかを話したばかり。それが女だったということに皆が衝撃を受けて息を呑《の》む。いや、その女だけではない。蠱毒でここまで残っているのは、大なり小なり化物染みた者たちばかり。それを痛感したのだろう。

「他にもこの岡部——」

平岸が話を続けようとしたその時である。扉が勢いよく開いて男が飛び込んできた。これも秘書の一人で常岡《つねおか》と謂う者だ。

「何だ」

平岸が眼光鋭く睨《にら》み付ける。

「大変です」

常岡の声は震え、顔面も蒼白《そうはく》となっている。

「言え」

四人の前であるため躊躇《ためら》っているので、川路は短く促した。

「何者かが……ここを目指して向かって来ます」

常岡の報告に四人がざわめく中、川路は眉一つ動かさずに訊いた。

「何処まで来ている」

この洋館は富士山麓の樹海の中にある。背後は富士山に守られており、樹海には大量の人を配して半円状に警戒線を布いている。洋館に近いところから甲、乙、丙、丁の四重の厳戒なものである。

「現在、丙を突破され……乙まで……」

「もはや間違いないな」

誤って迷い込むような地ではない。敵と疑いようはない。

「槐はどうした」

川路は絞るように訊いた。槐は蠱毒参加者に付いている監視、己たちが、

――木偏。

と、呼ぶ者たちを統括している。天龍寺で参加者に掟《おきて》を説明し、蠱毒開始の口火を切ったのもまた槐である。その槐は今この洋館に詰めており、電報で各地の木偏と繫《つな》ぎを取りつつ、護衛の統括も担っている。

「前線に出て差配を執ると」

「それほどか」

槐がそうしなければならぬほど事態は逼迫《ひっぱく》している。そこまでになると相手は軍で間違いない。前島の働きかけによって動いたのだろう。しかし、怪訝なのは銃声の一

発も聞こえてこないことだ。

剣に優れた者を選《よ》りすぐったのか。いや、それもまた考えにくい。軍は平民出身者が大半であり、剣の扱いに長けた士族は警視局に集まっている。残る可能性としては、圧倒的な人員で攻め寄せたということくらいである。

「数は」

川路は低く訊いた。

「それが……槐が言うには恐らく……」

常岡の歯切れ悪く、川路は脚を揺すりながら迫った。

「早くしろ」

「一人ではないかと……」

「何だと」

川路は思わず机に手を置いて立ち上がった。平岸も俄《にわ》かには信じられぬといった様子、他の四人に至っては絶句している。部屋の中に静寂が訪れ、ようやく音が耳朶《じだ》に響いた。断末魔と思《おぼ》しき悲鳴である。

弐《に》ノ章　忍びの響き

＊

——伊賀《いが》者。

遥か昔、織田信長《おだのぶなが》が本能寺《ほんのうじ》で横死した際、神君家康《いえやす》公は伊賀路を抜けて国元まで逃げ遂《おお》せた。その時に護衛を務めたのが伊賀の忍び。家康はその功績を認め、望む者は家臣として召し抱え、また伊賀に残る者には褒美を与えた。家臣になった者の子孫が、幕府が開かれた後にそのように呼ばれるようになった。

「忍びは千里を駆け、手裏剣を投げる！」

泰平の世、多くの講談師たちがそのように吹聴した。中には水の上を走るだの、火を噴き出すだのと派手な講釈を垂れる者もいた。

当初は庶民もそれを信じていたが、徐々に実態を明らかにする学者なども現れ、忍

びの技は地味なものだと知られていった。何より実際に関わることがあれば、

——ああ、それは無い。

と、皆が解ってしまうのだ。

伊賀者は四組ある百人組の一つとして組み込まれた。御役目は江戸城の大手三門の警備。甲賀《こうか》組、根来《ねごろ》組、二十五騎組の他の百人組と交代で務める。各組与力が八十石、同心が三十俵二人扶持《ぶち》程度である。甲賀、根来はまだ譜代ではあるが、伊賀は抱《かかえ》席の身分。組屋敷《くみやしき》の庭に畑を作り、内職をせねば暮らしていけぬほど。粗末な着物、常人と変わらぬ身のこなし、うだつの上がらなそうな風体、どれをとっても講談の中の忍者とはあまりに乖離《かいり》しているからである。

確かにそうだ。但し、八割方は。残りの二割足らずは影では真に、

——公儀隠密《おんみつ》。

の御役目を担っているのである。

そのような伊賀同心の一家、柘植《つげ》家に響陣は生まれた。

「お主……誰かに教えて貰《もら》ったのか」

響陣が五歳の頃、初めて眼前で銑鋧《せんけん》を投げた時、父は絶句して顔を覗《のぞ》き込んだ。五発投げて全て的の中心に命中したからである。

い。

「遊んでいただけです」

母は二歳の時に病で死んだ。父は凡庸な忍びではあったが、隠密は常に人手不足のために常に方々に駆り出されている。響陣は男女一人ずつの奉公人が世話を見る。あまりに退屈で石を投げて遊んでいたことはあるが、それが修練になったとは思えない。

「鳶《とび》が鷹《たか》を生んだのかもしれぬ」

その後、様々な忍びの技を教える中で、父はことあるごとに言っていた。どうも天賦の才を持って生まれたらしい。

柘植家の門を叩いた者があったのはその翌年である。

「ま、真に仰せですか!?」

父は信じられぬといったように目を瞬《しばた》かせた。

与力の中にも忍びはいる。百地《ももち》家、坂入《さかいり》家、音羽《おとわ》家の三家のみ。歴代当主は突出した忍びであり、各家に奥義、秘伝のようなものを有している。

そして、その世代で最も優れた者が差配を執る。幕府の役目上はその上に組頭がいるが、隠密としての伊賀者の惣領《そうりよう》になる訳である。

当代の惣領を務めるのは音羽家。その当主は、

——音羽源八《げんぱち》。

と、謂う。その源八が訪ねて来て、

「倅《せがれ》を俺の弟子にしたい」

と、申し出たのである。

各家の持つ秘技を流出させぬため、与力が同心から直弟子を取ることは皆無であった。有り得るとすれば養子にするのみ。父も当初は養子の話かと考えたが、源八はそうではないと首を横に振る。故に仰天したのである。

「今一度、お尋ね致します。真に養子でなくてよろしいのでしょうか……」

父は恐る恐る尋ねた。音羽家は他の二家に比べて圧倒的に養子が多い。源八の場合は先代の実子であるが、音羽家歴代の半分以上が養子。これは音羽家の秘技が、生まれながらの素質に大きく影響するかららしい。

「よいのだ」

源八は理由を何も語らず、響陣本人に訊いた。

「響陣、どうだ」

「お願い致します」

響陣は即答した。憧れの惣領の弟子になれることが嬉《うれ》しい。ただそれだけの理由だったのかもしれない。

「よし、では今日から俺の弟子だ」

源八は精悍《せいかん》な頰を緩めた。その笑みは影を生きる忍びとは思えぬほど爽《そう》やかで、蒼天《てん》を彷彿とさせたのを、響陣は今でもはきと覚えている。

源八の屋敷でとある少女を見かけるようになったのは、修行に入って一年経《た》った春のことであった。響陣が気にしているのを察したのか、

「おお、教えていなかったな。伊賀者の娘だ。当家で預かることになった」

と、源八は少女を招き寄せて紹介した。姓は沢村《さわむら》、名を陽奈《ひな》と謂う。齢《よわい》は響陣より一つ下の六歳だという。

「沢村……ですか？」

響陣は訝しんだ。伊賀組に属する全ての家を諳《そら》んじるようになっているが、その中に沢村という姓の者はいないからだ。

「陽忍だ」

源八が付け加えたことで合点《がてん》がいった。忍びは陽忍、陰忍の二つに大きく分けられる。陽忍は他国に庄屋《しょうや》、商人、職人、医師、あるいは武士として潜り込み、幕府に情

報を報《しら》せる。時には親から子へ、孫へと、数代に亘《わた》って役目を受け継ぐこともある。表の仕事があるため「陽」になる。

一方、陰忍は諜報《ちょうほう》、破壊、時には暗殺を行い、優れた忍術を体得している必要がある。闇から闇に紛れて暗躍するため「陰」の字が当てられている。江戸の伊賀組は全てこちら。つまり響陣も陰忍となるのだ。

「沢村甚三郎《じんざぶろう》殿を知っているな」

「あのアメリカ船の……」

陽忍の中にも優れた技を持つ者がいない訳ではない。その最たる者がその沢村甚三郎である。遥か祖先、沢村家は伊賀に残り、藤堂《とうどう》家に無足人という半農半士の待遇で抱えられていた。が、それは隠れ蓑《みの》で、内実は幕府の密偵をしていたのである。

嘉永《かえい》六年（一八五三年）、浦賀《うらが》沖に四隻のアメリカ軍艦が来航した。いわゆる黒船である。幕府は右往左往する中、伊賀組にとある任務が下された。

——黒船を探れ。

と、いうものである。急遽《きゅうきょ》のことで、源八を含め伊賀組の忍びは全て別の任務に当たっていた。そこで白羽の矢が立ったのが、陽忍ではあるが、陰忍をも遥かに凌《しの》ぐ実力者であった甚三郎であったのだ。

甚三郎は一世一代の役目だと奮起し、アメリカ軍艦に忍び込んだ。そして、重要機密と思しき二通の文書を揚々と持ち帰ったのである。

しかし、悲劇が起こった。いや、喜劇と笑う者もいる。甚三郎が持ち帰った文書の内容を翻訳してみると一通は、「音のしない川は水深がある」という諺《ことわざ》のようなもの。残る一通に至っては、「イギリス女はベッドが上手、フランス女は料理が上手、オランダ女は家事が上手」という戯言《ざれごと》のような文言だったのである。

甚三郎はその事実を知ると、赤面し、肩を落として項垂《うなだ》れ、さらには恥辱に身を震わせるほどだったという。江戸の伊賀組からは、陽忍などを使うからだと非難の嵐が巻き起こった。温厚な響陣の父でさえ、

「沢村のせいで」

と、歯軋《はぎし》りをしていたのを見ている。

これに対して全国に散った陽忍たちは、誰がやっても同じ結果になったと擁護して反発。二百数十年の泰平で初めて、陰忍と陽忍が対立する構図となってしまった。さらには甲賀組や根来組からは伊賀者も地に落ちたと侮られたことで、互いの責任のなすりつけ合いはさらに激化。源八は事態を重く見て収拾に乗り出した。

「その時にはすでに沢村殿は行方知れずとなっていた」

甚三郎は出奔。同時に十数人の陽忍が消息を絶ったことも解った。これが切っ掛けで、事態は急速に落ち着いていった。

「その沢村殿の娘だ」

甚三郎は任務が失敗に終わった後、人変わりしたようになった。眼窩《がんか》は窪《くぼ》み、その下には深い隈《くま》を浮かべ、その姿は幽鬼を彷彿とさせた。元来、誇り高い男だったのか、恥に殺されるのではないかというほど生活も荒《すさ》んでいた。

――何としても恥を雪《すす》ぐ。

と、何度も独り言を漏らし、やがて娘にも行く先を告げずに姿を眩《くら》ませた。妻は数年前に亡くしており、たった一人の娘である。その娘さえ眼中に入らぬほど、甚三郎は正気を失っていたらしい。それから間もなく源八は、

「俺が引き取る」

と、他の与力の反対を押し切って娘を引き取った。

「恥など……」

響陣は話を聞いて思わず苦笑を漏らした。忍びは道具と同じ。感情は殺せ。他者からの目を気にするなど最も愚なり。七歳の響陣でも教えられていることなのだ。

「我らは忍びの技を受け継いで来た。が、知らぬ間に武士になっていたのだろう」

他国に潜伏して、命が無ければそのまま裏の顔を隠して果てていく陽忍にとって、武士のように誇りという得体の知れぬものが支えになっていたのかもしれない。

「響陣、陽奈を頼む」

源八はそのように話を結んだ。それから響陣は陽奈を常に気に掛けた。同情ではない。師から命じられたからだ。響陣は幾度も話しかけるのだが、陽奈は頷いたり、首を横に振ったりするのみ。当初は口が利けないのかと思ったがそうでもなく、

「はい」

などと、短い言葉では返事をする。響陣としても、

――まあ、いいさ。

と、深くは考えなかった。源八は影の役目を持たない「表の伊賀組」の娘と同じ暮らしを送らせた。朝の内は手習いに出し、昼からは家の手伝いといったものである。

＊

陽奈が音羽家に来てから一年ほど経ったある日。陽奈がいつまで経っても手習いから戻らないと聞き、響陣は舌打ちをして迎えに向かった。

響陣がそこで見たのは、複数の子どもに囲まれている陽奈の姿。男が四、女が二。

いずれも己より年上。すでに忍びの技を習い始めている「裏の伊賀組」の子である。お前の父のせいで伊賀組が侮られているというように、陽奈に容赦なく罵声が飛んでいた。しかし、陽奈は一言も言い返さない。ただ項垂れているだけ。遂に何とか言えと、男の一人が拳を振り上げる。その時、響陣は駆け寄って手首を摑んでしまっていた。

「おい止めろ」

「あ……柘植の……こいつは俺たちの――」

「黙れ。次にこいつに絡んだら殺す」

皆の顔色が一気に蒼白に変じ、尻尾を巻くようにして逃げ出していった。

「行くぞ」

怪我をしていないかを確かめると、響陣は短く言って歩み始めた。陽奈もとぼとぼと後を付いて来る。

「助けを呼べばいい」

響陣は見逃さなかったが人目につきにくい横道だった。とはいえ、声を出せば誰かしらすぐに助けに来てくれたはずだ。

「そんなに俺と話すのが嫌か」

陽奈がうんともすんとも言わないので、響陣は舌打ちをした。

「ち、違う！　ほんまは――」

「あ？」

響陣は足を止めて振り返った。陽奈ははっとして口を押さえて俯《うつむ》く。耳たぶがほんのりと赤く染まっていた。

「上方訛《なま》りだからか」

「はい……皆様に……」

陽奈いわく、「表の伊賀組」の子女が通う手習いの場で、散々馬鹿にされているという。凡《およ》そ武士の子の話し方ではないと。

「どいつもこいつも。俺たちは武士じゃあない」

「でも……父上がその話し方はするなと」

甚三郎はやはり極度に恥辱を恐れる性質《たち》だったのだろう。江戸に出て来た時に陽奈に上方訛りで話すな、無理ならば口を噤《つぐ》めと命じたらしい。

「気にするな」

忘れろ。そう続けようとしたが、響陣は言葉を呑み込んだ。自家が幕府の忍びであることを知り、いきなり江戸に向かうことになり、父は任務の失敗で変貌してしまう。挙句の果てに父は失踪、見知らぬ家に預けられる。それらがたった数年で起こったのだ。陽奈が境遇を受け入れられないのも、父を忘れられないのも当然であろう。

「でも……上方訛りは……私一人だけやから」

陽奈は項垂れて細い声で零した。

「ほんま鬱陶しい奴や」

「え……もしかして貴方《あなた》も上方の……」

「ちゃうわ。俺はどの国の訛りも使えるように教えられてるだけや」

伊賀は山城《やましろ》や大和《やまと》と言葉が酷似しており、むしろ伊勢《いせ》とのほうが違う。響陣は伊賀訛りの上方言葉で即座に応じた。

「凄《すご》い……」

「二人なら気にせえへんか？」

響陣は項《うなじ》を掻きながら訊いた。陽奈はあっと小さな声を漏らして固まる。その目に涙が溢れて来て、弾むような頷きと共に散った。

「はよ、帰るぞ。俺は昼から修行や」

二人連れ立って歩み始めるとすぐ、陽奈が上目遣いに尋ねる。

「……いつもの手裏剣？」

「あほ、声が大きい。銑鋧や」

「あれって使い捨てんの？」

「一々拾えるか」

「幾らするん？」

「知らん。百文くらいちゃうか」

「勿体《もったい》なあ。一回投げたら蕎麦《そば》六杯やん。蕎麦投げたほうがええんちゃうの？」

「何処に蕎麦投げるやつおんねん。てかお前、ほんまはめちゃくちゃ喋るやんけ」

陽奈がくすりと笑うのを横目で見ながら、響陣もふっと息を漏らした。江戸の町に、武士の子に似つかわしくない上方訛りに振り返る者もいるが、家につくまで二人の会話が絶えることは無かった。


慶応元年（一八六五年）の春、大きな転機が訪れた。師である音羽源八に呼び出され、

「これにて修行を終える」

と、宣言されたのである。響陣は狼狽《ろうばい》して理由を迫った。

「御役目だ」

源八は多くは語らなかった。役目については誰にも語らないのが習わしである。それは仕方が無い。ただこれまでも役目で源八が江戸を離れることはあったのだ。

「まさか……」

「有り得る」

源八は否定しなかった。此度の御役目では、生きて戻ることは叶《かな》わないかもしれないということである。伊賀組隠密の惣領にして、今を生きる者だけでなく、百年に一人とまでいわれる忍び。その音羽源八をもってしても無事では済まぬことを覚悟する役目とは、一体どれほどのものか想像も付かない。

「帰るつもりではいる。万が一の時を思えばのことだ。幸いお主はすでに一人前よ」

源八は先々のことも全て教え終えており、今にでも幕命を受けて忍び働きが出来ると断言した。

「いえ、天之常立神《あめのとこたちのかみ》がまだ」

響陣は声を低くした。それは音羽家相伝の技。昨年、源八から伝授されたが使いこなせなかった。これだけは源八立ち会いのもとでないと修行すら許されていない。

「天之常立神は禁術とする」

「なっ……それだと技が絶えます！」

「絶えてもよい」

「私が不甲斐《ふがい》ないからですか……」

響陣は下唇を破れんばかりに嚙《か》みしめた。

「いや、お主は俺より優れている。それは間違いない」

源八が同じ年の頃より、響陣は全てにおいて勝っているという。源八は無用な世辞などを言う人ではないため真なのだろう。ならば何故、天之常立神だけは習得出来ないのか。源八は僅か一月で身に付けたというのだ。

「あれだけは生まれながらの相性がある。故に音羽家は適した者を探し当て、代々養子を取って伝授してきた」

「私は……」

「向かぬ」

源八は容赦なく断言した。

「師は向くとお思いだったから……私を弟子にして下さったのでは」

「いいや、違う。お前にただ教えたいと思ったからだ。研鑽《けんさん》の上に身に付けた我が技の全てを。あれは違う。それに……いずれにせよ次の世に我らの居場所はない」

「皆が武士になるということですか」

「それも違う。いずれお主にも解る」

「では、何の為に技を身に付けたのです」

「お上のためでなくともよい。お主が真に守りたいと思うものの為に使えば。これが師として最後の教えだ」

源八は出逢った時と同じような、抜けるような笑みを投げ掛けた。それから間もなく源八は出立し、もう二度と戻ることは無かった。

＊

慶応四年（一八六八年）三月、響陣は江戸に向けて東海道宮《みや》宿の雑踏を縫うように歩んでいた。源八が去ってから間も無く、十五歳の時に幕府より密命を受けて以降、これまで実に十九度の任務をこなした。その場所の大半が京。諸藩の動向を探るのが多いが、時には不逞《ふてい》浪士を人知れず闇に葬ったこともあった。

ずっと京にいる訳ではない。復命のために江戸に戻ることも多かった。そして、また命が下れば江戸を発つ。この二年余で十度は東海道を往復したことになる。

響陣は江戸に戻る度、音羽家の門を叩いた。源八は旅立つ前に家督を甥に譲っていたが、陽奈を丁重に預かるように厳命していた。それ故、陽奈は何不自由無い暮らし

を送ることが出来ている。響陣が新たな命を受ける度、

「今回は危なくないの？」

と、不安そうに尋ねる。危なくない任務など無い。それでも響陣は、

「ああ、心配いらん」

と、いつも軽い調子で答えるようにしていた。

いつからだろうか。今後のことを考えるようになったのは――。音羽家から源八の置手紙を受け取ったのは、響陣が初めて幕命を受けた時のことである。

これを読んでいるということは、己が戻ってはいないということ。初めての役目に臨む心構えなど、師としての言葉が書き連ねられていた。

そして最後に、陽奈はお主のことを快く思っている。もし、

――お主も同じ想《おも》いならば頼む。

と、結ばれていたのを読んだ時からであろう。陽奈も源八から何かを聞いていたのか、お互い口には出さぬものの、自然と、何となく、動乱が収まったならば、一緒になるのだろうと考えていたと思う。

その時はもうすぐそこまで来ている。それは薩長の破滅という形ではなく、幕府の崩壊という形で。響陣は薄々感付いていたものの、鳥羽伏見《とばふしみ》の戦いで敗れ、将軍が大《だんな》

坂城《さかじょう》を捨てて逃げ帰ったところで確信した。もはや、幕府が巻き返すことはないと。

京にいた己に帰還命令が出たのは、それから一月後のこと。幕閣は勿論《もちろん》のこと、伊賀組の如き端役に至るまで大混乱に陥っている証《あかし》である。頭が己に下した命は、

——江戸での決戦に加わって華々しく散れ。

と、いうものである。

「あほらし」

響陣は吐き捨てた。陽奈といない時も常に上方訛りである。京に潜伏する時が長かったからという訳ではない。今後はこれでいくと約束したのだ。それにこうして上方訛りを使っていると、離れていても繋がっている気がするのである。

「何でやねん」

独り言を零しつつ東海道を行く。それではまるで武士ではないか。己たちは忍びなのだ。最期の時まで命を惜しみ、役目を全うしようとすべきである。大昔、戦に駆り出されることはあったようだが、諜報、攪乱《かくらん》、破壊、暗殺などの影の役目が本分であり、武士のように光の当たるところで戦うものではない。

伊賀組は徳川《とくがわ》家に恩はあるものの、何代にも亘って命で報いてきた。戦には適当に参加して離脱すればよい。戦は間もなく終わる。その時には——。と、陽奈に打ち明

けようと江戸に戻ったが、響陣は音羽家を訪ねて絶句した。

半月ほど前、それまで行方知れずであった沢村甚三郎が急に訪ねて来て、陽奈と面会したいと申し入れたのだ。音羽家は先代源八の命に拠って拒絶。しかし、それから間もなく、陽奈は買い物に出掛けてから、戻らなかったというのである。

恐らく甚三郎が接触した。いや、陽奈からその機会を作ったのかもしれない。何かを話されて自ら付いていったのか。それとも拘引されたのか。

今は幕命が飛び交っており、音羽家としても多くの人手を割けなかった。それでも精一杯探したものの、その足取りは杳として知れないという。

「俺が捜します」

響陣は音羽家に告げ、その日から血眼で陽奈を捜し始めた。しかし、手掛かりさえ一向に摑めない。幾ら忍びであろうとも、江戸で一人を見つけるなど容易《たやす》くはない。新政府軍が近付いていることで、混乱する江戸市中ならば猶更である。

焦《じ》れながら探索を続ける中、遂に新政府軍がやって来た。四月十一日、江戸城は交渉により無血開城。想像より遥かに呆気《あつけ》ない幕府の終焉《しゆうえん》であった。

しかし、まだ江戸で戦が起こる危険が無くなった訳ではない。彰義隊《しようぎたい》が残っているからである。将軍の警固、江戸市中取締《とりしまり》のために結成されたこの隊は、江戸城を明け渡した後に解散命令が出たもののそれを拒絶した。

今では旧幕臣、諸藩の兵も続々と合流して三千を超えるほど。親王を擁して上野寛《かん》永《えい》寺《じ》に立て籠もり、新政府軍と一触即発の様相を呈している。

五月十四日、その彰義隊の中に、

——百数十の陽忍の姿あり。

という報が入った。陰忍は幕命に従って恭順の姿勢を取っている。中には彰義隊に同心すべきと主張する者もいたが、音羽家も含めた三家の与力が共に一喝したことで、勝手な振る舞いをする者は出なかった。

一方、陽忍はそれをよしとせず、彰義隊に加わっているというのだ。この二百数十年の間、陰忍こそ忍びの花形であり、陽忍は一等劣る存在であるとされてきた。黒船探索の任務が巡って来て、ようやく鼻を明かせると思っていた。が、盛大にしくじったことで、陽忍たちは強い無念を抱いていたのである。今、この時、最後の忍びとして戦に加わることで、陰忍たちを見返すという想いもあるのだろう。

「いるな……」

それほどの数の陽忍が集まっていれば、必ずやあの男もその中にいると確信した。そして、きっと陽奈の手掛かりを持っている。いや、むしろ失踪の原因であろう。

響陣はすぐに上野に向かった。新政府軍は明日にでも上野を攻撃する構えを見せており、もはや時も残されていない。彰義隊は間諜《かんちょう》が紛れ込むのを警戒している。響陣も彰義隊に志願する一兵卒として潜り込んだのである。

響陣の予想は見事に的中した。見つけたのは陽奈の実父、

――沢村甚三郎。

である。眼窩は窪み、頰はこけ、幽鬼の如き相貌であった。常に十数の陽忍と共にいる。全て討てぬではないが、あまりに目立ち過ぎる。すぐにでも訊問《じんもん》したい衝動を懸命に抑え、響陣はその時を待った。

五月十五日、新政府軍が上野に総攻撃を掛けた。江戸として最後、東京として最初、のちに上野戦争と呼ばれるようになる戦である。

戦が始まってすぐ、響陣は即座に持ち場を放棄。砲弾を掻い潜《くぐ》って、陽忍たちが集まる部隊へと急行した。

彰義隊は銃弾を雨の如く浴びて怯《ひる》んでおり、新政府軍はこの機とばかりに突貫を始める。響陣が陽忍たちのいる戦場に辿り着いたのは、まさにその瞬間であった。

躊躇いなく乱戦の渦中に飛び込む。己にとっては彰義隊も、新政府軍も関係ない。

が、新政府軍には己は彰義隊に見える。銃を向け、刀を振りかざし向かって来る。

「邪魔や、どけ」

短刀で喉を掻っ切り、苦無《くない》で心の臓を貫き、銃鎖を喰《くら》わせて道を切り拓《ひら》いていく。

やがて血刀を振り回す沢村甚三郎の背後に辿り着くと、首に手を回して低く囁《ささや》いた。

「来い」

喉に刃を当てている。それでも沢村は暴れようとするが、腹部に膝蹴りを入れて大人しくさせる。響陣は戦場の端まで引きずると、

「陽奈は」

と、怒気を滲ませた。

「音羽の者か」

「早よ、言え」

「柘植響陣……」

腐っても忍び。上方訛りの伊賀者が陽奈と親しくしていると、事前に調べていたのであろう。沢村は顔を見ずとも言い当てた。

「これが最後や。陽奈は――」

言い掛けた矢先、新政府軍の兵が向かって来た。両手が塞がっている。襟に仕込ん

だ細身の銑鋧を口で抜き、舌、唇、首を同時に遣って眉間を穿《うが》ち、

「何処や」

と、続けた。沢村は唖然としていが、響陣が腕に力を籠めたことで我に返った。

「……売った」

「は……」

一瞬、意味が解らなかった。ようやく理解が追いつくと、吐き気を催すほどの悍《おぞ》ましさで、響陣は握る短刀を激しく震わせた。

「仕方なかったのだ！」

沢村は正気を逸したかのように、目まぐるしく舌を動かした。

己たちこそ真の忍びであると示すため、陽忍たちで話し合って彰義隊に加わることを決めた。しかし、予想より遥かに多く集まったことで、隊が用意した武器などすぐに底をついた。陽忍たちの表の顔はよくて郷士。百姓、商人、職人として潜んでいた者たちばかり。武士に配られるだけで、陽忍たちには回ってはこなかったという。

火縄銃さえ調達出来ず、痩せた刀、襤褸《ぼろ》の装束で加わるほかない。だがそれではまともに働けぬ。華々しく死ぬことさえ出来ぬ。己たちはやはり何者でもなく死ぬしかないのかと慟哭《どうこく》している最中、陽忍の一人の妻が、

──私たちも共に戦います。

と、口を開いた。自らを売って銭を作るという。これに他の妻子も次々に続いた。

「それは美しき光景であったぞ」

沢村は美談として嬉々として語るが、響陣は茫然《ぼうぜん》となっている。耳朶は声を捉えているのに頭が追いつかない。

しかし、沢村には妻はいない。己だけが取り残されてしまう。それはまずい。黒船の失態を取り戻さねば。娘もとっくに捨てた。娘、娘、娘、いや音羽家にいることは知っている。陽奈は説得に躊躇ったものの、沢村が哀願を重ねると、

──はい。承知しました。

と、承諾したという。陽奈も含めて器量のよい女は、いずれも女衒《ぜげん》に売られた。沢村は仕方なかったと、これこそが忍びの家族の覚悟ぞと誇り、己に向けて勝ち名乗りを上げるかのように喚《わめ》いた。

「最後の忍びは儂《わし》らじゃ。陰忍どもめ、様を見ろ──」

「どうでもええわ」

響陣は冷ややかに言い放って背を押した。沢村が二、三歩よろめく。そこに銃弾が数発飛んで来て、そのうちの一つが沢村の脳天を撃ち抜いて血を散らした。

「腕の立つ者はこっちに来てくれ！　凄まじい人斬りがいる！」

「無理だ！」

別の場所を守る彰義隊が応援を請いに走って来たが、此方《こちら》も厳しいとすぐに拒否する。状況は相当厳しいはずだが、悪酒に酔いしれたような顔であるのが気持ち悪い。本当にどうでもよい。くだらな過ぎる。誇りなぞと言い出した忍びどもも、こうして憑《つ》かれたように殺し合う武士どもも。響陣は身を翻すと、血風を巻き起こしながら木々の狭間《はざま》へと飛び込んだ。

＊

明治十年（一八七七年）の秋、響陣はかつて新橋《しんばし》に住んでいた者たちのもとを訪ねて回り、

「如何に」

と、訊き込みを続けた。五年前の明治五年（一八七二年）、横浜と新橋の間に日本初の鉄道が開通。それに伴い、新橋に住んでいた人々は立ち退《の》きを強いられたのだ。

彼らの返答は大きく二つに大別される。長屋などに間借りしていたものは、場合によっては職まで変えねばならず、概《おお》ね生活は苦しくなっている。一方、土地を持って

いた者は多額の立退料を得て、豊かさに拍車が掛かっているという有様《ありさま》。このような話はあちこちに溢れている。明治になって格差はより開いていた。

何故、このようなことを聞いて回るのかというと、鉄道によって影響を受けた人々のその後を追えと上から命じられたのだ。響陣は東京日日《にちにち》新聞の記者となっている。上野戦争の後、世が目まぐるしく変わる中でも、響陣は陽奈をひたすらに捜した。明治を迎えてからも、今もそれは変わっていない。

とはいえ、捜し続けるにしても食っていかねばならない。柘植家の蓄えなどは僅か二年ほどで底を突き、瓦版売りで小銭を稼いでなんとか凌ぎつつ、少ない時をやりくりして陽奈の行方を追った。

そのような時、東京日日新聞が創刊。鉄道開通と同じ明治五年のことである。三人の創業者のうちの一人、落合幾次郎《おちあいいくじろう》という男が、

「お前なら申し分ないから手伝え」

と、誘ってきたのである。この落合幾次郎は表の顔は浮世絵師であったが、実は江戸市中に紛れた陽忍であった。陽忍とはいえ江戸に住まっていたことで、むしろ陰忍寄りの考えであり、彰義隊に加わる連中に対しても、

「馬鹿々々しい」

と、吐き捨てるのみで、自身はとっとと新しい世に生きる算段を始めていた。それが新聞社の設立であった訳だ。

幾次郎は響陣の事情も知っている。新聞記者ならば、仕事をしながら人も捜せると紹介してくれたのである。故に響陣はこのような取材を終えると、最後には必ず、

「このような女を知りませんか」

と、幾次郎の描いた精巧な絵を見せて陽奈を捜し続けた。

が、一向に見つからないでいる。腐っても元忍び。ならば難なく見つけられる。そのようなものは幻想である。仮にそうであったとしても、それは幕府が長年に亘って築いた諜報網の力があってこそ。一介の元忍びの力など高が知れている。ましてや今は未曾有《みぞう》の人流が生まれている時代。大きな砂漠で、しかも砂が動き回る中、たった一つの米粒を見つけるようなものである。陽奈は江戸と共に霧散し、この東京にはいないのではないか。諦めそうになることもあった。それでも響陣は今も、

「この人を知りませんか」

と、尋ね続けている。この九年、その問いに対しての答えは否ばかり。しかし、鉄道取材も終わりに差し掛かったこの時、遂に初めて、

「……知っているかも」

と、答える女が現れた。

「ほんまですか!?」

響陣は食い入るように訊いたので、女は自信を失ったように目を泳がせる。

「違うかも……でも、似ているかなと」

「違っても構わん。教えてくれ」

響陣が拝むように懇願すると、女はぽつぽつと心当たりを話し始めた。


陽奈は教えられたところにいた。しかし、会えたのは三日後のこと。すぐに向かわなかった訳ではない。三日後しか会えなかったのである。

その場所は東京。灯台下暗しということになるが、ここに限っては近付かなければ判るはずもない。花の牢獄《ろうごく》ともいうべき地、

——吉原《よしわら》。

である。響陣が華美な襖を開けると、そこには豪奢《ごうしゃ》な着物に身を固めた女が一人。こちらに背を向けて座っているが、顔をみずともはきと判ってしまった。

「陽奈……」

響陣が呼ぶと女は、いや、陽奈ははっとして身を翻す。

「……響陣……さん？」

陽奈はか細い声で不安げに尋ね、響陣は笑みを作って大きく頷いた。

「ああ、そうや」

その一言で、陽奈の目に一気に涙が浮かぶ。再会したから切り替えた訳ではない。この九年、己が拙い約束を守って来たことが伝わった。

「私は……変えてもうたのに」

陽奈は嗚咽《おえつ》を堪えるように口を結ぶ。今はあの日と同じ上方訛り。しかし、日々はすっかり廓《くるわ》に馴染《なじ》んだ話し方をしているらしい。

「そうか。でも上手いで」

「当たり前やん」

陽奈は指で涙を拭って口元をか弱く綻ばせた。

「帰ろか」

日が暮れて子どもを迎えにきたように、響陣は軽い調子で言って身を翻した。が、すぐに気付いた。陽奈は歩き出すどころか、立ち上がる気配も無い。

「あかんか……」

響陣は苛立《いらだ》つほど綺麗《きれい》な畳に歩を止めた。

「ううん。でも……行かれへん」

「どっちやねん」

響陣は苦笑しつつ振り返った。陽奈は俯き加減で零した。

「まだまだ借財が残ってる……」

「そんなもん踏み倒したらええ」

「追い掛けてくるで」

楼主はやくざ者を使ってでも追い掛けてくるだろう。それは御一新になっても何一つ変わっていない。

「何十人でも、何百人でも、捻《ひね》り潰したる」

「ちゃうねん……私は父上の分だけやなく、皆の分も返してる」

おかしいと思っていた。すでに九年が経っているのだ。余程、楼主が悪辣で吝嗇《りんしょく》でもない限り、とっくに返済が終わっていてもおかしくない。しかし、他の陽忍百数十人の売られた家族の分も、陽奈は返しているというのだ。

「なんでやねん……」

響陣は自身の髪を掻き毟《むし》った。

「父上が呼び掛けたから」

「そうやろうと思った」

響陣はぽつりと漏らした。誰が彰義隊に加わろうと呼び掛けたのか。陽奈の父、沢村甚三郎ではないかと推察していたが、やはり当たっていたらしい。真の忍びとして。幕府の恩に報いるため。そのようなお題目を並べていただろうが、甚三郎の本心は自身の恥を雪ぎたかったから。たったそれだけの為に、百数十の陽忍を扇動して巻き込んだ。さらに関係の無い彼らの家族に犠牲を強いた。それを陽奈も解っている。

「あと二十九人。やっとここまで来た」

「償いか」

「ううん、今も戦ってる」

陽奈は凛《りん》として言い切った。

たった一人でずっと戦い続けて来たのである。今、己が無理やり連れだしたところで、陽奈を真の意味で救い出したことにはならないと悟った。

「幾らや」

「一万円は残ってるはず……」

陽奈は借財を曖昧にしている訳ではない。本当に解らないのである。明治に入ってからというもの、恐るべき速さで金の値が高騰している。御一新の円、銭の通貨で借りたのならば、幾ら物価が上がっても関係は無い。しかし、彼らが借財をしたのは、金が用いられた両が通貨であった。つまりこれは金で借りたと見なされ、高騰と共に借財も膨らむことになるのだ。これもまた明治がもたらした弊害の一つである。

「何とか用意する」

「あかん」

陽奈は首を横に振った。巡査の初任月給が四円。大工の日当が約四十銭。響陣が東京日日新聞から貰っている給料は比較的良いほうだが、それでも月給十二円。何も口にせずに働いたとしても、返済まで約七十年も掛かる計算となる。今日、ここに来るのでも、僅かな蓄えを全て叩いたのである。

大店《おおだな》から盗むか、あるいは銀行を破るか。一万円もの大金を用意しようと思えば、それ以外の方法など無い。陽奈はそれを察しており、止めたのである。

「響陣は幸せに生きて」

陽奈は気丈に笑みを浮かべた。別れてから幾つもの夜を超えたが、それでも陽奈は何一つ変わらない。響陣は下唇を裂けんばかりに嚙み締めると、

「待ってろ。俺も戦う」

と、言い残して白粉《おしろい》の匂いが漂う部屋を後にした。

そうは言ったものの一万円を作るのは並大抵ではない。しかも全うな手段でとなると、皆無と言い切ってもよい。社主の一人でもある幾次郎に恥を忍んで相談すると、

「太政大臣の月給でも八百円なのだぞ」

と、愕然とした。東京日日新聞にそもそも一万円も無いし、仮にあったとしても、己一人の判断で貸し付けることは出来ない。本当に済まないと詫《わ》びられたが、何一つ謝る必要など無い。ただ己に力が無いだけ。明治になって必要とされるのは、金を生む技であり、忍びの技など何の役にも立たないのである。

響陣は金策に奔走した。食い物を減らして一銭、日雇いに出て一円、家財一切を質屋に入れて十円、柘植家の猫の額ほどの土地を譲って百円。しかし、全く足りない。陽奈には会社が貸してくれたと嘘《うそ》を吐き、やはり銀行を破るしかない。響陣が覚悟を決めようとした頃、

「おい。これを見ろ」

と、幾次郎が一枚の新聞を持って来た。

「豊国新聞……十万やと」

響陣は記事を食い入るように見つめた。

「しかし、十中八九、虚報だろう」

この間、東京日日新聞の他にも多くの新聞社が誕生しており、中には嘘八百を並べた質の悪いものも存在する。これもその類である可能性が極めて高い。幾次郎もそれを承知であるものの、どうしても気に掛かって持って来てくれたという。

「万に一つでも十分や」

響陣は静かに言い放つと、新聞を懐に捻《ね》じ込んだ。

一

鬱蒼《うっそう》という言葉がこれほど似合う場所も他にあるまい。深く歳《とし》を重ねた木々が、人を拒むようにどこまでも並んでいる。陽は今なお中天にあるはずなのに、枝葉が幾重にも頭上を覆って木漏れ日すらほとんど差し込んでいない。

柘植響陣は一陣の春風の如くその中を駆け抜ける。己だけではない。並走して樹海を疾駆する影が一、二、三、四――。数え出せばきりが無い。かなりの数である。

「止めろ!!」

木の上から男が吼《ほ》える。響陣は前を見据えたまま、声の元に向けて腕を振り抜いた。絶叫が樹海にこだまして、肉塊が地に落ちる鈍い音が響く。阿呆である。大声を出すなど、狙ってくれと言っているようなものだ。

その直後、眼前の岩陰から、ぬっと人影が突如として現れた。

「下手くそ」

響陣は噴き上げる鮮血を残して突き進む。身を捻って一撃を躱《かわ》しつつ、苦無で首を切り裂いたのである。隠れていた当人としては不意を衝《つ》いたつもりなのだろうが、並走する者たちの視線から、察しが付いていた。この者たちの正体は、

——忍び。

と、呼ばれる者。厳密には元忍びである。但しすっかり武士に、いや、警察官になってしまって腕が鈍っている者もいるらしい。

天龍寺で説明を受けた時から、主催者の中に元忍びが混じっていると感付いていた。すぐに動けるようにするための指の微動、身を翻す時の捩《ね》じるような踵《かかと》の動き、同じ出自の者だからこそ判る些細《ささい》な挙動で。

とはいえ、確実とは言えぬ。いずれも顔を布で覆っているし、全ての忍びを知っている訳ではない。同じ伊賀組とて皆とは面識が無いし、甲賀組、根来組、二十五騎組などに至っては、伊賀組には数さえ秘匿されていた。

響陣は確証を得るべく、山野へ分け入って監視者を振り切ろうとした。容易く振り切ることが出来たので、まず主催者の全てが元忍びではないことが判った。

「止まれ。柘植響陣」

鉛を落としたかのような低い声。響陣は再び銑鋧を放ったものの、何かで弾《はじ》かれたような甲高い音が響く。

「道を外れても失格とは聞いてへんぞ」

「御託を……」

声は左から聞こえた。が、気配は背後。響陣は振り返り様に銑鋧を放った。やはり声を残して後ろに移動しており、男は足を止めぬまま体を開いて躱した。

途中から変わった二人目の監視者、柙《はこ》である。これは身のこなしからすぐに判った。間違いなく忍び。それもかなりの実力者である。

そして、忍びらしからぬ自己顕示欲を抱いていることも推察出来た。わざわざ名を「柙」としたのがそれを顕著に表している。木偏に甲賀の甲。陰忍の数、質、共に伊賀組と双璧を成す、

――甲賀組。

の出身者であろう。大半が鈍っているのは明らかだが、中には明治になってからも

修練を続けてきたと思しき者もいる。この柙などがまさしくそうだ。

柙は刀を抜いて突進して来て、響陣は背走したまま短刀で応じた。白刃が幾度か細かく交わり、金物を撒《ま》き散らしたかのような音が森に鳴る。

「甲賀はその程度か」

響陣が吐き捨てると、柙の顔が即座に憤怒《ふんぬ》に染まった。やはり忍びにしては異様なまでに誇り高い男らしい。

柙が唸《うな》りと共に腕を振りかぶった刹那、響陣は脾腹《ひばら》に向けて短刀を繰り出した。これは身を捻って避けられたものの、即座に逆の拳で顎を撃ち抜き、胸を強《したた》かに蹴り飛ばす。響陣はその勢いを利用し、また前を向いて走り出した。

富士山南麓の何も無いはずの森。前島密《ひそか》ら駅逓局はそこから電信が頻繁に行われていたことを突き止め、ここが蠱毒主催者の本拠であると推察した。誰かがそこを衝くとなった時、愁二郎の志願を遮り、

——俺が一番向いてる。

と、響陣は引き受けた。樹海という場所の性質上、守りは恐らく己と同じ元忍びが担っているだろうと考えたからである。それは見事に的中していたということだ。

「腐るほどおるな」

響陣は蚊のなくほどの声で漏らした。これほどの数を急遽集められたとは考えにくい。警察は密偵に役立つとして、早くから囲い込んでいたのだろう。今、この時も並走する影が複数。進むほど数が増えていることで、この先に本拠があると確信した。

「丙も抜かれる！　槐殿に伝えろ！」

前方に立ち塞がった敵が四人。そのうちの一人が悲痛な声で叫ぶ。

「おるんやな」

響陣は静かに気炎を吐いた。今の一言だけでも多くが判る。敵は守りの布陣に甲や乙と名付けている。丙を抜かれたということは、己は乙の警戒線に入ったということで、もうかなり目的地に近付いていることを意味する。

そして、もう一つ。天龍寺で参加者に説明をしていた不気味な男、槐もこの先にいる。あれも元忍びではないかと考えている。しかもかなり上位、伊賀組でいうところの音羽家のような与力、上忍の家の者ではないかと。

「ここで止めるぞ！」

前方の敵が構えて一斉に投擲《とうてき》を始める。

「やってみぃ」

銑鋧、十字剣、三光剣、八方剣。手裏剣の形状まではきと見えている。今日は頗《すこぶ》る調子が良い。響陣は全てを躱してさらに足を速め、こちらも銑鋧を振りかぶった。

四人がぱっと左右に分かれた刹那、響陣も毬《まり》が跳ねるように斜めに飛ぶ。短剣で喉を――と、見せ掛けて腹を素早く二度突き刺し、さらに残る手で放った銑鋧で最後の一人を仕留める。

頽《くずお》れる敵の喉から、放った銑鋧をさっと抜き取ると、響陣は古木の幹を蹴って跳躍する。直後、蹴ったばかりの木に、啄木鳥《きつつき》が嘴《くちばし》を突くような小気味良い音が響いた。並走していた連中が投げた手裏剣が刺さったのである。

「道具が少ないぞ！　使わせろ！」

己が使った銑鋧を回収したのでそう見たのだ。敵の一人が仲間に向けて吼えた。

「勿体ないだけや。蕎麦六杯やぞ」

響陣は枝を摑んで、勢いのまま空に飛び出している。天地逆さまで銑鋧を放ち、宙で身を回して着地。耳朶で生々しい悲鳴を捉えつつ、即座に再び駆け出している。

左右に一人ずつ肉迫。右手に短剣、左手に苦無、高速で応酬を繰り返しながら、剝《む》き出しになった根が跋扈《ばっこ》する地を疾駆する。

「こいつ強い――」

右の男、皆まで言わせず、肘鉄で吹き飛ばした。左の男は雄叫《おたけ》びを上げて猛攻を仕掛けて来るが、響陣の二倍となった容赦の無い連撃に呆気なく地に沈む。

「当然だ」

「あの柘植響陣だぞ」

次いで襲い掛かって来た三人。その内、注意を呼び掛けた二人は、

「伊賀か」

と、響陣は看破した。甲賀組、根来組にも己の名だけは知れ渡っていた。しかし、この口振りはかつての身内。それに先に口を開いた方の声色には覚えがあった。

「中瀬重蔵《なかせじゆうぞう》かいな」

体格の良い男、いや、中瀬は舌を鳴らして刀を小刻みに振るう。三人の刃が纏《まと》わりつくのを、響陣は両手で巧みに凌ぎながら、さらに脚を旋風の如く加速する。

「速い――」

伊賀でない者が吃驚に声を詰まらせる。

「音羽源八唯一の弟子だ。天之常立神が来るぞ」

中瀬でないもう一人の伊賀者はさらに警戒を促す。

「誰を呼び捨ててんねん」

響陣は咄嗟《とつさ》に脚を止め、転がるようにして腿《もも》を斬った。ぐっと呻きを発したのが男

の最期の声となった。響陣は苦無を首の付け根から顎に向けて捻じ込んでいる。

苦無が抜けぬと瞬時に判断するや、またすぐさま疾走する。これほどの多数を相手にする場合、常に走っていなければこちらがやられてしまう。

——使えへんのや。

響陣は心中で吐き捨てた。音羽の秘技である。秘技という割には他の組にも知られているのは、音羽家累代が他人の前でも容赦なく使って来たから。知っていても真似《まね》られず、知っていても止められぬ。それが天之常立神である。

この絶技を習得しきる前に、音羽源八は己の前から姿を消した。まともに使えていたならば、これほどまでに苦労することはないのだ。

二

「一斉に掛かれ」

低く通る声が背を越えていく。柙である。再びすぐ後ろまで追いついて来ている。

木々の隙間から手裏剣が雨の如く飛んで来た。響陣がその全てを躱した時、腕に重いものが纏わりついた。中瀬が放った鎖分銅である。

「またかよ」

己の最大の弱点は腕力が乏しいこと。中瀬の怪力の前に躰がぐっと宙に浮く。中瀬は鎖をすかさず離すと、諸手で背後から抱えるように締め付けた。響陣は激しくもがくが、錠前が掛かったようにびくともしない。

「共にやれ」

中瀬は迷いなく言う。相手は柙。刃を掲げて僅か五メートル先まで迫っている。

「忍びなどもう終わったのだ」

抜けぬでも腕の中を回ることは出来る。響陣は身を細くして勢いよく旋回した。向き合う恰好《かっこう》となってぎょっとする中瀬に向け、響陣は低く言い放った。

「騙《かた》んな。呆《ぼ》け」

中瀬が鈍い絶叫を上げる。襟に仕込んだ針手裏剣を口で抜き、その目に向けて噴射したのである。中瀬の腕が緩んだ時を逃さず抜け出し、喉を下から縦に切り裂いている。深緑に紅《くれない》が舞う中、響陣は短剣を引き付けて柙を待ち構えた。

「お前を殺しても失格やないよな？」

「抜かせ」

白刃の乱舞が激突して甲高い音を撒き散らす。先刻は激情に付け込んだが、此度は

挑発には乗って来ない。凄まじい手数である。甲賀組、同世代、この腕前、思い当たるのは一人しかおらず、

「多羅尾譲二《たらおじょうじ》」

と、刃と共に名を投げ掛けた。

「今更か」

柙、多羅尾譲二は嬲《なぶ》るように鼻を鳴らす。甲賀組与力の多羅尾家。当主多羅尾千景《ちかげ》の庶弟は六歳で銑鋧術を、八歳で偸盗《ちゆうとう》術を、九歳で格闘術を修め、十二歳で初任務として暗殺をこなした。多羅尾家はこの天才を得たことで、他の与力よりも抜きん出た功績を上げた。その天才の名こそ、多羅尾譲二である。当時、伊賀で麒麟児《きりんじ》と呼ばれた己とよく比べられていたものだが、終《つい》ぞ会うこととなく明治を迎えることとなった。

「どちらが上か決めるぞ」

譲二は唸るように言って刀を繰り出す。

「ほんまにどうでもええ」

響陣は吐き捨てて短剣でいなした。

実力が伯仲して決め手がない。銑鋧を撃ち、刃を交え、木を掻い潜り、根を飛び越え、茂みを貫いて二つの影が突き進む。他の者はもはや追い付けない。待ち構えてい

た者もあまりの速さに為す術が無い。

五百メートルほども駆け続けた時、折り重なる枝の向こうに建物が見えた。このような場所に不釣り合いな大層な洋館である。

「……しぶとい奴め」

戦いながらここまで駆けてきたのに、譲二に疲れの色は一切見えない。ただ僅かに焦燥を感じた。ここが蠱毒の本拠で間違いない。

譲二を討つならばここ。道具が少ないため取っておいたが、ここで全てを使っても仕留める覚悟を決めたその時、

「艸、もう止めよ」

と、声が落ちて来た。洋館の屋根に人影があった。最初は一人だったが、続々と増えてあっという間に十数人となった。

「槐……」

響陣は呟いた。湿田《やちだ》を彷彿とさせる滑りのある声色もあの時のままである。

「この男は討っておかねばなりません！」

譲二が訴えるが、槐は首を横に振る。

「もう止めよと申している」

「俺は構わんで？」

響陣は諸手を広げて憫笑《びんしょう》した。譲二だけでない。屋根の者らもかなり遣う。正直、己一人では勝ち目が薄い。それでも揺さぶりを掛け、少しでも情報を引き出したいと思った。

「やはり――」

「譲二」

槐が厳かに呼ぶと、譲二はぐっと歯を食い縛った。

このやり取りで閃《ひらめ》いたことがあった。多羅尾譲二は極めて優れた忍びなれども、何人の指図も受け付けず、気に喰わねば甲賀組の同輩さえ殺したという。そのため常に一人で動いていたと聞いた。しかし、唯一の例外がある。

「お前、多羅尾千景やったんか」

響陣は槐に向けて片笑んだ。多羅尾家当主で腹違いの兄、千景の言うことだけは厳守するという話であった。故に多羅尾家は動乱の中で幕府に頼りにされたのだ。

「柘植響陣殿、蠱毒を続けて下さい」

槐はこちらの問いには答えず、丁重な口調で話しかけた。

「失格や無いのか？」

「ええ、道を逸れてはならぬという掟は無いので。関所さえ通って頂ければ」

「寛容なことで」

「しかし、掟を破った時は覚悟して下さい」

「何が目的や」

「この糞《くそ》ほどにつまらぬ時代……ただ楽しみたいだけ。それでよいではありませぬか」

　槐は口元ににたりとした笑みを浮かべ、

「柙、このまま柘植殿に付け。仕掛けることは許さぬ」

と、命じた。譲二は細く息を吐いて頷くと、身を翻して森の中へと身を隠した。

「では、残りも良き旅を」

　槐は身を翻して、他の者たちと屋根の向こうへと消えていった。

　響陣は罠を警戒しつつ洋館の中へと踏み込んだ。内装と家財は真新しい。少なくとも数年しか経っていないようである。洋館の中にはすでに人気はなく、書類のようなものも全く残されていない。

　何故、槐が悠々と姿を見せたのか。譲二に退けと命じたのか。黒幕たちをすでに退避させており、離れるまでの時を稼ぐためだったのだろう。

とはいえ、少し前までいたのは確実。洋館の中で最も豪奢な部屋。そこに並んでいた椅子には、まだ人の温《ぬく》もりが残っていた。隈なく部屋を見回っていると、臙脂《えんじ》の絨《じゅう》毯《たん》の上に何かが転がっているのを見つけた。

「これは……」

釦《ボタン》である。余程、逃げる時に動揺していたのか、取れたことに気付かなかったのであろう。洋装の者がいたということだが、それよりも重大な手掛かりがあった。釦には家紋が彫られていたのである。

「五つ輪違いやな」

幾つかの輪を重ねた輪違いの家紋は決して珍しくはない。が、五つとなればかなり少なく、真っ先に思い当たる家がある。財閥の一つ、安田家である。財閥が絡んでいるならば、蠱毒の豊富な資金にも得心がゆく。

しかし、一足遅かったことで、これ以上の手掛かりは無かった。奴らは何処に逃げたのか。いや、そう遠くなく向かうつもりだったのだろう。そろそろ辿り着く者がいてもおかしくない。その地、東京に向け、響陣は富士山を背に歩み始めた。

参《サン》ノ章　札を求む者

一

愁二郎は脚を緩めて、注意深く周囲を窺《うかが》いつつ行く。皆には心配ないとは言ったものの傷は疼《うず》く。

峠も半ばまで来たところで一茶屋が見えた。愁二郎は木陰にさっと姿を隠した。茶屋の前に数人の警官の姿が見えたからである。まず頭を過ぎったのは、

――検問か。

と、いうこと。浜松郵便局の騒動により、静岡《しずおか》県全域に警戒線が張られたということだ。しかし、東海道を四人で進んでいた時、警官に出くわすことは無かった。それにどうも様子が違う。暫《しばら》く息を潜めて窺っていると、警官が茶屋の者に聞き取りを行

っているらしいことが判った。

四半刻ほど待っていると、警官たちは茶屋の者に会釈をしてこちらに向けて歩み出す。愁二郎は身を伏せて警官たちをやり過ごすと、再び道に出て茶屋の方へと歩を進めた。

「茶を」

愁二郎は休息する旅人を装って年嵩《としかさ》の男に頼んだ。

「ああ……はい、はい。お待ちを」

警官が去ったばかりで落ち着かない様子であったが、男はすぐに奥に入って茶を運んで来た。

「ご主人、この店は小泉屋《こいずみや》というのかい？」

店先に掛かっていた暖簾《のれん》に「小泉屋」と書かれているのを見て、愁二郎は話の取っ掛かりに使った。

「ええ……」

男は否定しなかったので茶屋の主人らしい。やはり何処か気もそぞろに返す。

「ここで長くやっているのか」

「宝暦《ほうれき》元年からですから、もう百二十年以上になりますか」

「それは結構なことだ。それほど長くやっていれば色々あるだろう」

「それは……まあ」

「先程も警官と擦れ違ったが何かあったのか？」

「色々あると申しましたが、こんなことは初めてですよ」

主人はむしろ誰かに語って気を鎮めたかったのか、警官が来た訳を話し始めた。

まだ辺りが暗い頃、この茶屋の前で騒ぎがあった。主人は雨戸を少しだけ開けて外の様子を窺ったところ、二人の男が対峙していたらしい。一人は日本刀、もう一人は手斧《ておの》らしきものを手にしていた。

「一人は南蛮人ですな」

主人は自身の頭を指差しながら言った。手斧の男は仄《ほの》かな月光でも煌《きら》めくほどの黄金髪であったという。

――ギルバートか。

西洋人の参加者はあの男以外に知らないが、手斧を得物とするのと符合している。十中八九、間違いないだろう。

「それは素人の私から見ても凄まじいものでした」

主人は当時の様子を語った。ほんの一、二分のことだったらしいが、まるで嵐の如き応酬は十倍の時にも感じられたという。

「それで……どちらかが？」

「斧の方が勝ちました」

主人の言葉に若干の無念さが滲んだ。同じ日本人だからこその感情だろう。さらに明治も十一年目を迎え、急速に西洋化が進んでいる今、武士の世を懐かしむ者が増えている。それもまた原因かもしれない。

「それで警官に報せた訳です。でも……」

主人は早朝から奉公人を警察署に走らせた。暫くして警察官が訪ねて来て屍を引き取ったという。が、その後にまた警察官が訪ねて来て、そのようなことはしていないと話した。それ故、主人は屍を隠したのではないかと詮議を受けていたらしい。

「奇妙なことだな」

愁二郎は惚《とぼ》けたものの答えは明白である。最初に訪ねて来たのが蠱毒の連中。後から来たのが静岡県庁第四課ということだろう。

「しかし、よく落ち着いて見ていられたな」

通常、恐怖から身を隠してしまいそうなもの。この茶屋も蠱毒の基地の一つで、主人も関与しているのではないかと頭を過ぎった。

「実は先日もあったのです……」

主人は深々と溜息を漏らした。今から二日前の夕刻、この茶屋で乱闘があった。その長椅子に腰を掛けていた男に、突如として長身の男が斬り掛かったのだという。しかも座っていた男は丁度支払いをしている最中。主人は悲鳴と共に顔を背けた。

これは避けられるはずがない。眼前の男は血塗《ちまみ》れになっているはず。主人が恐る恐る薄目を開けると、男はどのようにやってのけたのか、座りながらにして抜刀して一撃を受けており、

――俺に不意打ちは利かねえよ。

と、八重歯を覗かせていたという。長身はその後も数度撃ち込んだが、男は座ったまま全てを受ける。まるで妖術を見ているようで、主人は呆気に取られてしまった。

男はゆっくりと腰を上げ、長身の腿、腕、脛《すね》、背と順に浅く斬る。長身が痛みから悶絶《もんぜつ》したところで取り押さえ、縄を持って来させて縛り上げたという。

「その御方は何度か詫びられた後、警察に報せるよう言い残して金谷のほうへと」

主人はその通りにしたのだが、警察が駆け付けて来た時、縛られていた男は泡を吹いて絶命していたらしい。このような事があったばかりなので、主人も事件への関与を疑われて訊問が長引いたという。

ここにも人相書きを配られたらしく、主人はか細い声で差し出してきた。

「この御方です」

「ただ、私はどうも悪人のようには思えず……」

「ああ、悪人ではない」

思わず口を衝いて出た。二日前、この茶屋で襲われたのは蹴上甚六である。

「ご存知なので？」

「昔馴染みだ。もう一つだけ訊いてよいか。縛り上げた者から札のような物を取って行かなかったか？」

「ああ、確かに。覚えております」

主人は手を打って頷いた。縛った男の躰を探って白い札を一枚、そして首に掛けていた札も引き千切って持って行ったらしい。

——十一点か。

三点は朱色の札、五点は青い札、十点は白い札として纏められると椽《つるばみ》が語っていた。つまり甚六が奪ったのは十一点ということになる。

「世話になった」

愁二郎は銭を置いて立ち上がった。

「これでは多いです」

「取っておいてくれ」

「ならばこれを」

主人は慌てて竹の包みを渡した。

「これは……飴《あめ》か？」

「はい。子育飴と申しましてここの名物です」

この地に伝わる母子の昔話があり、そこから生まれた名物だという。

「そういえば、あの御方も買って下さいました」

「あいつは甘いものが好きだからな」

兄弟の中で甘いものが好きなのは己と甚六。蜂蜜を取り合うようにして食べたことが思い出された。愁二郎は飴の包みを懐に捻じ込むと、甚六の影を追うように再び歩み始めた。

*

大井川《おおいがわ》を見るのは初めてであった。噂には聞いていたものの、

――これは一筋縄では渡れぬ。

と、すぐに感じた。厳密に言えば、渡ることは可能である。肩車をしたり、連台を担いだりして、旅人を渡すこともあるという。但し、それは水量が少ない時に限って。三日ほど雨が続いた今のような水嵩では、すぐに押し流されてしまうだろう。

となると、残された手段は舟を用いること。しかし、これも容易くはない。川幅があるため一見では緩やかな流れに見えるが、実際には相当な速さである。

さらに非常に読みにくい流れがあり、素人が舟を操ったとしても、知らぬうちに押し戻されてしまうのが関の山である。つまり玄人、川越人足《かわごしにんそく》を頼るしか、この難所を今は渡れないということである。

竿本嘉一郎《さおもとかいちろう》がうねる大井川の水面を見つめていると、背後より声が掛かった。

「やはり流れが速いねえ」

「戻ったか」

嘉一郎は振り返る。歩み来るのは勇次郎《ゆうじろう》。姓は同じく竿本。三つ年下の弟である。己たちは兄弟でこの蠱毒に参加し、ここまで力を合わせて乗り越えてきたのだ。

「それか。ぼろいな」

勇次郎は手庇《てびさし》をしながら、川に浮かぶ一艘《そう》の小舟へ目をやった。

「問題はない」

見た目は古ぼけてはいるものの、まだ十分使える代物だということは確かめた。

「なら、準備は整った訳だ」

勇次郎は白い歯を覗かせた。

ここまで決して楽な道程では無かった。兄弟共に浅山一伝流《あさやまいちでんりゅう》の目録を得るだけの実力はある。旅の前半こそまだ余裕はあったものの、数が絞られるにつれて厳しさは増す一方。ここまで生き残っているのはいずれも、化物のような者たちばかり。

少し前の袋井宿を過ぎたあたりで、天龍寺でも見た西洋人と遭遇したが、二人掛かりでも苦戦して遁走《とんそう》する始末。最早《もはや》、己たちでは勝てぬような者たちばかりである。

しかし、諦めてはいない。己たちが最も得意とするのは剣術ではなく、別の技だからである。その技を駆使すれば勝ち残れると確信しているのだ。

とはいえ、その技を存分に使える地は限られており、東海道の中では幾つかを数えるのみ。故に己たちは出来る限り衆より先行し、有利な場所で後続を待ち構える戦術を採って来た。この大井川もその中の一つ。いや、この先にこれほど良き場所はもう無い。故に、ここで東京に入れるだけの札を集めきるつもりでいる。

「だが、ここならば……俺たちに敵《かな》う奴はいない」

夕陽を受けて茜色《あかねいろ》が滲む川面《かわも》を見つめながら、嘉一郎ははきと断言した。

＊

嘉一郎と勇次郎は、紀州《きしゅう》徳川家の下士である竿本家の長男、次男として生まれた。兄弟揃《そろ》って武芸、学問共に秀でていたものの、最も優れていたのは水芸。つまりは舟の操舵《そうだ》、及び泳術である。

水芸師範家小池《こいけ》流に学び、

──竿本兄弟は双魚の如し。

と、言われるほどであった。

とはいえ、所詮は下士。幾ら一芸に秀でていたとしても出世することは叶わない。そのはずであったが、折しも外国船が頻繁に日本に来るようになった時代である。紀州藩も独自に軍艦の製造、そして乗組員の育成に力を入れ始めた。その時、

「水に纏《まつ》わることならば、この兄弟の右に出る者はおりませぬ」

と、兄弟を強く推薦してくれた人がいた。二人の師、紀州藩水芸師範にして、小池流水芸術七代当主、小池敬信《たかのぶ》である。

それを切っ掛けにして、竿本兄弟も瞬く間に出世した。当初五石取りだったのが、最終的には十五石に。弟の勇次郎も分家を許されて別に十石。水夫たちを束ねなが

ら、紀州藩の船を使って操練を行い続けた。しかし、紀州藩は結果として新政府軍に恭順したことで、兄弟が船を駆使して戦場に赴くことはなかった。

その後、紀州藩は和歌山《わかやま》県となり、二人とも役人として採用されることとなった。嘉一郎は妻を娶《めと》り、一昨年には待望の男子も誕生。勇次郎もこの年の暮れには祝言を上げることになっている。兄弟は、竿本家は、順風満帆に明治という時代を迎えることが出来た。旧下士では多くが足切りされる中、こうして役人として残れたのも動乱に出世をしたから。全ては師の小池敬信が引き立ててくれたおかげである。

しかし、当の小池家はというと非常に厳しい状況に陥っていた。和歌山県となった後、水芸師範家は水練場を営むこととなった。兄弟の他にも優れた泳者を幾人も輩出しているが、それとは裏腹に徐々に経営が悪くなっていったのである。

明治となってからも警察では剣術が盛んに行われ、未だに出世の糸口になり得ている。それに比べ、水芸で身を立てることは難しい。軍艦は時を経るごとに複雑な構造となり、より専門的な知識が必要となっている。ただ泳げるだけ、小舟を操舵出来るだけでは、役に立たぬようになっている。明治という時代において、水芸はさほど役に立たぬ技という認識になりつつあるのだ。

それ故、弟子の中で困窮する者が続出した。敬信は情に極めて篤《あつ》く、そのような弟子たちに援助を惜しまなかった。これも小池家の財政を悪化させる理由となった。

「何が役に立たぬ技だ」

勇次郎はこの話になる度に憤懣《ふんまん》を口にする。

「ああ、水芸は命を守る」

嘉一郎も同感である。元来、人間は水の中で生きられない。が、水ほど人間の暮らしと密接なものも無く、大なり小なり関わり続けねばならない。

その中で泳げるということが、如何に自らの身を守ることになるか。剣術が対人の護身術ならば、水芸は自然からの護身術。いずれその重要性に気付く時代が訪れる。

大恩ある小池流水芸が消滅しかねず、兄弟は悶々《もんもん》とした日々を過ごしていた。

豊国新聞なるものが突如として流布されたのは、そのような時であった。

「兄上！　これを！」

これが真だったら小池流水芸を救うことが出来る。さらに水芸が見直されるのが十年後、いや三十年後だったとしても、それまで耐えるのに十分な金額である。

それだけではない。明治に入ってからは、水芸は役に立たぬと散々馬鹿にされた。それが間違いだということを示すことが出来る。剣にも、銃にも、決して劣らない技

であると――。嘘か真か。まず、行かねば何も始まらない。頬を紅潮させる勇次郎を見つめながら、

「行くか」

と、嘉一郎は京に向かうことを決めた。

＊

こうして兄弟は蠱毒に参加し、この大井川まで辿り着いた。現在、二人で有している点数は二十。このすぐ先の島田宿を抜けるには三十点が要る。しかし、この先に大井川ほど「水」のある場所は無い。三十点とは言わず、二人で東京に入れる六十点までここで稼いでおきたい。嘉一郎が立てた策は、

――船頭に化けて参加者を舟に乗せる。

と、いうものであった。その為にはまず舟を用意せねばならない。そこで川越人足に掛け合い、使っていない古い舟を安値で買ったのである。

「今日の渡しはもう終わったらしい」

勇次郎は周囲を見渡した。少し前に川越人足は仕事を終え、宿場へと戻った。

季節によって異なるものの、夕刻からは川渡しは行われない。今日だと申《さる》の下刻、

午後五時が最後の渡河である。こうして早めに終えることで、旅人を旅籠に泊まらせ、宿場に銭を落とさせるという狙いもあるのである。

どうしても急ぐというならば、自力でどうにかするしかない。具体的には自身の足で渡るか、あるいは泳いで渡るか。水嵩が増している今、どちらも無理といってよい。あとは相場の倍ほどの銭を渡して、もぐりの舟を使うというもの。嘉一郎が化けようとしているのはこれである。

「誰か来そうか？」

嘉一郎は目を細めた。この策には一つ重大な欠点がある。それは参加者を乗せられるかどうかは、運に大きく左右されるということ。

「そもそも見分けるのが難しいからな」

勇次郎は項を掻いた。先刻、宿場を見に向かったが、結局のところ参加者と思しき者は見当たらなかったとのことだ。

「気長に機会を待つしかないだろう。まともにやって勝てる連中じゃない」

嘉一郎は低く零した。勇次郎が焦る気持ちは解る。そもそも策に嵌《は》まる者が現れるかどうかも判らないのだ。蠱毒開始当初の三百人程もいれば確率は高いが、今は恐らく三十人ほどしか残っていない。確率もかなり低くなっている。

しかし、それでもこの策に賭けるしかない。その残る三十程度の参加者は、二人掛かりでも勝てないような者ばかりになってしまっている。

「悠長にしていたら、黒札になっちまうぞ？」

勇次郎が不安を吐露する。昨日の昼過ぎ、己たちに付く楡《にれ》より、黒札について聞かされた。次に黒札になるのはこの先の島田。出来る限り避けたいのは確かである。

「だが、後ろに誰もいなくなれば、そもそも俺たちは終わりだ」

「それもそうか」

「釣りと一緒だな」

「ああ、焦れたら負けだ」

この大井川が命運を分けると当初から考えて来た。故に出来るだけ早くここに辿り着くようにした。恐らく限りなく先頭にいるはず。獲物はまだ三十四。釣り針に焦燥が伝わらぬように、ただひたすらにその時を待つのみである。

それから二日が経過したものの獲物は掛からなかった。日中、渡し場で参加者を目撃した。桑名《くわな》宿で見かけた者たちである。まだ娘だったので嘉一郎もよく覚えている。その時は二人の男と共にいたが、仲間割れしたのかどちらも姿が見えなかった。

別の若い二人の男女と三人組になっている。新たに加わった男は初見。しかし、検より聞いた相貌に酷似している。恐らくは黒札の持ち主である。

一方、女は天龍寺ですぐ近くにいて、札番号もかなり近かったはず。開始早々、屈強な男を難なく屠《ほふ》っていたのでよく覚えている。

「渡ってしまうな」

嘉一郎は川面を撫《な》でる風に溜息を乗せた。黒札持ちを逃すのは惜しい。が、こればかりは仕方ない。

「まずは一人でも掛かればいい。まだ後ろにいるさ」

今度は勇次郎が励ます番であった。浜松を通過したということは、十点は持っていることになる。ここで沢山稼ぎたいところだが、最悪あと一人から奪えれば次の島田宿は抜けられる。勇次郎は舟に乗り込む一行を見つめながら、

「それに……あんな娘でもやるのか？」

と、弱々しく訊いた。

「まあな」

と、嘉一郎は曖昧に応じた。

その日の夕刻、最後の舟が出る時のことである。

「くそっ」

勇次郎は忌々しげに腿に拳を打ち付けた。その日、最後となる舟の出発の直前、参加者の一人が間に合って乗り込んだのだ。これも天龍寺で見た男。弓を背負っており、見慣れぬ紋様の鉢巻をしている。恐らくはアイヌの民だろう。釣り針のすぐ傍まで来ていながら逃がしたようなものだ。

「落ち着け」

嘉一郎は静かに言い聞かせた。それは勇次郎ではなく、己に向けてだったかもしれない。確かに焦り始めている。一体、あと何人残っているのか。もしこれが最後の参加者だったならばどうする。いや、それは無い。まだ早過ぎる。ここは我慢の時だ。

半刻ほど経ち、景色が微《かす》かに青み掛かって来た時、勇次郎が低く呼び掛けた。

「兄上」

「来たか」

「見たことがある……草津宿のあの男だ」

勇次郎は記憶を喚起させた。蠱毒開始から間もない頃、あの男が草津宿に入っていくのを兄弟で見た。何故、参加者かと判ったかというと、三人組がその後ろを尾行しており、そのうちの一人を天龍寺で見たから。相手の実力が判らない以上、陸で数に勝る相手に挑むのは得策ではないと考え、木陰に隠れてやり過ごしたのである。

「あの三人組を返り討ちにしたということか」

「振り切っただけかもしれないがな。どちらにせよここまで残っているのだから、それなりに遣うのは間違いないだろう」

「やるぞ」

嘉一郎は決断を下した。油断は微塵《みじん》も無い。水場では誰にも後れを取らぬと自負しているだけだ。勇次郎は強く頷いて持ち場に向かった。

「もし、そこの御方」

茫と川面を見つめていた男に、嘉一郎は近付きながら呼び掛けた。男はゆっくりとこちらを向いた。その所作は落ち着いているというより、のそっとしているといったほうが適当である。かなり若い。そして、女と見紛《みまが》うほどの端麗な相貌をしている。

「よろしいですかな」

嘉一郎は一定の距離を保ったまま柔らかに話しかける。が、警戒しているのか、男はやはり無言であった。ただ子どものように、ちょいと自身の鼻先に指を添える。

「そうです、そうです。今日の舟は全て終わりました。川越えは出来ませんよ」

嘉一郎が状況を説明すると、男はひょいと首を捻った。次の瞬間、男は迷うことなく川に足を入れたので、嘉一郎は絶句してしまった。

「今の大井川は足が着きません！　泳いで渡るのも無理ですよ！」

折角の獲物を逃さんとの思いもあるが、これはまさしく本心からの助言。溺れて札ごと流されてしまっては意味が無い。男はこちらの言には耳を貸さず、腰に水が来るあたりまで進んだが、そこでふいに足を止めて引き返して来た。実際に入ってみて、ようやくこの流れを泳ぐことは無理だと判断したのだろう。

「そんなに濡《ぬ》れてしまって……何やらお急ぎのご様子。私が舟を出しましょう」

元来、もっと言葉を尽くして信じさせるつもりであったが、男が川に入ったことで、違和感なく買って出ることが出来た。

「うん」

男はようやく口を開いた。これもまた何処か子どもっぽい返事である。

「のっぴきならぬ用事なのでしょう。お代は向こう岸で。お気持ちで結構です」

男が懐に手を入れようとしたところで、嘉一郎は努めて優しく、怪しまれぬように伝えた。舟のもとへと誘い、共に乗り込む。呆気ないほどに全てが上手く進んでいる。間違いなく参加者である。先刻、男が懐をまさぐっている時、首の札がはっきりと見えた。不用心なことで、よくここまで生き残れたものだと逆に感心する。

「何処に向かわれるのですか？」

嘉一郎は水を竿で切りながら振り返った。男に疑う様子は見られない。今日は円《まど》かな月。日の入りより早く顔を出す。何が面白いのか、男はその月を茫と眺めつつ、

「東京」

と、短く返した。

「まだ長旅でございますな。旦那はどこのお生まれで？」

「江戸……京かな？」

ごまかすならばもっと上手く答えるだろう。だとすれば、自身の出身地に迷うなどいよいよ変わった男だ。

「なるほど、なるほど」

それでも嘉一郎は素知らぬ顔で軽妙な相槌《あいづち》を打つ。すでに川の半ばまで来ている。素人ならばここで襲うのが良いと考えるがまだ早い。この先、川の三分の二ほどまで来たところが、最も水の流れが複雑になっている。そこで仕掛ける段取りである。

少しずつ島田宿側の対岸に近付いていく。あと僅か。あと一寸。嘉一郎の握る棒に重みが掛かった。複雑な流域に入った証左である。足元の薦《こも》を爪先で捲《めく》る。隠していた大刀を片手で取りつつ、嘉一郎はゆっくりと振り返った。

想像力に乏しい凡愚か、はたまた驕慢《きょうまん》か。男は船縁《ふなべり》にもたれ掛かったまま一瞥《いちべつ》するのみで、再び悠然と月へと視線を戻した。

「札を寄越せ。さすれば命は取らぬ」

「何だ。そういうことか」

男はぽつりと零して立ち上がった。嘉一郎はその時を見計らって竿で川面を叩き、飛沫《しぶき》が宙に舞い上がる。男が首を捻ったその瞬間、舟がぐわんと大きく傾いた。

舟の上には嘉一郎の姿しかない。が、勇次郎もずっと共にいた。水中、舳先《へさき》の下にずっと張り付いていたのである。嘉一郎が舳先で棒を使う時、勇次郎の顔が喫水より出ていて、常に目で合図を送り合っていた。兄弟の狙いは単純至極、

――水に落とす。

と、いうものである。

嘉一郎は舟の傾きに合わせて竿を振るが、男も流石《さすが》にここまで残っただけのことはある。咄嗟のことにも柳の如く身を仰け反《のぞ》って躱した。

「やれ！」

叫んだその時、男の着物を摑んで引きずり込まんと、水の中から勇次郎の手がにゅっと伸びた。しかし、これも咄嗟に足を引いて避けられる。

「返すぞ!」

これでも落ちなければ次の手。舟を転覆させるというもの。勇次郎が縁を両手で摑んで揺らす。右に、左に、舟が激しく振れて飛沫が上がる中、嘉一郎も揺れを大きくするために足を動かし、同時に片手の竿で突き落とさんとする。

「邪魔」

男が呟くと同時、眼前に閃光《せんこう》が迸《ほとばし》った。一瞬、あまりの速さに何が起こったのか判らなかった。まるで椿《つばき》の花が力尽きたように、竿の先がぽろりと落ちてゆく。男が腰の刀を抜き放ち、竿を切り落としたのである。

「勇次郎!」

嘉一郎が我に返って叫んだ。ぎょっと顔を強張《こわば》らせる勇次郎に向け、男の刀が異様な曲線を描いて迫る。激しい水切り音、鋭い飛沫が立ち上った。

「よし」

嘉一郎は小さく安堵の声を漏らした。水面には勇次郎の姿は無かった。刃が降り注ぐ直前、水中に潜って退避したのだ。

「そのまま引っ繰り返せ!!」

水中でも聴こえるほどの大声で、嘉一郎は吼えた。舟底を揺らせという意味。船縁を摑むより時は要するが、勇次郎は優にそれを出来るほど息を止めていられる。これならば男の剣の脅威に晒《さら》されることはない。

　その間、嘉一郎は短くなった竿、抜き払った鞘《さや》を捨て、

「俺たちの勝ちだ」

　と、刀を構えて腰を低くした。

　こちらからは仕掛けない。仕掛けたところでこの男の剣術には勝てない。しかし、慣れた水の上、守りに徹すれば数十秒は凌げる自信はある。

　一方、舟の揺れはすでに大きくなり、あとほんの数秒で転覆する。水中に落ちればこちらのもの。二人掛かりで纏わりついて窒息させるだけだ。

「止まれ」

　まるで童が蟻《あり》の行列を塞ぐかのような調子。男は言うなり刀を逆手に持ち直し、足元に真っすぐ突き刺した。

「何……」

　愕然となった。刀身の半ばまで、まるで豆腐のように舟底の木板を貫いている。揺れの加速が止まった。むしろ徐々に弱まっていく。

「勇次郎!!」

嘉一郎は悲痛な声を上げた。

「刺さってる」

男は薄っすらと笑みを浮かべつつ、ぐにぐにと刀を上下に動かした。悍ましいほどの無邪気さに肌が一気に粟立《あわだ》つ。

何処に刺さった。頭か、喉か、腹か、腕か。急所でないならばまだ助かる。

嘉一郎は刀を捨てて暗い水面に向けて跳躍する。弟を、勇次郎を救い出す。その一心である。一度、退却するしかない。仮に男も追って来たとしても、水中でならば必ず溺れさせられる。

宙を舞っている最中、嘉一郎の背に凄まじい衝撃が走った。次の瞬間、雷に撃たれたかの如く船縁へと叩きつけられる。

「な……に……」

男がいつの間にか距離を詰め、刀で叩き落とされたのだ。足場の悪い小舟の上でこの速さ、大人を蝿《はえ》のように叩き落とす力、とても人間業とは思えない。

嘉一郎は干された布団のように船縁にもたれ掛かる。男は襟元を摑んで、ぐいと舟の中へと引き戻した。

「危ない。逃げられるところだった」

「ばけ……ものめ……」

嘉一郎は仰向けに零した。見下ろす男の両眼は漆黒の穴の如し。己たちとは違う。人ではない別の生物かのように見えた。

「札、札、札っと。これかな」

男が嘉一郎の躰を弄《いじ》って巾着袋を見つけた。決して外せない首の札を除き、残りは船上の己が預かっていた。紐付きの小さな巾着袋が二つ。それぞれに九点ずつ入っている。男はそれに加えて、嘉一郎の首からも紐《ひも》を切って札を取る。

「貰うね」

男は巾着袋と札を摑んで掲げ、嘉一郎に向けて薄く微笑み掛けた。十九点の札を奪われた。いや、兄弟のこれまでの死闘の日々を簒奪《さんだつ》された。

「くそ……」

せめて一太刀浴びせてやりたいが、背骨を割られたのか、右半身に全く力が入らない。左手で脛を叩くほどしか出来ないことに、口惜《くちお》しさが込み上げる。

その時である。男の手から下がる二つの巾着袋、札の紐が突如として同時に切れたのだ。嘉一郎は霞《かす》む視野の中ではきと見た。あれは矢だ。誰かが男を狙って放ったのである。

「ぐあ！」

嘉一郎は最後の力を振り絞り、顔面に落ちて来る巾着袋や札を左手で払った。己たち兄弟がずっと付き合って来た水に、一矢報いることを託して——。

水が呑み込む優しい音が耳朶に響く。

「あっ！」

男はやはり子どものような驚声を上げた。

「……様を見ろ」

川の流れは速い上に、この暗さである。男はすでに見失ったらしい。それに流れが複雑なこの地点からは、決して泳いで対岸には渡れない。足掻いている間に押し戻されるだけだ。

仮に巾着袋を見つけ、再びこの小舟に戻ったとしても、操るべき竿は無く、舟底には穴が空いて浸水している。どちらも男が招いたことである。

背に水を感じた。小舟が沈んでいるのだ。初めて泳げた日のこと、師による厳しい修練、兄弟で競い合った日々。水と共に生きた記憶に浸りつつ、嘉一郎は優しい冷たさに身を委ねて目を瞑った。

二

愁二郎は島田宿の旅籠「花房《はなぶさ》」で皆と合流すると、茶屋で聞き及んだ話を詳《つまび》らかに話した。

「甚六、ちょっとは止まってよ」

彩八が前髪を掻き上げながら零した。茶屋で十一点を得たのならば、一足先にこの島田宿は抜けたとみるべきである。

「下手に探して擦れ違うことを心配しているのだろう」

「ならいっそ東京で……ということね」

「ああ、俺たちが必ず辿り着くと信じてな」

愁二郎が言うと、彩八は小さく鼻を鳴らした。

「こちらは誰とも会いませんでした」

双葉は次第を語った。やはりここまで来ると、参加者と遭遇することが難しくなっている。

「と……いう訳だ」

「舟は何も無かったか」

愁二郎は尋ねた。島田宿の西には大井川が流れており、その時の水深によって川越人足に支払う渡し賃が変わって来る。また肩車、連台、舟などその手段によっても値が違う。肩車や連台では三人がばらばらになるため、最も値は張るが同乗出来る舟を使うように言っていた。とはいえ、舟の上で襲われればより危険なのは、七里の渡しの時に経験済みである。

「何事も無く。愁二郎さんは？」

「俺は連台でな。今日はもう東からの渡しは行わないようだ」

西から来た旅人は宵の口まで島田宿に運ぶが、東からはそれより早くに止める。こうすることで島田宿に泊まる者が増え、旅籠を始めとする全ての商いが潤う。それもあって島田宿は東海道でも指折りの泊まり客の多い宿場になっている。

「一つ、いい報せが」

双葉は形の良い眉を開いた。

「割れたか」

「はい」

双葉は頬を緩めて頷いた。島田宿に入ってすぐ、双葉は自身の担当である橡を探した。橡は愁二郎の担当でもある。故にそちらに付いているのかと思いきや、そう時が経たずして姿を見せたという。

「俺には付いていなかったか……」

「別の人が付いていたみたい」

双葉も同様の疑問を橡に投げ掛けると、

――そちらが得意な者もおりますので。それに人がようやく余って来ております。

と、橡は応じたらしい。前者は蠱毒には監視に長けた者がいるということ。後者はより明確で、すでに二百六十人以上が脱落した今、主催者側にも人員の余裕が出て来たということである。主催者の凡その陣容が見えて来る。

「やはり……」

愁二郎は漏らした。橡は答えずとも良かったはず。やはり双葉に対しては、掟に叛《そむ》かぬ範囲ではあるものの甘い気がする。

「何？」

「いいや。続けてくれ」

橡もまた蠱毒を成す一人。双葉に油断させる訳にはいかず、愁二郎は先を促した。

「進次郎さん」

双葉が呼び掛けると、進次郎は白い歯を覗かせて札の束を見せた。すでに十九点の黒札を割ったということ。この先、仲間内で一点のやり取りがあることを想定し、三点の朱色の札を三枚、残りの十点は全て一点の札にしたという。

「つまりあと二十一点ということだな」

黒札を割れない場合、二十五点を確保せねばならなかった。最悪の事態だけは免れたということになる。

「この島田宿を最後に抜けた人が、次は箱根《はこね》まで黒札を持つことになるようです」

「まだ続くのだな」

「次はもう御免です」

進次郎は苦々しく零した。

「一人で二十一点を持っている者がいればよいが、それはまず有り得ないだろうな」

二十一点も持っていたならば、この島田宿のみならず、次の箱根宿まで抜けられる。そのような者はとっとと先に進むだろう。島田宿に滞留するのは十点から十四点の者。少なくとも二人、多ければ三人から札を奪う必要がある。進次郎は空で算盤《そろばん》を弾きながら話し始めた。

「ギルバート、甚六さんはもう先に進んでいるでしょう。互いに二十点以上持っていると考えられます。よって我々の札を除けば、もう場には百六十八点しかないことに」

「つまり最大で十六人か」

「実際は十人強ほどかと」

進次郎は深刻そうに見立てを述べた。

「彩八、どうだ？」

愁二郎は満を持して訊いた。この宿場にいる参加者である。彩八が三助から受け継いだ禄存ならば、仲間内の会話、武に長けた者特有の息遣いから凡その数が摑める。

「私たちが宿場に入った時にすでに三人。今までに六人。それらしいのがいる」

彩八は淡々と答えた。双葉と進次郎は聞いていなかったらしい。顔を見合わせて頰を強張らせる。

「やはり集まっているか」

「禄存でも全てを摑めているかは判らない。それにまだ増えると思う」

「すでに」

「いや、それはない」

愁二郎の短い問いに、彩八はすぐさま断言した。衆目を避けていようとも、戦いが行われれば禄存ならば判る。今現在、参加者どうしでの戦いは起きていないという。

島田宿の家数は約千五百軒、住む者は約七千人にも及ぶ。旅籠の数は実に四十八軒もあり、そこに明日に川越えを控えた者が多く泊まる。かなりの人目に晒されることになり、さらに警察署からも程近い。恐らくどの参加者も同じことを考えている。

「夜に動くな」

愁二郎が呟くと、彩八も同調した。

「一斉にね」

現段階で少なくとも九人。この後、まだ増えることが予想される。陽が沈んだ時、その者らが天龍寺の時のように一挙に動き出す。しかもあの時は有象無象も混じっていたが、ここまで辿り着いたのは達人ばかり。己たちの如くすでに徒党を組んでいる者もいるかもしれない。無骨のような非道な輩ならば、宿場の住人や客のことも歯牙にもかけない。ここは羅刹《らせつ》が跋扈する宿場と化すだろう。

「策を練ったほうがよさそうだ」

「攻めと守りを分けるしかなさそうね」

双葉と進次郎を守ることを優先するならば、己も彩八もここに留まるのが良い。が、誰も攻めて来なければ札も取れないまま朝を迎えてしまう。つまり一人は旅籠に残って二人の護衛を、もう一人が外に打って出て札を獲得するということである。

「私も……出ます」

進次郎が自らを奮い立たせるように言った。浜松郵便局でもそうであったように、進次郎には自分も役に立ちたいという変化が見えた。

「いや、お前は残れ」

「しかし――」

「外でぶっ放すつもり？　あんたの得物は最後の最後まで使えない」

「あ……」

彩八に言われて、進次郎は初めて気が付いたらしい。進次郎が銃にかなり詳しく、扱いにも長けていたのは意外であった。今では浜松郵便局で粳間隆造《うるまりゅうぞう》の銃「S&W《スミスウエッソン》モデル3」を受け継いで戦力にもなっている。とはいえ、拳銃を夜の宿場で放てばここにいると宣言しているようなもの。この場所に敵に踏み込まれ、なおかつ護衛も守り切れそうにない時、つまり最後の手段としてしか使えないのである。

「どちらが……？」

双葉は不安そうに尋ねた。

「時と場合に応じて入れ替わるのが良いだろう。まずは俺が行く」

「そうね」

禄存は近付いてくる敵を察知出来ること、文曲《ぶんきょく》は狭い屋内での戦いに向いていることから、まずはこの布陣がよいだろう。

「札を分けておこう」

愁二郎は提案した。一人が持つよりも、分けているほうが無難である。双葉に十五点、進次郎に十一点、彩八に十二点。攻めに出る愁二郎は首の一点だけとした。

「今のうちに休め」

札を分け終えたところで、愁二郎は促した。今夜は一睡も出来ない見込みが高い。愁二郎と彩八で交互に番をしつつ、皆で躰を休めて夜が訪れるのを待った。

——残り、二十三人。

肆《シ》ノ章　羅刹の宿り場

一

島田宿には酒場も幾つかあり、陽が落ちてからも暫くは人の声が響いていた。やがてそれも落ち着いて、徐々に静寂が広がっていく。完全に人の気配も絶えたのは亥の下刻。午後十一時を過ぎた頃である。その三十分前には双葉と進次郎を揺り起こし、いつでもその時が来ても良いように備えさせる。

さらに一時間ほどが過ぎた。五月十四日に日付けが変わったことになる。十二時を跨《また》げば新しい日になるというこの考えは、明治になってからのものである。それ以前は陽が昇った時を一日の始まりとしていた。明治になってこのように全てが厳密になり、何事にも鷹揚《おうよう》さが無くなりつつある。

しかし、まだ動きはない。旅籠の者が寝る前に下の階で香を焚《た》き染めたのか、ほんのりとではあるが心地良い甘さが鼻を擽《くすぐ》る。その香りが気を緩めたのか、双葉が再びうつらうつらとし始めている。過酷な旅に疲れているのは判るが、今日だけは目を覚ましていて貰わねばならず、

「双葉、頑張れ」

と、愁二郎は声を掛けて励ました。

「はい……ごめんなさい……」

双葉は目を手で擦るものの、半ばまで落ちた瞼《まぶた》が上がっていない。そこで気が付いた。つい先刻まで会話をしていたのに、進次郎まで俯いて寝息を立て始めていた。

「進次郎、起きろ——」

起こすために立ちあがった時、愁二郎は異変を察知した。

「すでに仕掛けて来ている」

彩八が忌々しそうに言ったのはそれと同時。刺刀《さすが》を素早く抜き払うと、自らの二の腕を躊躇いなく切った。傷は薄くしているが血が滴って畳に落ちる。

「まさかこう来るとは……」

愁二郎は絶句して下唇を噛んだ。やや感覚が鈍い。これは間違いなく、

での攻撃である。

——毒。

「恐らく死ぬようなものじゃない」

彩八は指を開閉させながら言った。毒の中には嗅いだだけで卒倒するようなものもある。そのような類のものではない。

「お前、何番だった」

「七番。甚六以外には負け。そっちは四番でしょう」

京八流の修行の一つに毒に対しての耐性を付けるというものがある。草木や生物の毒を薄めたものを摂取し、徐々に濃度を高めて躰を慣らしていくという命懸けのものだ。ある程度の耐性は身に付くものの、これには生まれ持った体質の影響が大きいらしく、かなり個人差が生じるのである。兄弟では三助、一貫《いっかん》、四蔵、愁二郎、七弥《しちや》、風五郎《ふうごろう》、彩八、甚六の順に毒への耐性が高かった。その順番である。

「いつの間に下まで……」

香だと思っていたこの匂いが毒煙。一階から燻《いぶ》されたというのならば、いつの間にか敵に下を占拠されていたことになる。

「いや、一切の物音が無かった。下には人は入っていない」

「ならば旅籠の者に扮《ふん》していたのか」

「それも無い。寝息が聴こえる」

「ということはまさか……」

「ええ、宿場全てに撒いている」

彩八は窓のほうを見て吐き捨てた。

「そのようなことが出来るのか」

宿場にいる数千人を巻き込むことにも驚くが、それ以上にそこまで広範囲に効果を及ぼす毒があることに愕然とする。

「考えも及ばない奴がいるってこと。それに宿場全体だから眠り毒を使っている」

無関係な者を殺さぬためか。あるいは猛毒を広範囲に撒けば、術者の命も落としかねないからか。ともかく何かの訳があって、眠る程度の毒を使っているということだ。

「これを」

「ああ」

彩八は布団を切り裂いて布を作って渡してきた。気休め程度かもしれないが口元を隠すためである。

「起きろ」

彩八はぴしゃりと進次郎の頰を叩いた。進次郎がはっと目を覚まし、言われた通りに布を口に巻くが夢現《ゆめうつつ》といった様子である。双葉は意識を保っているがぐったりとしている。愁二郎は双葉にも布を巻いてやりながら、

「死ぬような毒ではない。出来るだけ細く息をしろ」

と、呼び掛けた。

「うん……」

双葉は弱々しい声で応じた。

「次があるか」

「十分に有り得る」

彩八も最悪の事態を想定している。今はこの程度だが、次は猛毒を散布してこないとも限らない。そうなれば全滅である。これを止めるためには術者を斬るしかない。しかも一刻も早く。双葉と進次郎を置いてでも、二人で攻めるのが最善となった。

「進次郎、俺たちは行かねばならない」

「……はい、はい」

意識が混濁しているのだろう。進次郎は空虚な返事をする。愁二郎は鯉口《こいぐち》を切っ

て、進次郎の親指に刃を押し付けた。

「痛っ――」

「しかとしろ。お前が頼りだ」

「は、はい！」

進次郎の目に生気が戻った。愁二郎は端的に次第を告げる中、進次郎は血に濡れた手で拳銃に弾丸を込め始める。

「傷を抉《えぐ》って意識を保て。そこの襖、あるいは窓、無言で入る者は容赦なく撃て」

「解りました」

進次郎が頷くのを確かめ、愁二郎は窓を開けて外の様子を窺った。北辰《ほくしん》を用いて周囲を見渡すが人影はない。愁二郎は屋根に出て手招きをすると、彩八も後に続いた。

二

「音は？」

宿場全体が眠るかのように静まっているが、己でも幾人かが動く気配は感じる。

「八、九、十……いや、もっといる。毒の仲間じゃない。むしろ探している」

毒を仕掛けたのは一人なのか、徒党を組んでいるのか、今の段階では判別出来ない。が、己たちと同じように毒の存在に気付き、術者を探している者がいるらしい。

「風向きは西から東。最悪の場所だな」

愁二郎は低く漏らした。この旅籠は島田宿の最も東側にある。術者が最も西から仕掛けている場合、約十町も距離があることになる。

これが逆だったならば、双葉と進次郎を西に、つまり来た道を引き返させて退避させられる。が、これでは東にしか逃げられず、島田宿を抜けることになってしまう。札が足りていないのに、蠱毒主催者が見逃すはずはない。術者はそれも計算に入れて、西側から仕掛けてきているのかもしれない。

「まずは近付かないと始まらない。行くぞ」

屋根伝いに行くには時が掛かり過ぎる。目立つのを覚悟して屋根から飛び降りると、静まり返った宿場を西へと走り始めた。

「始まった。左前方二百メートル」

何者かが戦い始めたという。愁二郎にも鉄が交わる音が微かに聴こえた。

「上か下か」

「下」

「違うな」

「そうね」

駆けながら端的なやり取りを交わす。毒の術者ならばこのような中途半端な位置ではなく、より西側から仕掛けようとするはず。さらにより遠くに散布しようとするならば、恐らく地上ではなく屋根の上に陣取るだろう。

「他の者だな」

己たちと同様に毒だと気付き、その根本を叩くべく動いている者もいる。その途中に他の参加者と遭遇し、戦いが始まったのだろう。

「今は力を合わせろよ」

彩八は腹立たしそうに零し、愁二郎は唇をぐっと巻き込んだ。本来、彩八はこのような妹であった。それを変えてしまったのは継承戦、生き抜いた明治の時代、そして己である。ほんの少しだが当時の彩八が垣間《かいま》見えて、

「……双葉のおかげだな」

と、愁二郎は呟いた。彩八は小さく鼻を鳴らすのみで答えなかった。

「厳しいだろうな」

愁二郎は言葉を継いだ。ここまで生き残った者ならば、当然ながら騙《だま》し討ちにも警

戒している。仮に協力を持ち掛けられても俄かには信じられず、結果として刃を交えるはめになる。双葉のような者がいるなど考えもしないだろう。

「右……いる」

彩八が小声で漏らした。次の瞬間、路地の闇から刃が飛び出して来た。愁二郎は刀でいなしつつ、砂煙を上げて旋回して相対する。

男。若い。歳の頃は二十五、六といったところか。洋袴《ズボン》にシャツの洋服に着流しといった和洋折衷の変わった恰好。何よりその得物が変わって――。そこまで考えた時、少し後ろを走っていた彩八の小脇差が男を襲った。

「ちい、二人組か」

男は吐き捨てて彩八の斬撃を弾く。彩八が文曲で軌道を曲げたのに仕留めきれなかったのは、男の得物に慣れていないからであろう。

これまで数で不利なことばかりだったが、此度は初めてこちらが勝っている。この男もまた劣勢を搔い潜ってここまで来たのだろう。怯むことなく向かって来る。

「くたばれ」

突き、突き、突き。己に向けて放つかと思いきや、今度は彩八に対して。かなりの速さであり、それぞれ軌道が微妙に違う。彩八が身を開いて避けたところに、今度は木塊が顎を狙う。男の得物、これは銃剣である。

「やるよ」

「いや、毒が先だ」

彩八と愁二郎の意見が分かれたことで、ほんの刹那ではあるものの躊躇いが生じた。男はその隙を逃すことなく、再び路地の中に帰るように逃げ出す。

毒の根源も叩かねばならないが、札も集めなければならないのも確か。彩八がその後を追おうとする。

「なっ――」

彩八が吃驚したのは、愁二郎が咄嗟に手を伸ばして襟を掴んで後ろに引いたからだ。次の瞬間、轟音《ごうおん》が鳴り響いて静寂を突き破った。逃げる振りは罠。男が路地の中で身を翻し、彩八に向けて銃を放ったのである。男は闇に硝煙を残したまま、今度は真に逃げていった。

「すまん。戊辰の時にあれをやる者がいたので咄嗟にな」

「いや……ありがとう」

「行こう」

何時、猛毒に切り替えて来るか判らない。やはりまずは毒を止めることが最優先である。西に向けて再び走り続けた。

「いるね」

「見えている」

一町ほど先に人影が見えた。その数は六人。対峙しているようであり、共闘しているようでもあり、膠着《こうちゃく》しているのは確からしい。

「とっとと来いよ！」

その内の一人が煽《あお》る。先刻の銃剣男も若いと感じたが、これはそれにも増して若い。見たところ十七、八歳。この年代の大半がそうであるように散切り頭である。

「石井、乗るな。軸丸鈴介《すずすけ》だぞ」

「……こいつが」

この二人は組んでいると考えてよい。石井と呼ばれた男は大小を抜き払っている。珍しい二刀の遣い手だ。呼び掛けた今一人の得物はさらに稀有《けう》な鎖鎌である。

愁二郎と彩八は足を緩めることなく集団に向かっていく。それに気付いて一人が、

「あっ――」

と、声を上げた。この男を知っている。藤川《ふじかわ》の先で襲って来た三人組の一人、槍を駆使していた僧、袁駿である。

それと向き合っているのもまた長得物の持ち主。これも名を知っている。秋津楓、元会津藩婦女隊の薙刀遣いの女である。

愁二郎らは膠着より五メートルほど手前で足を止めた。

「あなたは……」

袁駿は顔を引き攣らせた。あの時、不意打ちを仕掛けて来て、なおかつ坂巻《さかまき》と二人掛かりでも己には及ばなかった。一対一では決して勝てないのは確実。そのような相手がさらに現れたのだから、怯むのも無理はないだろう。

「嵯峨様」

一方、楓は落ち着き払って呼んだ。薙刀を構えるその姿には一分の隙も無い。

「秋津殿、これは……」

「御覧の通りです」

互いに牽制《けんせい》しあって身動きが取れないということである。今、己たちが駆け付けたところで拮抗《きっこう》が崩れるか、それともより膠着するのか。

「二人、知っている訳ね」

彩八は短いやり取りの中で凡そ推察出来たらしい。

「いや、三人だ」

「刻舟《こくしゅう》、生きていたか」

愁二郎が答えてすぐ、口を開いたのは鎖鎌の男、

「……中桐傭馬」

である。傭馬とは蠱毒で出逢った訳ではない。それより遥かに前、己がまだ人斬りと呼ばれていた時代の知己であった。

戊辰戦争の時、腕の立つ諸藩の家士、浪人が集められて斬り込み隊が作られた。十二組に分けられたことで、それぞれに十二支の名が充てられ、総じて十二支隊と呼ばれていた。

愁二郎はそのうち「戌《いぬ》」に配され、そこで傭馬と一緒になったのである。

「知り合いかあ……これはまずいな」

最後の一人が眉を下げつつ零した。歳は己と同じ二十七、八か。黒地に臙脂の龍の意匠が施された着流しのようなものを、珠《たま》の装飾が施された太い帯で締めている。髪は後ろで束ねて組紐のように編んであった。かなり変わった風体である。身丈五尺七寸とさほど大きい訳ではないが、恐ろしいまでに引き締まった体軀《たいく》だと判る。

愁二郎がそれ以上に気にしているのが、この男の得物は何かということだ。刀、鎖鎌、槍、薙刀と皆がそれぞれの武器を手にしているのだが、この男だけは唯一、何も

手に携えていないのである。

「なあ、一旦止めようぜ」

男は提案をするものの、誰も返事をせず構えを解くことも無い。

「まずはあっちをどうにかすべきだろう？」

苦く頬を緩めて言葉を継ぐと、男は顎を上に向けて小さく振った。

愁二郎は眼《め》で、彩八は耳で、少し前から気付いている。拮抗して動けぬ六人の他に、七人目が存在していることを。半町西の屋根の上に立っている者がいる。あれこそが毒の元凶とみて間違いない。

「あの男を……」

男がさらに続けようとした時、愁二郎は被せるように呟いた。

「女だろう」

今宵《こよい》、月はほぼ満ちており強い光を放っている。北辰も闇の中では流石に用を成さぬものの、光さえあれば常人より遠くを視《み》られる。

顔立ちがまず女。かなり美麗な部類である。何より身丈がかなり低い。五尺は確実に無い。四尺七寸ほどではなかろうか。それらを鑑みて女と見てほぼ間違い無い。

「へえ。俺と同じとは判ったが……まさか女とはな。いい眼をしているな」

一触即発の中にあって、この男は余裕といったように饒舌《じょうぜつ》に語る。先刻から気に掛かっているのは話し方に特有の訛りがあること。この訛りの者には以前にも会ったことがあるし、だとすれば この見慣れぬ恰好も納得する。

「清国人だ」

愁二郎は彩八に向けて囁いたのだが、男は耳聡《みみざと》く反応した。

「正確答案《ヂョンチユエターアン》。名は陸乾《ルーチエン》……あんたら的には陸乾《りくけん》かな？」

陸乾と名乗った男は精悍な頬を緩めた。西洋人まで参加しているのだ。清国人がいても何ら不思議ではない。陸乾が「俺と同じ」と言った意味は、あの毒の根源となっている女をまた異国の者と見ているのだろう。

「いつまで口だけ動かしているつもりだ。来いよ。ほら早く」

軸丸鈴介と呼ばれた若者が辟易《へきえき》するように煽る。

「毒の思《おも》う壺《つぼ》だな」

石井と呼ばれた男は、小指から順に絞るように二刀を握り直した。この毒、痛みを感じること、動き続けることで、眠ることはないが若干なりとも感覚の鈍化はある。

「さて、如何するか……」

傭馬がちらりとこちらを見た。旧知だから無条件で味方と判断するほど、傭馬は甘い男ではないし、蠱毒の恐ろしさも痛感しているだろう。

——動けぬな。

愁二郎もまた同感。己たちが輪に加わったところで、拮抗が崩れることはなかった。次に予期せぬことが起こった時、場の静が弾け飛んで一気に動となるだろう。

三

「また……」

愁二郎は囁いた。いや、声とも呼べぬ。蓮《はす》の花が開くほどの大きさである。禄存を持つ彩八ならばこれで十分である。いや、己が呼び掛けるまでもなく跫音《あしおと》で気付いているはず。通りの向こうに気配がある。しかも、南北の両方の通りそれぞれから。連携しているのか、はたまた別に動いているのか、さらに四人の敵が迫っている。

「壬生《みぶ》」

彩八が訂正した。これは兄弟のみが判る暗号。壬生風五郎は五番目の兄弟。つまり彩八は、

——四人ではなく五人。

と、言いたいのである。まだ近くに息を潜めているということ。その呼気を彩八の耳朶が捉えているのだ。

「骨、幻じゃない」

彩八は付け加えた。これも隠語。三助は禄存で跫音、呼吸などを記憶して判別することも出来た。今、彩八もそれほど使いこなしているのであろう。貫地谷無骨、岡部幻刀斎ではない。これだけでも情報としては十分過ぎる。

この場に己たちを含めて八人。西の屋根に毒の根源が一人。南北の通りを近付いている者が四人。蓋《けだ》し、彩八だけが察知しているだろう者がさらに一人。合わせて十四人。残る参加者の半数以上が一所に集結することになる。そして、恐らく、これでこの膠着が霧散することになるだろう。

「来る」

彩八が言った次の瞬間、野獣の如き咆哮《ほうこう》が聞こえた。南側の路地から猛然とこちらに向かって来る者がいる。人か、熊か、というほどの巨漢である。

「あれは……」

まさかこの男も蠱毒にいるとは。愁二郎が言い終わるより早く、

「郷間玄治!!」

と、傭馬が驚声を上げた。旧宇都宮藩士で身丈七尺近い巨軀、人外の剛力、まるで戦国絵巻から抜け出してきたような豪傑である。

戊辰戦争の宇都宮攻防では獅子《しし》奮迅《ふんじん》の暴れ振りを見せ、官軍から「宇都宮の熊」と呼ばれて恐れられた。その時、愁二郎や傭馬が属する「戌」も投入されたのである。愁二郎は十数度斬って流血させるも、郷間は怯むことなく応戦を続けた。直後、官軍の大攻勢が始まり、勝負が決することはなかった。

「刻舟、お前もいたか!!」

郷間もこちらに気付き、嬉々として虎髭《とらひげ》を歪めた。

「厄介な男だ――」

彩八に注意を促そうとした時、北辰の広い視野が影を捉えた。月光を浴びて宙を舞う男。北側の家の屋根から飛んだのである。

「伊刈武虎か」

軸丸鈴介はここまでに面識があるらしく、忌々しそうに舌打ちを見舞う。

東京では知らぬ者はいないのではないか。幕末から明治の混乱に乗じ、若くして成り上がった博徒の大親分である。数百人の子分を纏められているのは、自身が恐ろしいほどに喧嘩《けんか》が強いから。人を殺《あや》めることを何とも思わぬ残虐な男と聞く。

「死ね!!」

伊刈の狙いは袁駿。不意を衝いた痛烈な飛び蹴りを、槍の柄で何とか受け止めたものの、袁駿は後ろに二、三歩よろめいた。

「刻舟、鄕間を頼む！」

傭馬は思わずといったように叫んだ。傭馬の鎖鎌は、鄕間の得物とは頗る相性が悪い。鄕間は怪力のため刀槍がすぐに折れてしまう。故に使うのは女子の頭ほどもある鉄塊の大金槌。今も小脇に抱えているそれである。

「彩八――」

二人ですぐに仕留める。そう考えて呼ぼうとしたが、彩八もまた別の敵を待ち構えていた。家の戸が開いている。裏口から入って家内を突っ切って来たのであろう。齢五十は超えていそうな初老である。

「轟重左衛門だ！」

自身が味方だと示すためか、これも傭馬が咄嗟に教えた。

これもまた名だけは聞いたことがある。幕府直轄の伝習隊に一刀流《いっとうりゅう》の達人がいると、当時かなり噂になっていた。それこそが轟重左衛門である。

重左衛門は彰義隊に加わって上野戦争で奮戦した。しかし、佐賀《さが》藩のアームストロング砲の弾丸が炸裂《さくれつ》して聴覚を失ったという。が、不思議なことが起こった。聴覚を失った後、重左衛門の剣は一層冴《さ》え渡り、もはや手が付けられなくなったのだ。無骨が義眼を外しただけで強くなったように、人には、武道には、説明の付かぬことがあるらしい。会津戦争以降はとんと耳にすることはなかった。死んだものだと思っていたが、この男もまた新時代に息を潜めていたことになる。

「女だと思って甘く見たな」

彩八が吐き捨てたのに対し、

「悪いね。耳が聴こえないのだ。侮ってのことじゃあない」

重左衛門は茶飲み話でもするかのように、言葉だけではなく白刃が交錯する。

「刻舟！」

それとほぼ同時、郷間が凄まじい速さで大金槌を振り下ろす。受ける訳にはいかない。受けられるはずがない。愁二郎は身を引いて躱す。雷が落ちたかのように地が抉られ、眼前に土砂が飛散した。

舞い上がる土の向こう、軸丸が刀を抜くのが見えた。速い。北辰の眼でも追うのがやっと。ずっと煽って攻めて来させようとしていたのは、軸丸の得意とするのが居合いだったからと悟った。

軸丸の刃の先は石井。二刀を引き付けて防ごうとするものの間に合わぬ。鋩《きつさき》だけが触れて何とか軌道を逸らしたものの、肩を鋩が掠《かす》めて血が噴き出す。

その血風を頬に受けつつ、傭馬が軸丸に向けて分銅を投げようとした矢先、三日月が落ちて来たかのような煌めきが襲う。

楓の薙刀である。傭馬は左手の鎌で受けるが、薙刀は小さな弧を描いてすぐさま脛に迫る。足元を狙う武術は少ないため苦手な者が極端に多い。傭馬もそうだったらしく顔を強張らせ、すんでのところで跳び上がって躱した。

が、その傭馬は宙で弾かれるように吹き飛ぶ。陸乾である。いつの間にか駆け出していたのである。得物を持っていなかった理由も判明した。いや、すでに持っていたのだ。陸乾の武器は拳。傭馬の脾腹に弾丸の如く鉄拳を見舞っていた。

陸乾はその間も足を止めぬ。風のように駆け抜けて、ドスを振り回す伊刈に肉迫する。伊刈がぎょっとしてドスで突くが、陸乾は首を振って躱すと、両の拳を嵐の如く見舞う。さらに膝を鳩尾《みぞおち》に、肘を顎門《あぎと》に、旋回して顳顬《こめかみ》を蹴り飛ばした。

これらほんの数秒の出来事。先刻までの膠着が嘘のような激闘である。月下の宿場で刃の音が乱舞する。

陸乾が伊刈を追って札を奪おうとする。その時、伊刈の猛攻から解き放たれた袁駿

が、陸乾に向けて、

「応！」

と、槍を繰り出したが、陸乾は身を捩じって避けた。袁駿はなおも五月雨のように突くも、陸乾はまるで宙を舞う紙のように躱し、

「あんた、名前は？　日本人は対決の時に名乗るんだろう？」

と、余裕綽々《よゆうしやくしやく》で尋ねる始末。

「宝蔵院袁駿、参る――」

その刹那、陸乾は伸びた槍をむんずと摑み、旋風の如き足払いを見舞った。袁駿は宙に浮かび、槍は陸乾の手に移っている。

「你太弱《ニータイルオ》」

陸乾は漢語で何か呟くと、足払いを掛けた勢いのまま独楽《こま》のように身を回し、空の袁駿の胴を深々と斬り裂いた。

「名前、何だったっけ？　難しくね？」

陸乾が軽い調子で漏らした時、袁駿は呻きを発することもなく地に落ちた。

「こっちも強い……」

彩八が顔を歪める。鉦《かね》を連打するように高い音が響く。小脇差と刺刀、二刀の文

曲。が、重左衛門は流水を思わせる無駄なき太刀で捌《さば》いている。こちらも実力が伯仲している。

「余所見《よそみ》とは、舐《な》められたものだな！」

郷間玄治の大金槌が襲い続けてくる。これほど重い得物なのに猛烈な速さで、風を切って囂々《ごうごう》と唸りを上げる。

「目を離してはいない」

愁二郎は武曲で両脚を律動させ、玄治の隆々とした右腿を斬った。が、手応えが薄い。宇都宮戦争で苦戦したのもこれだ。恐らく生まれつきのものなのだろう。常軌を逸した筋の硬さ。血は確かに流れるものの、骨は疎《おろ》か肉さえも深く切り裂けない。

「屁《へ》でもねえ。幾らでも斬ってこいや！」

大金槌での衝突。刀で受けつつ後ろに跳んで勢いを逃したものの、まともに受ければ肋骨《ろっこつ》まで粉砕されていただろう。此方が幾度も斬らねばならないのに対し、向こうは一度でも捉えれば必殺である。

「言われるまでも無い」

両肩、右腕、左脛の四ヵ所、次々に斬撃を与えるが傷はやはり浅い。玄治は躰の中央線、急所の集まる正中線だけは堅牢《けんろう》に守るのである。

傭馬は苦悶《くもん》の表情で石井の名を呼ぶ。陸乾の一撃で肋《あばら》を折られただろう。それでも立ち上がって手から鎖分銅を噴射した。龍のようにうねりつつ飛翔《ひしょう》して薙刀の柄に絡み付く。楓は勢いよく引くものの、傭馬に力では及ばず鎖がぴんと張り詰める。

「石井！」

「よぉし！」

石井はその隙を逃さずに大小で斬り掛かろうとする。その刹那、

「しっ」

と、吐息が聞こえたかと思うと、楓と傭馬の躰がぐわんと揺れ、互いに内側に一歩よろめいた。また陸乾。張った鎖を下から思い切り蹴り上げたのである。陸乾は身を捻って楓に痛烈な蹴りを見舞うと、そのまま姿勢を低くして弛《ゆる》んだ鎖の間を掻い潜る。その間、袁駿から奪った槍を、水車の如く旋回させており、その勢いに乗せて傭馬の胴へと痛烈な刺突を放った。

「ぐわっ――」

傭馬は鎌で何とか払ったものの、脇腹を抉られて鈍い呻きを発した。

「こいつめ！」

石井が大刀で背に斬り掛かるも、陸乾は槍を背後に添わせて防ぎ、さらに柄で小刀

を弾いたではないか。陸乾は拳法だけでなく、槍の扱いも達人の域である。

「覚悟」

楓である。鎖を解き終えて薙刀が陸乾を襲う。陸乾は石井への追撃を諦め、槍で薙刀を払う。二本の長物の残像が両者を幕のように包み込む。

傭馬、石井も体勢を立て直して陸乾へ。結果、三対一の構図となったものの、陸乾は全ての攻撃を撥ね除けつつ、

「哈哈哈《ハハハ》。後ろまずいよ？」

と、乾いた笑いを飛ばす。その直後、絶叫がこだました。石井の声である。軸丸がすうと背後に迫っており、神速の居合いを浴びせたのだ。

「花や咲くらん」

軸丸が血風の中で呟いたのと、ぱちりと納刀を済ませるのが同時。石井は白目を剝《む》いてどっと倒れた。

「貴様!!」

傭馬が憤怒の形相で叫ぶ。

「揉《も》めずに三人で来たら？」

陸乾は促すものの、軸丸は無視して石井の躰をまさぐる。そこに陸乾の槍。軸丸は

首を傾《かし》げるように躱すも、頬を掠めて血の線が浮かぶ。

「三点だけかよ」

他の札を探すのはおろか、首の札すら取る時はないと思い極めたか、軸丸は朱色の札一枚を摑んで逃げ出した。

「化物め……」

一方、愁二郎はすでに十二度斬っているものの、いずれも急所を捉えられず、玄治の動きは鈍るどころか猛攻の度を増している。

「刻舟、喉を狙え」

玄治は呵々《かか》と豪快に笑う。喉には筋がほとんど無い。真に弱点なのだろう。が、そこを狙った時、玄治は大金槌で己の頭を粉砕する算段だ。

「鳩尾もいけそうだ」

「いけるかもな。だがお前も終わりだ」

玄治が腹筋に力を籠めれば刀が抜けぬ。そうなればやはり胴に鉄槌《てっつい》を受けて相討ちとなる。過去に対峙した時も考えたことだ。

「郷間……お前は何で蠱毒に来た」

「戻りたかっただけよ」

玄治が新たな時代を如何に生き永らえて来たか。その一言に全てが集約されているように思えた。

「俺は戻りたくはない」

「何だ？　まさか手を組もうと誘うのか？」

玄治がこめかみに青筋を浮かべる。怒る理由もまた解る気がした。先刻のような嬉々とした顔は、明治にはただの一度も出せなかったのだろう。

「まさか」

愁二郎は言い残すと踏み込んだ。戻るつもりはない。誰に何と言われてもあの頃とは違う。守るもののために戦うのだ。

玄治は満足げに頬を緩めて大金槌を小脇から解き放つ。過去も、今日も、含めて最も速い。まるで大竜巻が急に湧き立ったかのように。

砂を巻き上げて足から滑り込む。鼻先を旋風が撫ぜ、前髪の先が微かな音を立てて消え飛ぶ。玄治は回転の途中に脇を開く。躍動を横から縦に変え、天雷のように大金槌が落ちて来る。瞬きの中、愁二郎は両脚を流動させ、玄治を中心に円を描くように背後に回り込む。同時に立ち上がりつつ、同時に右腕を振り抜きつつ――。

「……見事だな」

大金槌で地を叩いたままの姿勢で、玄治は寂《さび》のある声で呟いた。項からは滝のように血が溢れている。

「札は腰の袋に……合わせて十四点……持っていけ」

呻きを混ぜながら、玄治は言葉を継いだ。

「さらばだ」

玄治に対してか、それとも己たちが生きた時代に向けてか、愁二郎は静かに別れを告げた。玄治は丸い息を漏らして、

「おう」

と、応じたのが最期となった。その大きな背から魂が剝がれていく。大金槌を振り下ろしたままの姿勢。まるで自身を墓標とするかのように、玄治は斃《たお》れることは無かった。愁二郎は腰の袋を、首の札を受け継ぐと、なおも続く乱闘の渦中へと向かった。彩八と重左衛門の攻防を横目で見ながら。

彩八はすでに三十余の攻撃を放っていたが、重左衛門に悉《ことごと》くいなされ、あるいは弾かれている。頗る眼が良いのである。

「諦めろ」

彩八は攻撃の手をさらに速める。重左衛門は見たところ齢六十にも差し掛かっている。猛攻を続けていれば、いずれは疲弊していくと考えてのことだ。

「それは無理な頼みさ」

歪《いびつ》な軌道の斬撃を払い、重左衛門は擦れた声で応じた。

耳は聴こえないというのはどうも真らしい。聴を失った代償に、見が冴えるようになったのだろう。近くならば唇の動きから言葉を読み取れるようである。

重左衛門は受け身ばかりではない。時折、白刃の隙間に糸を通すような反撃をしてくる。今も僅か一寸、いや一センチの空間に向け、逆風に鋭く斬り上げてきた。それと同時、重左衛門が、

「静かにしてくれ……」

と、零した。際の際、彩八は刺刀の柄を指で転がすようにして捌く。

「呆けたか」

こちらは何も話していないのに、静かにしてくれとは何だ。刃の奏でのことか。いや、そもそも重左衛門は聴力を失っているではないか。

「ごめんよ。お前さんじゃあない」

「隠居してな。孫の一人や二人いてもおかしくない歳だろう」

このやり取りの間も数合。互いに手を止めることなく激しい応酬が続く。

「三人な」

重左衛門は斬撃を流すように受けつつ、何処か儚《はかな》げな苦笑に頬を緩めた。

「猶更だ。こんな所にのこのこ出て来るな」

蠱毒に出るくらいなのだ。不遇な新時代を送っているものと思っていた。揶揄《やゆ》のつもりだったのだが、この男はそれなりに幸せな暮らしをしてきたのではないか。

「そうさな……でもな。この十年、ずっと死んだ仲間が語り掛けて来るのさ。戻って来てくれってな」

孫のことを答えた時と別人の如く、重左衛門の顔に深い翳《かげ》が差す。先刻、呟いたのもその亡霊に向けて。四六時中、その聲《こえ》に苛《さいな》まれてきたことが窺えた。

「そいつらは女を狙えと？」

「いや、強き者をとな」

重左衛門の一言に弾かれるように、彩八はさらに両手の動きを速めた。一、二、三、四、五――。重左衛門の刀に八撃目が撥ねられ、掌中から小脇差が零れ飛んだ。重左衛門はその寸隙を見過ごさず、一切の無駄なき逆袈裟《ぎゃくけさ》を放つ。

「文曲……」

彩八が漏らしたと同時、重左衛門の脇腹に躰ごと刺刀を捻じ込んでいる。

「そりゃあ……凄い」

重左衛門は唇を震わせた。文曲は指の奥義。精密無比の動きで刃の軌道を曲げる。それは自身のものだけとは限らない。小脇差は飛ばされたのではなく自らの意志で捨てた。そして、重左衛門が振る刀の鎬《しのぎ》に指で触れ、太刀筋をそっと曲げたのである。

彩八はすうと刺刀を抜くと、重左衛門はふらふらと後ろに退がり、壁を背で滑るようにして座った。その口辺から血が垂れている。

「止《とど》めを？」

「いいや……もう少し愚痴に付き合うよ。放っておいてくれていい」

「解った」

「持っていけ」

重左衛門は首の札を引き千切ると、懐から出した袱紗《ふくさ》と共にふわりと投げた。

「ああ」

彩八が行こうとすると、重左衛門は血に咳き込みながら止めた。

「一つだけ。お主の眼の動きを見ていた。儂の逆……如何にしたか途中で耳が良くなったのだろう？　目に頼る癖が抜けておらぬ」

「なるほどね」

「生き残りなさい」

重左衛門は孫に語るように、好々爺然《こうこうや》とした慈愛に満ちた笑みを浮かべた。

四

夜天をゆるりとした風が抜けていく。

楓は息を切らして薙刀を振るう。が、陸乾は槍を躰に纏わり付かせ、巧みに捌き続けている。三対一でも仕留められなかったのだから、楓一人では分がかなり悪い。

袁駿は腹を裂かれた傷が深くて呻くのみ、伊刈は滅多打ちにされ仰向けに気絶したまま。傭馬は深手を負いつつも分銅を投げて再び戦いに加わった。

「もう止めろって」

陸乾は呆《あき》れたように言って躱す。

「掛かったな」

傭馬が口辺を緩める。直後、めらめらと鎖の音が鳴り響き、分銅が円弧を描いて戻って来て槍に絡み付いた。傭馬はぐいと鎖を引き、反対に自身は鎌を手に突っ込む。

この一連の流れは必殺。傭馬はこれで幾多の達人を仕留めてきたのである。

しかし、陸乾は今までのいずれの敵とも違う動きを見せた。

「いらね」

悪戯っぽく嘯《うそぶ》くと、槍を離して自らも突っ込んだのだ。分銅と槍が宙を舞う中、陸乾の手刀が体軀に突き刺さる。咽頭、腋窩《えきか》、丹田の三ヵ所。傭馬はぐえっと唾を飛散させる。陸乾はよっと軽い気合いを発し、傭馬の腕を捻り上げて鎌を強奪した。

「曳《えい》!」

槍を失った好機を逃さず、楓が薙刀で鋭い刺突を繰り出す。

「可惜《クーシー》。これも使えるの」

左手の鎌で刀身を狩るように払った時、右手をぐいと引き寄せている。主を替えた分銅が痛烈に襲う。楓は後ろに倒れるようにして際で躱したものの、

「一体、何者……」

と、目を見開いて愕然とした。拳法だけではなく、槍も一流であることだけでも驚きなのに、さらに鎖鎌まで巧緻に使いこなすのだから無理もない。

ともかく傭馬が武器まで奪われてしまったことで、再び楓一人で相手をしなければならないことに。しかし、陸乾は楓と傭馬に両の掌《てのひら》を向け、

「だから止めよって。俺も流石に毒には勝てないからさ」

と、飄々《ひょうひょう》とした口調で押し留める。

「さっきから屋根の女を見てるけど、何かまずそうなことを――」

陸乾がなおも説得をしようとしたその時、その背後にがばっと影が立ち上がった。

大博徒、伊刈武虎だ。すでに覚醒していたのか、それとも気絶も嘘だったのか、陸乾
が近くに来る機を窺っていたらしい。陸乾もこれは流石に予想していなかったか、伊
刈の伸ばした諸手が首に絡み付いた。

「てめえ、死ね」

伊刈は憤怒の形相で腕に力を籠める。このまま絞め殺すつもりである。

「おお……抜けないな」

絞められているにも拘《かか》わらず、陸乾の声が潰れていない。咄嗟に鎌を手放し、自身
の拳を首元に差し込んでいたのだ。

「すばしっこい奴め。腕ごと首を圧《へ》し折ってやる」

「かなり馬鹿力だ。それによく起き上がれたな。一晩は眠るかと思ったけど」

「潜って来た鉄火場の数が違うんだよ」

「ああ、打たれ強いってことね」

陸乾が感嘆の声を上げた時、楓が薙刀を引き付けるが、

「おい、女！　邪魔するなよ！　こいつは俺が殺す！」

と、伊刈は牙を剝いて吼えた。

「あ……」

陸乾は拘束されながら漏らした。

「その手は食わねえ」

「違うって。ほら、屋根の女！」

陸乾は残った手で屋根を指差す。乱闘に加わることなく、屋根の上から身動きしなかった小柄の女。ここに来て新たな挙動を見せている。

女の眼前に壺《つぼ》のようなものが置かれている。恐らくは香炉の類。さほど大きくもないのに、そこから濛々《もうもう》と煙が噴出しているのである。

「あれ、絶対にまずいやつだって！　何か黄色いし！」

陸乾は腕をぱたぱたと振りながら訴えた。眠り毒には甘い匂いはあったものの無色透明。あるいは限りなく薄い煙であった。一方、陸乾の言うように今度の煙はかなり濃厚で、見るからに禍々《まがまが》しい色をしている。

「関係ねえ！」

伊刈は眦《まなじり》を釣り上げて喚いた。

「関係あるだろ」

陸乾は冷ややかに言って、伊刈の指に手を掛けた。何か仕掛けて腕を振りほどくつもりであろう。が、陸乾ははっと頬を強張らせて手を止める。

星々を震わせるが如き轟音が響き渡った。銃声である。何処かから陸乾を狙撃したのだ。しかし、銃声に重なる呻きは陸乾のものではなく、伊刈の野太いそれ。陸乾は狙われていることに気付き、伊刈の顔面に後ろ向きに頭突きを見舞ったのである。

「やば……何処だ？」

陸乾は零しながら、伊刈の指を折ってさらに呻吟《しんぎん》を生み、腕からするりと脱け出した。愁二郎が玄治を倒して駆け付けたのはその時のこと。位置を探ろうとした矢先、

「嬢さん！」

と、重左衛門が嗄《か》れた声で叫んだ。すでに彩八に敗れて死を待つばかり。残る力を振り絞るように、小刻みに震える手で北側の屋根を指差している。

豪《ごう》。と、低い音が鳴り響いて、重左衛門の背後の壁に血潮が飛び散る。放たれた弾丸が眉間を穿ったのである。重左衛門に位置を気取られたと察し、射手が先に始末しようとしたのだ。

「さっきの奴だ！」

彩八が身を低くしながら言った。先刻、己たちを襲って来た銃剣の男である。北側の建物の屋根に伏せてこちらに銃口を向けている。

「自見隼人！　元久留里藩士で直心影流剣術と武衛流砲術の遣い手です！」

正体を看破したのは楓。ここに来るまでに戦ったのか。詳らかに知るあたり共闘もあったのかもしれない。狙いを付けられぬように位置を移しながら叫んだ。

「かなり早いぞ」

愁二郎は次の射撃に神経を尖《とが》らせながら漏らした。

先刻の交戦時、自見と呼ばれた男が手にしている銃を見たが、後装式のスナイドル式銃であった。先込めの旧式銃と比して弾込めは圧倒的に早い。しかし、今となってはかなり減ったとは聞くものの、当時は十に二、三は不発が起きていたこと。火薬の調整で強弱も付けられないという欠点もある。故に狙撃には使いにくいと、熟練者の中には嫌う者がおり、戊辰戦争では依然として旧式銃が大量に使われていた。

「てめえ！」

陸乾が見立てた通り、伊刈は頑強な体軀と気骨の持ち主。鼻から血が噴き出ているのに、指が折れた拳で殴り掛かる。

「俺に構っている場合じゃないだろ」

焦っているような声色の割に、陸乾には隙が微塵も無い。伊刈の拳を捌きながらも、屋根の上の自見隼人、毒の女にまで、気を配しているのが窺える。

「よいっと」

伊刈が空振りした腕を易々と掴み、頬に向けて強烈な掌底を見舞う。自然、伊刈の躰は独楽のように回転して、今度は陸乾が背後を取る恰好となった。再び銃声が響き渡ったのはその直後、いや、ほぼ同時である。

「うえ……」

放たれた弾丸が胸元に命中し、伊刈は鈍い唸り声を吐いた。

「やっぱり俺かよ」

陸乾は苦々しく零す。自見が次弾を放つのに合わせ、伊刈を楯《たて》に使ったのである。

スナイドル式銃を使えば初心者でも三十秒に一発、熟練者ならば十五秒に一発。自見は精密射撃に自信があるらしく、早撃ちに特化するためにこれを選んだとみて間違いない。その間隔は凡そ五秒。常人離れした高速装塡である。

自見は流れるような手つきで弾を込め、三、四、五度と立て続けに射撃を続ける。やはり狙いは陸乾である。後の脅威を排除する絶好の機会と考えたのだろう。

が、陸乾はじりじりと歩を進める。伊刈を壁として使い続けながら。二度は呻きも発していたが、三度目でそれも止まった。伊刈の脳天を貫いたのである。

「おい、こっちは止めろ！　飛び道具持ってるんなら、あっちを狙ってくれよ」

力なく項垂れる伊刈の陰から顔を出し、陸乾は自見に向けて訴え掛けた。これほどまでの状況下にありながら、この清国人からは未だ悲痛さは感じられず、軽妙な口調のせいで何処か滑稽にさえ見える。

伊刈の骸《むくろ》がある限り、仕留めきれぬと判断したのだろう。自見は忌々しそうな顔付きで筒先を動かした。

「彩八！」

彩八は重左衛門に視線を送りつつも、自見に注意を払っていなかった訳ではない。愁二郎が呼び掛けた時には、すでに身を横に滑らせて射線を切っており、そのまま路地へと飛び込んだ。愁二郎、楓もまた別々の路地に身を隠す。

残るは傭馬。近くの積み上げられた桶《おけ》の後ろに隠れたものの、

「ぐっ」

と、苦痛に顔を歪める。僅かな隙間に弾丸を通し、傭馬の肩に命中させたのである。

「伏せろ！」

愁二郎が呼び掛け、傭馬は身を屈《かが》めた。が、桶の一つが吹き飛んで桶の山の一部が崩れる。傭馬の躰を顕わにしようとしているのだ。弾を惜しげもなく使うあたり、かなりの備蓄もあるのだろう。

「だ――！　気付かれたか！」

陸乾が悔しそうに叫ぶ。傭馬を狙っている間、陸乾はまたそろりと近付き始めていたが、自見はそちらに向けても牽制の一弾を放ったのだ。

再び桶が抜かれる。先刻よりも崩れは小さいものの、あと一段も除かれれば、自見は傭馬の躰を捉えるだろう。

「傭馬、走れ！」

愁二郎は促すものの、傭馬は下唇を噛むのみで動かない。路地は遠い。十メートルはある。すでに深手を負っているので間に合わぬということだ。

自見が次弾を放ち、桶が乾いた音を立てて崩れたその時、愁二郎は傭馬のもとに向けて駆け出していた。

「刻舟、俺に――」

「いいから来い」

傭馬の帯を摑むと真っすぐ路地に向かう。装塡を終えるまで約五秒。再び銃が咆哮したのは、傭馬を路地へと押し飛ばした瞬間であった。愁二郎は頭を跳ねるように振り、弾丸は木壁にめり込んで微かな煙が上がった。自見は目を見開き、陸乾もまた、

「おお……」

と、感嘆の声を漏らす。北辰の眼力で筒先の向き、指が動いた瞬間を見定めれば、この距離ならば躱せる自信があった。愁二郎もまた路地に逃げ込むと、傭馬は壁にもたれかかっており、

「久しぶりだな」

と、息を切らしながら頰を緩めた。

「ああ」

愁二郎は往来の様子を窺いつつ応じた。自見は再び陸乾に狙いを付けているものの、弾を放つことは無い。再びの膠着である。

「お前までいるとは思わなかった」

「他にもいるのか？」

愁二郎は訊いた。他にも共通の知己が蠱毒に加わっている口振りである。

「江間千太《えませんた》を覚えているか？」

「蜻蛉《とんぼ》の千太だな」

遠江国《とおとうみ》の神主の息子。当時、神官中心に結成された遠州報国隊《えんしゅうほうこくたい》の一員で、その腕前を見込まれて「戌」に抜擢《ばってき》された。己よりも一つ年下で、隊の中では最年少。如何なる苦境でも退くことなく、真っすぐ突き進んでいくことから、前にしか進めない蜻蛉のようだと揶揄《からか》われていたのを覚えている。

「お前には懐いていたからな。会えたらさぞかし喜んだだろう。二川《ふたがわ》宿までは来れたのだがな」

「そうか」

二人が如何にして蠱毒に臨んでここまで来たのか。千太が如何なる最期を迎えたのか。詳らかに聞かずとも凡その想像はついた。

「戌だけではなく、申の者も見た。しかも厄介な奴だ」

「無骨だろう」

貫地谷無骨も十二支隊の一つ「申」に所属していた。戦争の終盤、無骨はそこで味方を乱斬りにして姿を晦《くら》ましたのである。

「知っていたか。まさか」

「二度な」

「やはりお前はものが違う。それに……変わったな」

「あの頃より眼が良くなった」

一貫から北辰を受け継いだのは戊辰の後。たとえ射手が一人とはいえ、あの頃ならばこのような芸当も難しかっただろう。

「いや、違う。まさか助けに来るとは思わなかった」

傭馬は乾いた咳を一つして首を横に振った。作戦に向けて協力こそするものの、自らの命は己で守る。あの時は危険を冒してまで人を助けることはなかった。

「人は変わるさ」

志乃に逢って、十也が生まれて、己はあの頃と変わった。人は誰かの力で変わる。蠱毒で双葉と出逢ったことで、それを改めて強く実感している。

「確かにな」

傭馬は荒い息と共に小さく頷いた。

「何故、舞い戻った」

「子が役人の馬車に撥ねられて歩けぬようになった……加えて俺は労咳《ろうがい》で長くはない。せめて妻子が不自由なく生きられる金を得るためだ」

傭馬は遠くを見ながら続けた。

「十万円が真と知って歓喜したさ。大抵の者には負けぬ自信があったからな。だが、すぐに甘かったと思い知らされた」

傭馬は深々と溜息を漏らした。陸乾から受けたもの以外にも、よく見れば躰のあちこちに大小の傷跡がある。ここまでかなり苦戦を強いられてきたことが窺えた。

「その躰では厳しいだろう」

「いや、労咳でなくとも同じよ。無骨を始め、どいつもこいつも化物のような奴ばかり。このような者たちがまだ多く燻《くすぶ》っていたとはな……」

薄雲が風に流され、月光が差し込んで明らかとなった。病と傷に加えて、ここまで蓄積した疲労。傭馬は土のような顔色をしている。

「休んでいろ。俺が止める」

状況を打破せねばならない。愁二郎が路地から出ようとすると、傭馬は擦れた声で制止した。

「待て。鉄砲は後回しだ」

「そういうことか」

愁二郎が得心したと同時、陸乾の呼びかける声が聞こえた。

「おい、鉄砲の君。この毒はまずそうだぞ」

傭馬が言いたいこともまたそれである。己と彩八は毒に対しての耐性がある分、まだ躰に異変は感じていないものの、傭馬たちはすでに感じているらしい。

「労咳で弱っている分、俺には早く効いているのだろう」

「どのような毒だ」

「手足に痺《しび》れが押し寄せている」

傭馬いわく、やはり絶命するような毒ではない。そのような毒は風の一吹きで術者をも死に至らしめるため、余程扱いが難しいのだろう。とはいえ、先刻よりも強い毒を散布しているらしい。

「何故、当初からこの毒を撒かなかったのか……」

宿場の無関係な者を殺したく無いと考えていたとしても、死なないのならば最初からこの毒を撒けば良かったはずである。

「恐らくは範囲だろうな」

傭馬は藩校で学んでいた時、本草学者から聞いたことがあると語った。草木の中には焚くと毒煙を出すものがある。中には大気と混じることで急速に毒性が失われるものもあるとか。恐らく最初の毒は弱くとも広範囲に届き、今の毒は強いが狭い範囲にしか影響を及ぼさないのではないかという。

「なるほど。理解した。しかし……」

「ああ、奥の手に強い毒を隠し持っているかもしれぬ。どちらにせよ躰が痺れ切れば手の打ちようが無い」

「確かに先に毒だな」

漏らさずに聞いていたらしい。愁二郎が往来を窺うと、向かいの路地に身を潜める彩八がまた顔を見せた。

「俺が正面から行く。回り込んでくれ」

二人であの毒の女を排除する。愁二郎が囁きで諮ると、彩八は頷いてみせた。愁二郎が外に出ようとしたその時である。

「なんだ？」

陸乾が首を捻った。屋根の上の自見が陸乾を、いや、楯にする伊刈を指差した後、手を招くような仕草をしたのである。

「ただでは動かないってことね。強欲な奴だ」

陸乾は呆れ交じりに零すと、伊刈の骸から札を引きちぎり、自見に向けて放り投げた。

自見、片手で札を受け取ると、再び銃に火を噴かせた。狙いは己でも、彩八でも、また陸乾でも無い。報酬を受け取って満足したのか、自見は毒の女に向けて発砲したのである。

五

「厄介そうだ」

愁二郎は彩八に向けて囁いた。

新たな毒を散布した時以外、女はほとんど動かずに仁王立ちで、こちらの乱闘を眺めるのみであった。そこに不意の銃撃。しかし、女に一切の油断はなかった。自見が銃口を向けた刹那、弾むように横に跳んだ。しかもかなりの速さ。毒を使うあたり武術は得意ではないのかとも思ったが、あれは並の挙動ではない。

自見の銃がさらに吼える。女は一切の無駄を省くかのように、軽い足取りで二歩だけ動いて躱した。

「行くぞ」

彩八が路地の奥に消えるのを見送ると、愁二郎は往来に飛び出した。自見が女を仕留めようとしている今が近付く好機である。

自見はちらりとこちらを見た。が、引き続き女に向けて射撃を続ける。

「行くのかい？」

行く先、伊刈の骸を支える陸乾が話しかけて来た。

「邪魔をするなら――」

「しないよ。俺も行く」

陸乾は食い気味に答えた。

「私も行きます」

路地から顔を覗かせたのは楓。元々の肌の白さが際立って見えたのは蒼《あお》い月光のせいか、それともこちらも毒の影響が出始めているからか。どちらにせよ止めねばならぬとは理解しているらしい。

「あんたは下にいてくれ」

楓を初めて見たのは御油の松並木。薙刀を携えて走り込んで来た時である。故にその走力は知っている。常人に比しては速いものの、己や彩八よりは確実に一等落ちる。ましてや屋根に這《は》い上がるには、楓の薙刀という得物は相性が悪い。毒の女が地上に逃れようとした時、下で待ち構えて貰うほうが良いだろう。

「解りました」

楓もこちらの考えが解ったらしく、無用に逆らうことなく素直に応じた。

「さあ、行こうか」

陸乾は伊刈の骸から手を離し、愁二郎に先んじて駆け出した。自然、陸乾、愁二郎、さらに遅れて楓という恰好となった。

「次、俺を撃てば殺すぞ」

陸乾は走りつつ自見に掌を向ける。未だ語調は飄々としているものの、底流に凄みが感じられた。嘘ではない。次、狙ってくれば、陸乾は確実に標的を自見に変えるだろう。それが伝わったか、毒の脅威を除くのを優先すべきと考えるからか、自見はやはり女に向けて発砲を重ねる。

「陸乾だ」

敏なる疾駆。女の立つ建物まですでに約三十メートル。陸乾は振り返らぬまま名乗った。

「聞いた」

「あんた名は？」

「嵯峨愁二郎」

「刻舟じゃないのね」

「昔の名だ」

「へえ。じゃあ、愁二郎サン。今は力を合わせるってことでいいかな？」

矢継ぎ早な会話の応酬の後、陸乾はふわりと尋ねた。

「そうだな」

「仲間の女の子にも伝えて貰えれば……」

「彩八はこの会話も聞こえている」

「凄えや。順風耳《じゅんぷうじ》かよ」

陸乾が舌を巻いた時、すでに十五メートルを切ったが女は動かない。こちらの出方を見極めようとしているかのように。

「俺は西。愁二郎サンは東。彩八サンは南から。聞こえてるかな？」

陸乾は姿を消した彩八に向けて諮った。

女がいるのは宿場最西端、往来を挟んで南側の料亭と思しき建物の屋根。三方から攻め立てて仕留める。女が北側、つまり往来に降りて逃げれば、自見の銃撃の的となる。もっとも自見が女を狙い続ければではあるが。とはいえ、現時点では最良の策。陸乾は武術だけでなく兵法にも通じているかのように賢《さか》しい。

「解った」

愁二郎が応じるのを聞き届けると、

「我們走吧《ウオメンゾウバ》」

と、陸乾は両脚の旋回を速くした。見下ろす女の眼前を走り抜ける。毒から逃れるために宿場から離れるように。が、陸乾は大地を踵で踏みにじるように急停止し、その勢いのまま月光に抗《あらが》うように舞い上がって桟に手を掛ける。

その時には愁二郎は路地の中へ。跳ねるように両側の壁を交互に蹴りながら上へ。あと少しで屋根に出られるというところで、

「動いた！」

と、いう陸乾の声が聞こえ、頭上を小さな影が横切る。三点で身を支えつつ、片手で下から斬撃を見舞うものの僅かに届かない。愁二郎が上り切ったと同時、陸乾もまた女を追って建物の間を飛び越えた。

「思った以上だ！」

「ああ！」

愁二郎も女を追う。陸乾の顔に初めて焦りの色が浮かんでいた。想像以上の速さ。先刻、発砲時に見せた動きでさえ、まだ片鱗《へんりん》でしかなかったということ。女は動けなかったのではない。際の際まで引き付けるまで動かなかったのだ。

「来るぞ――」

轟音が愁二郎の声を掻き消す。自見の狙撃だ。しかし、女は不安定な屋根の上を足から滑り込むようにして躱し、風が巻くかのように立ち上がって駆け出す。

「おいおい……」

陸乾は啞然として漏らす。女がさらに加速したのだ。無骨、幻刀斎、並み居る強敵よりも。四蔵、彩八、京八流の兄弟よりも。武曲を用いた己よりも、

「……速過ぎる」

のである。常軌を逸した人外の速さなのだ。

「多分、薬だ」

陸乾はそう見立てた。身体能力を一時的に向上させる薬を使っている。毒に通じているこの女ならば有り得る。いや、そうでなければ説明が付かない俊足である。

「何とか付いてきているか」

往来には薙刀を構えつつ走る楓。袴が小気味よい衣擦《きぬず》れの音を立てる。屋根に比べて足場が良くとも、付いて来るのがやっとといった様子であった。

愁二郎が楓の様子を窺っている中、陸乾は歯を食い縛りながら言った。

「銃を潰すつもりだ」

第一に討つべきと判断したのだろう。自見へと向かっている。女は建屋から建屋へと身を移す。蝶《ちょう》を彷彿とさせる軽やかな跳躍である。女の足が屋根に着く。その瞬間、脛に向けて突如として白刃が襲い掛かった。

彩八である。逃走したと聞いたと同時、引き返して先回りしていたらしい。桟を片手で摑んで身を浮かせつつ、足元に目掛けて奇襲を掛けたのだ。

だが、女の足はそれもするりと擦り抜ける。しかも速さは全く弛むことはなく、屋根瓦をからからと小気味良く鳴らして疾駆を続ける。

「何なのこいつ！」

彩八も屋根に上がりつつ叫んだ。呼吸の音さえも完全に消し去っていたのだ。攻撃を受けるその瞬間まで、女も彩八の存在に気付いていなかったはず。斬撃を目の端に捉えてから、即座に足を引いて避けた。その反応速度もまた尋常ではない。

彩八もまた加わり、急拵《きゅうごしら》えの同盟者四人が猟犬のように追い縋《すが》る。しかし、女との距離は詰まるどころか、徐々に離されていく。

「おい、お前！」

少しでも気を引こうとしたのだろう。陸乾は呼び掛けたが、女は振り向くことはなく、外套《がいとう》を翻してまたも射撃を躱す。陸乾は何を思ったか今度は、

「你《ニー》！」

と、漢語らしき言語を飛ばした。これには反応があった。女が一瞥したのである。

褐色の肌に瑠璃色の瞳。やはり極めて整った顔立ちであり、神韻のようなものさえ纏っているように見えた。

「有一個《ヨウイーガ》名字《ミンツ》……」

女は何か答える。珠を鳴らしたような玲瓏《れいろう》な声であった。

「やっぱりそうか」

陸乾が鼻を鳴らした。

「あれも清国人か」

愁二郎は独り言のつもりだったが、

「清国人以外にも漢語を使う者はいるから。日本人ではないのは確かだね」

と、陸乾が答える。依然として饒舌。しかし、先程までは余裕に満ち溢れていたのが、今では切迫した面持ちへと変わっている。また少し離されている。

「不許跑《プーシュイパオ》。怪物《クアイウー》」

返答があったことから、陸乾はさらに嬲《なぶ》ったような調子で煽った。

女は次の屋根へ颯《さっ》と飛ぶ。その最中、風の上を行きながらはきと答えた。

「我的《ウォダ》名字《ミンツ》是《シー》……眠《ミフテイ》」

「真的仮的《チエンダチアダ》？　何でここに……」

陸乾は眼の色を変えて絶句する。

「何!?」

彩八も毬のように跳ねながら宙で訊いた。

「台湾《たいわん》の伝説だ！」

陸乾もまた空を翔《か》けながら叫ぶ。

「何なんだ……」

愁二郎は着地と同時に唸った。台湾は知っている。琉球《りゅうきゅう》よりさらに遥か南西にある島だ。女はそこの出身ということなのか。

「四年前、台湾にいた時に聞いた」

陸乾は息を弾ませながら早口で話した。台湾には政府はなく、十六の部族がそれぞれの土地で暮らしているのみ。そのうち十五の部族が口を揃えて語っていた。

――山に神が住まっている。

と。その神は十以上の部族が同じことを祈った時だけ、人世に現れてその願いを叶えてくれるらしい。しかし、十の部族が共通のことを願うことなどは滅多に無く、村の長老さえその姿を見たことはないらしい。前回、姿を見せたのは二百年前とも、三百年前とも言われており伝説の域を出ない。

ただ言い伝えでは、神は女の姿であり、人よりも小柄、褐色の肌を持ち、目は澄み渡った瑠璃色。そして、何者にも負けぬ無類の強さを誇るという。その神の名が、

「眠だ」

陸乾は弾み始めた呼気の中で言った。また建物の隙間を飛んだ。月光を一身に受け、天宇を滑る姿は、勇ましく、美しく、神々しささえ感じた。

伍《ゴ》ノ章　南北の神

＊

アビュはもう十歳。歳の離れた兄もいるが、弟も妹もいる。もうお姉さんなのだ。ちょっとのことで泣いてはいけない。でも、気を抜けば涙が溢れて来る。家に帰るまでには泣き止《や》もうと、わざとゆっくりと歩いている。

「見たもん」

随分と長くなった影に向けて、アビュはぽつりと呟いた。

今日、父母から柴《しば》を集めて来て欲しいと頼まれた。アビュは柴集めが得意だから。弟、妹は勿論、兄や父母にも負けていない。こちらにありそう、あちらに溜《た》まっていそうというのが何となく判ってしまう。故に二年前からは、これはすっかりアビュの仕事になっている。その途中、見てしまったのだ。

古くから排湾族《パイワン》には、山中に女神が住まっていると伝わっている。遥か昔、先祖に農耕を教えてくれたのもこの女神であり、今でも年に一度は祭祀《さいし》も取り仕切られている。偉い人たちが言うには、この地には排湾族の他にも幾つもの部族がおり、その大半がこの女神を祀《まつ》っているらしい。つまり各部族共通の女神という訳である。

アビュが見たというのはその女神である。十歳の自分ともそう変わらぬ身丈、濡れたような黒々とした髪、海を彷彿とさせる青み掛かった瞳、大きな布を纏ったような装い、何もかもが聞いていた伝説通りであった。

それも今日が初めてではない。一度目は蛇の巣と呼ばれる洞窟の近くで。この時は一人であった。唖然とするアビュを一瞥し、女神は驚くべき跳躍で岩場を上り、木々の隙間へと消えていった。

二度目は鳥の涙と名付けられた細い滝のそばで。水を浴びておられたのである。この時は何と三人。まず女神は一人ではなかったことに吃驚した。そのうちの一人は前回と同じ女神であり、何と自分などに向けて、

「雨が来る。今すぐ引き返せ」

と、気に掛けてくれた。アビュはこくこくと頷いて素直に帰路についた。他の二人が恭しく接していたことから、この女神が最も位が高いのだと朧気《おぼろげ》に思ったものだ。

そして、三度目が此度。鬱蒼とした森の奥に小さな姿が見えた。

「女神様！」

畏れ多いことだと解っていながら、アビュは思わず叫んでしまっていた。実は一度目も、二度目も、女神様を見かけたことを皆に話した。

が、女神にはある手順を踏まねば、決して姿を現してはくれぬとの言い伝えがある。そのせいで子どもたちからは嘘つき呼ばわりされ、大人たちからは不敬であると激しい叱責を受けた。家族までが滅多なことは言うなと信じてくれない。アビュは悔しくて、悔しくて、思わず声を掛けてしまったのである。

女神様は振り返ると、ゆっくりとした足取りで近付いて来て、

「変わった子ね」

と、鈴のような美しい声で語り掛けてくれた。女神様が言うには、遠く離れていても人の気配が判るため、こうして邂逅しないようにしているという。しかし、自分にはちょっぴり不思議な力があり、女神様でも気付かぬうちに近付いてしまう。故にこうして三度も巡り合えたということらしい。

「本当に……女神様ですか？」

アビュはたどたどしく尋ねた。

「そうね」

「私は……」

皆に馬鹿にされたこと、怒られたこと、家族さえも信じてくれぬこと。中には所詮は作り話で女神などいないと嘯く者もいたこと。アビュはそれが悔しくて堪《たま》らないことを、堰《せき》が切ったように話してしまった。

「それでいいの」

女神様は慈愛に満ちた笑みを見せた。己たちは古くから山深くに暮らしており、決して人里に姿を見せることはない。ただこの島の者たちが真に困った時だけ、山から現れて願いを叶える約束を大昔にしている。今、姿を見せないのは、作り話だと思われているのは、この島が安らかな証。だからそれで良いと、優しく語ってくれた。

「でも……」

アビュはなおも言い掛けたが、女神様はそっと頭を撫でて、

「もうお行き」

と、柔らかに微笑んだ。

アビュは村に戻ってすぐ、やっぱり女神様はいたと、凄く綺麗だったと、今度はお話までしてくれたと弾んだ声で語った。しかし、やはり反応は同じ。法螺《ほら》吹きが酷く

なったと揶揄われ、大人たちにはいい加減にしろとこっぴどく怒鳴られた。

それで今、アビュは肩を落として帰路についているのである。背負った柴が擦れて乾いた音を立てる。その軋みの間に、鼻を啜《すす》る音を挟みながら、アビュはとぼとぼと家路を歩んでいった。

＊

村が騒然となったのは二十日後のことである。子どものアビュでも大変なことになったのだと解った。父も、母も、経験が無い。いや、村の古老たちもこのようなことは初めてだと。排湾族始まって以来の危機だという。

ことの始まりは三年も前に遡るという。が、アビュは何も知らなかった。アビュだけではなく村の誰もが知らなかった。

排湾族には厳格な身分制度がある。これは他の部族ではないらしく、もしかすると排湾族だけかもしれないという。階級は頭目、貴族、勇士、平民の大きく四つに分かれており、アビュたちは平民である。故に何も聞かされてはおらず、知っていたのは頭目と一部の貴族だけらしい。

三年前、一艘の船が漂着した。彼らは琉球という国の民。数は六十六人だったという。頭目たちは彼らを捕まえて訊問を行ったものの、言葉が通じないために要領を得ない。そのような中、琉球の者たちは脱走を図った。頭目たちはこれをもって敵と認定し、追い掛けて再び捕えると、次々と斬首していったのである。惨《むご》いかもしれないが、これは当然のことだともいえる。疚《やま》しいことがあるから、敵だからこそ逃げる。排湾族では昔からそのように教えられているのだから。

が、これで終わらなかった。敵が仕返しにやってきたのだ。しかも何故だか、琉球ではなく、日本と呼ばれる国が――。

それは凄まじい数で押し寄せてきたらしい。しかも鉄の船に乗り、誰もが雷を吐く筒を携えて。頭目たちはすぐに集まって会議を開き、

――故郷を守るために戦う。

と、いう決断を下した。貴族、勇士の階級は勿論のこと、平民のうち壮健な者は全て集まれという命である。

アビュの父、兄もまた、行くことになった。父は明らかに緊張していたものの、兄は常と同じような調子で、

「心配はいらない」

と、アビュたちに向けて頬を緩めてくれた。

それが兄の最後の言葉となった。排湾族は結集して立ち向かったものの、あっという間に壊滅した。日本の強力な武器の前には全く歯が立たなかったのだ。多くの者が死に、その数倍の者が怪我を負った。父も瀕死《ひんし》で村の者に担がれて来た。父によると、兄は全身を蜂の巣のように穿たれて死んだという。

排湾族は滅亡を覚悟したが、日本勢はどうした訳かすぐには攻め寄せては来なかった。海岸近くに屯《たむろ》し、そこから幾つかの集団に分かれて、排湾族以外の部族も攻め始めたのである。日本は排湾族とそれ以外の部族の区別がついていない。あるいは、

——全てを制する。

と、決めているのかもしれない。卑南族《プユマ》、泰雅族《タイヤル》、雅美族《ヤミ》、邵族《サオ》、魯凱族《ルカイ》、布農族《ブヌン》、多くの部族が抵抗を示した。排湾族を責めることはなかった。日本は何か切っ掛けを探していただけで、いずれは侵略して来るつもりだったと感じ取ったのだ。

しかし、結果はいずれの部族も惨敗。日本には勝てずに多くの血が流れた。

それから暫くして、日本の者たちは一部を残して去っていった。病に倒れた者が多かったからか、それとも他の理由かは判らない。後に判ったことだが、そもそも日本は排湾族への攻撃そのものが目的では無かったらしい。清国、琉球を巡る様々な事情によって、攻めることが利益に繋がるからだったという。

が、一部の者を残したということは、いずれはこの地を奪う意志を持っているということである。各部族の長たちが集まって今後の対策を話し合った。強大な戦力を有する日本に、島の部族たちだけでは絶対に勝てないと思い知らされた。

そこで考えたのは清国に助けを請うということ。だが、これは実を結ぶことは無かった。清国も日本と事を構えたくはないらしい。そもそも琉球人を処刑した責任を、日本は清国に詰め寄ったらしい。しかし、清国は、

──あの島に住むは化外の者。

と、清国の統治のおよばぬ島と回答したというのだ。

もはや万策が尽きた。あとは神に禱《いの》るしかない。そこに至った時、一人の長がはっとして口にした。

「……女神に助けを請うてはどうか」

多くの長が溜息を漏らしたらしい。この数百年、女神を見た者はいない。ただの伝説でしかないと、長たちでさえ思っていたのである。とはいえ、他に手段も思い付かぬのだ。哀《かな》しみと不安に暮れる皆の心を落ち着かせるため、慰みにもなればと、長たちは古くから伝わる手順通りに祭祀を行うことにした。

伝説では、祭祀の次の満月の日、「百歩蛇《ひゃっぽだ》の原」と呼ばれる地に女神は降臨する。

その時、出来るだけ多くの人で祭壇を囲んで待たねばならない。各部族から人が派され、最も平原に近い排湾族からはほとんどの者が行くことになった。アビュもまたそのうちの一人である。

焼けたような美しい陽が西に落ち、藍色が迫ってきたところで百の篝火《かがりび》が灯《とも》される。こうして待っていると、女神が願いを聞きに現れてくれるという伝承である。

丸い月が徐々に天に上っていく。しかし、幾ら待てども女神は姿を見せない。次第に諦めの溜息が場を支配していき、所詮は言い伝えだと零す者も、迷信に縋《すが》る暇があるならば、もう一度清国に頼んでみるべきと訴える者もいた。

部族の長たちが皆を鎮めようとしたその時、

「あっ」

と、一人が吃驚の声を上げた。山から人影がこちらに近付いているのだ。皆、息をするのを忘れたかのように見守る中、アビュだけは涙を堪えて下唇を噛み締めた。アビュだけは疑っていなかった。だって、女神は確かにいるのだから。

ふいに人の群れが割れた。その中、女神は歩を進める。皆が禱りを捧《ささ》げる。その声は一つの大きなうねりとなり、まるで島そのものが禱っているかのようである。長たちは深々と頭を垂れて願いを口にした。この島を日本から救ってくれと。

「その国の長を眠らせます」

女神は透き通った声で言った。日本の長に永遠の眠りを与える。それで島を諦めなければ次の長を、さらに次の長を、何度でも眠らせる。それで手を引かせるように交渉すれば良いと。

再び、一斉に皆が頭を下げる。アビュはすっかり見惚《みと》れてしまっていたせいで、衆の中でたった一人だけ取り残された。女神はこちらに気付いて、

「心配ない」

と、あの日と同じような優しい笑みを向けた。月灯《あか》りを浴びるその姿はやはり美しかった。美し過ぎて思わず目を細めてしまい、そのまま眠りについてしまいそうなほど。名は眠。この島に古くから伝わる女神である。

一

やはり速すぎる。跫音さえ置き残していくように疾走する。もはや足が宙に浮いているかと錯覚するほどである。

「くそが！」

一瞬の静寂を破り、大声で汚く吐き捨てたのは自見。女はすでに二十メートル先まで迫っている。自見は身を翻して離脱することを選んだ。

「待てって！　お前が逃げたらまずい！」

陸乾は慌てて手を伸ばして止めた。

毒も効き始めている。先刻より、愁二郎も遂に手先に痺れを感じ始めていた。陸乾も苦々しい面持ち。感覚を保つために指を常に開閉しながら走っている。

この女が真に「眠」と呼ばれる台湾の伝説の女神なのかは判らない。が、この場の誰よりも俊敏なことだけは確か。この場の誰もが追いつけない。

体力が切れるのを待つしかないが、もしそれも向こうが上回っていたらもはや詰み。討つためには遠距離での攻撃、つまり自見の存在が不可欠なのである。

「撃ち続けろ！」

愁二郎は呼び掛けた。今は協力するべきである。しかし、自見は耳を貸さずに屋根から飛び降りて逃げ出した。こうなれば眠は如何にするのか。

「追え」

陸乾は低く望んだ。

それが最善である。眠は動き始めてからは毒を撒いてはいない。が、低いところに

身を移せば、再び毒を撒いても広がりは小さくなる。それに加えて眠は、
——それほど強くない。
と、考えているのだ。いや、厳密に言えば眠は強い。だからこそこうして苦戦して
いることになる。
しかし、こうして毒を用いる戦術を採ること、持ち前の俊足と身軽さで距離を取ろ
うとしていることから、接近戦は得意としていないのではないか。
だからこそ眠が追いついて接近戦になれば、自見の銃剣の実力ならば勝つ見込みは
大いにある。勝てなくとも時が稼げれば、追いついて一斉に掛かることが出来る。故
に、眠には自見を追って欲しい。陸乾のその念が思わず口から漏れたということだ。
「よし」
愁二郎は吐息に添えるように漏らした。眠が足を交叉《こうさ》させて進路を僅かに曲げた。
自見に続く気である。
「来る」
彩八が鋭く言った。一体、何が来るのか。突如、宙を旋回する影によって、答えは
一秒を待たずして判明した。
離脱するつもりだったが、混乱が近付いて来ることで考えを変えたのだだろう。先

刻より飛び越えてきた建物どうしの隙間。その中でも一等狭い箇所を見つけ、背と、両脚でもって身を支え、得物を窺う狼《おおかみ》の如く待ち構えていたのだ。

逆手で軒先を掴み、足で壁を蹴り、屋根へと舞い上がる。軸丸鈴介、居合いの妙手。空に身がある時から、その手はすでに柄にある。

「死ね」

軸丸の呟きが先か、屋根が鳴るのが先か、あるいは闇に煌めきが迸るのが先か、ほぼ同じ時であっただろう。軸丸の腰間から放たれた牙が眠を襲った。

「何……」

軸丸の吃驚の声、甲高い噪音《そうおん》、これもまた同時。軸丸の刀と、眠の首、その間に差し込まれているのは、見たことも無い三日月の如き形の剣。眠が、止めたのである。

「ちっ」

眠の冷やかな視線に押されるかのように、軸丸は後ろに跳んで刀を引く。居合いに長けた者は、往々にして抜いた後に弱体化する。が、軸丸は納刀も異常の速度。次の瞬間には鉈が鞘に納まり掛けていた。

しかし、刀は鐔元《つばもと》まで納まることは無かった。刀身が半ばまで入ったところで、眠が発条《ばね》の如く跳んで軸丸に迫ったのである。

軸丸は長刀を諦めて脇差に手を伸ばす。それでも眠が速い。湾曲した剣が首元を削って鮮血を散らした。

「ぐ……」

溢れる血を掻き寄せるような仕草をし、軸丸はどっと瓦へと膝を突いた。次の瞬間、眠の剣が再び歪な弧を描く。首に掛けた札の紐を切ったのだ。番号は「一」。相当な自信を持って、揚々と参加したことが窺えた。

さらに懐から札を取る。はきと見えた。白と朱、全て合わせて十四点。眠が札を奪った直後、軸丸の膝はもはや力を失い、うつ伏せに倒れ込んだ。その勢いで屋根瓦の上を滑る。軸丸は微かな声で、

「し……しょう……」

と漏らし、鞘から抜けた刀と共に落ちていった。軸丸が地に沈む鈍い音と同時、眠は剣に滴る血を儚《ぼう》と振り払った。

「こいつ」

陸乾は鬱陶しそうに吐き捨てる。

「強い」

「かなりね……」

愁二郎の言を補うように、彩八は憎らしげに続けた。

近接戦に追い込めば易々と倒せると、皆が読み違えていたことになる。あの軸丸の奇襲を防いで返り討ちにするほど、眠は卓越した剣技を有している。三人で迫れば流石に圧倒出来るとは思えるが、瞬時に制圧出来るとも思えない。その間隙を衝いて、また逃げられたならばいよいよ手に負えない。

すでに自見は路地に紛れた。眠は再び屋根を真っすぐに突っ切り始めた。自見を追うことを諦め、己たちから逃げることに専念したのだ。

「やはり飛び道具がいる！」

陸乾が訴える。軸丸を討ってなお加速。息も切れる様子は微塵もなく、体力も並ではないことに絶望する。

「あんたは？」

少しでも引き離されぬように、愁二郎は脚を回しつつ訊いた。

先刻、陸乾は拳術の他、槍や鎖鎌を見事に使いこなしてみせた。他の武器にも通じているのではないかと考えたのである。

「気付いたか。大抵は使える。遠くを狙うならば弓、弩《いしゆみ》、銑鋧か。でも弓や弩は持ち合わせていないし、銑鋧はどちらにせよ届かない」

鉄砲、あるいは弓の調達から始めねばならない。あるいは眠が東に向けて移動しているので、双葉や進次郎と合流した後、宿場の西側に一旦退避するのも有り得る。しかし、それでは結局、札が足りずに先に進めない。

やはり前者しかないと思い極めた時、まるで愁二郎の念が届いたかのように、夜天に流れ星のように一筋の線が走った。


「矢だ！」

陸乾が目を見開いて叫んだ。矢の向かう先は己たちではない。前を駆ける眠へ。眠ははっとして上体を逸らして躱したものの、足が鈍って若干だが差が縮まった。

「弦の音はあっち！」

彩八が刺刀で方向を指し示す。往来を挟んで向かいの建物の屋根に人影。愁二郎はその相貌まで見て取れたし、何よりあの異装は恐らく蠱毒に一人しかいない。

「カムイコチャ！」

鈴鹿峠《すずかとうげ》で邂逅したアイヌの弓遣いである。眠の目の前を矢が通り抜けた時には、すでに弓弦《ゆづる》を引き絞っていた。

矢が皐月《さつき》の夜を翔けてゆく。相変わらず驚異の精度で、眠の胸元の中央を目掛けて飛んでいる。眠は右肩を引いて体を開いた。が、矢も直前で追うように軌道を曲げ、眠の肩を掠めて外套を切り裂いた。

「――――」

眠は何かを言った。陸乾も反応せぬことから漢語ではない。知らぬ言語で意味は判らない。とはいえ、初めて表情が曇ったことからも、カムイコチャの腕に驚いているのは確か。暫《しば》し止まっていた脚を再び躍動させ、矢の攻撃を振り切ろうとする。しかし、カムイコチャは寸隙も与えない。二度目の射撃の後、即座に箙《えびら》から次の矢を取り、口で羽をなぞるようにして弦に掛けていた。

「あれは」

愁二郎は呟いた。見覚えがあった。これも鈴鹿峠で見せた技、羽根を舐めて濡らすことで矢の軌道を曲げるのである。弦に掛かった矢は二本。カムイコチャの指から解き放たれると、それぞれが違った弧線を描きながら飛来する。

眠に迫る二本の矢。それは番《つが》いの燕《つばめ》を彷彿とさせた。一矢は今の場所に、二矢は眠の僅か先に。止まれば脇腹に、進んでも腿の辺りに受けることになる。残すは後退することだが、それではさらに己たちと距離が詰まる。眠は顎を引き、

「ちっ」

と、舌打ちを零した。退かずに前へと進む。但し、行くのは宙である。頭から飛び込むようにして、前方の矢の上を越えた。矢はたなびく外套の端を貫いて闇へと消えていった。眠は転がるようにして立ち上がると、その勢いを活《い》かして走り続ける。

二

「俺よりも上手いぞ。何者か知っているのか!?」

陸乾は興奮を隠しきれないように訊いた。

「カムイコチャ。神の子だと」

「名に恥じぬ腕だ。やれるぞ」

「ああ、いける」

カムイコチャが仕掛ける度、眠はどうしても足が鈍る。あと二、三度これが続けば、追いつける距離まで迫っている。但し、標的を己たちに変えなければ——。

「頼む」

思わず口から零れ出たその時、カムイコチャが再び矢を放った。此度は三本。しかし、今回は同時ではなく、手が霞むほどの速さで立て続けに射掛けた。

「これは」

己の願いが届いたのか、それともカムイコチャも毒の猛威を感じているのか。この攻撃は己たちの誰かを目掛けたものではない。狙いは依然、眠である。

三本の矢は眠の進む一、二、三、メートル先に。驚くべきことに弓矢という武器でもって、点ではなく線で敵を捕捉するつもりである。

眠に残された道は、止まる、払う、躱すの三種のみ。いずれにしても距離は相当詰まる。いや、これで己たちの刀が届く。

「ここまでだ」

彩八が必殺を確信したが、眠が選んだのは四番目の選択。踵を捻って身を翻し、こちらに向かって来たのである。

「なっ――」

陸乾もこれは予想していなかったらしい。己も、彩八も、また同じ。陸乾の回し蹴りを掻い潜り、彩八の刺刀は僅かに届かず、己の刀を飛び越え、眠はそのまま屋根を捨てて往来へと降り立った。

「引き返すの……」

彩八は驚嘆を漏らした。この間、西から東へと走って来たのだ。眠は逃走途中で軸丸の札を奪ったことで、このまま宿場を抜けて東に抜けることも有り得た。故に来た道を引き返すことは無いと何処かで思っていた。

「そういうことか」

愁二郎は唸った。眠には別の思惑がある。東へ向かっていたということは、己たちは常に風上にいたのだ。眠はその間に毒は一切使っていない。眠は、再び風上を取って毒を用いるつもり。この宿場で、

――勝負を決する。

つもりなのである。

「追うぞ!」

陸乾はいち早く屋根から飛び降り、愁二郎、彩八と続く。それをまた矢が追い越していく。柳の葉のような垂れた弧を描きながら。

が、眠は駆けながら視ている。カムイコチャだけを警戒するように。突如、眠の走りは雷の如く鋭く曲がり、矢は虚《むな》しく地に突き刺さった。屋根であの動きだったのだ。足場が良くなってさらに機敏となっている。しかし、まだ逃がした訳ではない。

「止めます」

凜《りん》とした声。薙刀を小脇に抱え、ずっと下を追って来た楓である。会津と台湾。生涯、出逢うはずのなかった女が二人、相克の宿場で激突する。

薙刀一閃《いっせん》。以降、三日月が地に落ちて暴れ回るかのように、小刻みに猛攻を仕掛ける。眠の剣の間合いにすら入らせない。言葉の通り、自身が仕留めることよりも、眠を足止めすることを優先した攻めである。

「よし、そのまま――」

陸乾が言い放ったその時、突如として霧が生じたかのように視界が煙った。

「楓！　逃げろ！」

愁二郎は叫んだ。眠が外套の中に手を捻じ込み、得体の知れぬ粉末を散布したのである。

楓は激しく咳き込み膝から頽れる。

粉末を飛散させると同時、眠は襟巻を引き上げて口元を隠していた。さらに息も止めているのだろう。苦しむ楓の脇を、低い姿勢で擦り抜けていった。

「避けて！」

彩八が訴える。今、こちらは風下。撒かれた粉はこちらにもゆらりと迫って来る。皆が往来の両脇に寄って身を屈める。大した量ではなかったらしく、ほんの十秒ほどで流れて、夜に溶け込むように消えていった。

「楓！」

粉が通り過ぎるや否や、愁二郎は楓のもとに向かった。楓は杖《つえ》のように突き立てた薙刀を引き寄せようとする。やはり己ですら警戒しているのだ。

「何もしない」

言葉がどれほどの意味があるのか。愁二郎はせめてもと語りかけながら駆け寄った。

「ぬかりました……」

楓は吐息を荒くしながら細く漏らした。

「見せろ」

「……お医者様で？」

「いや、妻が医者なだけだ。彩八、そこの水を」

防火用の大きな桶に溜まった水を、彩八は手桶で掬《すく》って持って来た。愁二郎はそれで楓の口を濯《すす》ぐ。

「死にますか……」

「いや、死ぬほどの毒ではないはずだ」

志乃から聞いたことがある。そのような毒を盛られた時の症状とは違う。それにもしそうならばすでに楓は死んでいる。恐らくは先刻、焚いていたものと同じものではないか。それを粉のまま吸い込んだから影響が大きいのだろう。

「秋津殿は幸い風上にいた。ほとんど吸ってもいないはず」

「はい……一呼吸のみで、すぐに息を止めました」

楓は長い睫毛《まつげ》を小刻みに震わせながら頷いた。

眠は風下から風上に向けて粉末の毒で攻撃した。決して風は強く無かったことに加え、息を止めていたとはいえ、自身も浴びることになるかもしれないのだ。眠からしても苦渋の一手であり、それほど追い詰めていた証左といえよう。

「動けるか。そこにもたれ掛かって休め」

愁二郎は楓の肩を支えつつ促した。

「私のことは構わずに早く……」

「いや、もう厳しい」

眠はすでに豆粒ほどの大きさになり、さらに今また屋根に上ろうとしている。もはや追い付けない。彩八らも同じように見ており、走ることを止めて歩み寄って来た。

「……難以撃敗《ナンイージーバイ》」

陸乾が項を掻き毟りながら零した。

「何と？」

「手強いってな」

「ああ、相当厄介だ」

愁二郎は頷いた。眠は武術も強い。ただそれだけならば陸乾も同じであるし、過去にもそのような相手とかち合ったことはある。しかし、眠のような攻撃を仕掛けて来る者には、かつて一度も出逢ったことがない。

「おお、神の子……」

陸乾は呑気《のんき》な調子を取り戻しつつも、警戒を解かずに拳を構えた。カムイコチャが屋根から降り立っており、地に刺さった矢を引き抜きつつ近付いてきたのだ。

「カムイコチャ……」

顔を合わせたのは鈴鹿峠以来。先刻は共に眠を狙ったものの、こちらに標的を変えぬとも言い切れない状況である。

「やる気は無い。あの女を止めねば大変なことになる」

カムイコチャも同じ考えであることに一先《ひとま》ず安堵した。

「あんたも札が？」

「ああ、足りない。宿場の東の屋根に潜んで待ち構えていた」

「なるほど。残り一人ね。ほとんど呼吸も聞こえなかった」

彩八が得心したように言った。あと一人はいると彩八は見立てていたが、これまで姿を見ることはなかった。それがカムイコチャだったという訳である。

「浅く長く。狩りをする時はそうだ」

「何故、東に？」

愁二郎は尋ねた。すでに札が揃っている者、この宿場で揃った者、いずれにしても検札を終えればすぐに宿場を離れるだろう。敵を待ち構えるならば、宿場の入口である西の方が良いように思えた。

「獣は獲物を狩った時が最も気が緩む。それは人も同じだ」

「そういうことか」

蠱毒参加者にとっての獲物とは札。札を集め終えて宿場を出ようとする時、油断が生じる瞬間を狙うつもりだったということだ。

「お前たちが宿に入ったのも見ていた。二人が出ていくのもな」

「攻める時を窺っていたか」

「忘れたか。子と……双葉といる限り狙うことは無いと話したはず」

すでに宿を把握しており、己と彩八が離れたことも知っている。双葉たちを狙う気ならば恰好の機会だがしなかった。あの時は半信半疑であったものの、カムイコチャの言葉は真実とみて間違いない。

「今まで何をしていた」

愁二郎は静かに尋ねた。腑《ふ》に落ちないことがある。この宿場騒乱の中、カムイコチャがこれまで何をしていたかということだ。恐らく戦いの近くにも来ていなかった。

「離れていた」

「俺たちの宿の前に張り付いていたか」

「ああ」

カムイコチャはあっさりと認めた。

「戻って来たところを射止めるつもりだったのだな」

先ほど言った獲物の話。己たちが札を得て宿に戻った時こそ、気が緩んでいると見て待ち構えていたということではないか。

「何度も言わせるな。倭人《わじん》は疑い深い」

カムイコチャは呆れたように零した。

「では何故、宿の前にいた」

「すぐ後ろに恐ろしい男が迫っている」

この旅の中、カムイコチャは多くの強敵を見て来たという。そのうちの一人がこの島田宿のすぐ近くまで来ていた。見つかってしまったならば、双葉や進次郎では万に一つも勝ち目は無い。故に己と彩八が離れたことで、宿から易々と離れられなかったと語った。

「つまり……守ってくれていたと？」

カムイコチャは何も答えずに天を見上げたが、そういうことらしい。

「すまない」

愁二郎が詫びると、カムイコチャは視線を落として答えた。

「普通ならば宿に籠っていれば気付かれない。しかし、あの男ならば嗅ぎつけるかもしれぬと思った。それこそ獣のように」

「その男、老人？」

彩八が間髪を容れずに割って入った。岡部幻刀斎のことが頭を過ぎったのである。

「いや、違う」

「では、右頰に傷のある男か」

「それとも別だ。そちらは池鯉鮒《ちりゅう》宿で戦った」

「貫地谷無骨だな……」

「邪悪な男だ」

池鯉鮒宿で三人での乱闘があったことを思い出した。風体、容姿などから、無骨と甚六。そして、今一人こそがこのカムイコチャだと目星を付けていたことを。

「もう一人いただろう。あれは甚六といって俺の弟だ」

愁二郎が食い気味に問うと、カムイコチャは柳の葉のように目を細めた。

「弟だったか……無事だ。あれを射るには相当な工夫がいる」

カムイコチャは仕切り直すように言葉を継いだ。

「その無骨でもない。もっと若い男だ」

愁二郎は眉間に皺《しわ》を寄せ、彩八は首を横に振り、陸乾は首を傾げる。楓もまた苦しげに顎を左右に小さく揺らした。誰も心当たりが無い。未だ邂逅したことが無い強者がまだ残っているということらしい。

「双葉を気に掛けてくれていることは判った。しかし、ここに来た訳は？」

「それどころではないとな」

カムイコチャは毒を用いる敵がいること、その者を排除するために宿場中の参加者が向かったこと、乱闘に至ったこと、宿の傍に張り付きつつも全てを理解していた。

そして、一向に毒を止められていないこと。さらに強力な毒を撒かれ始めたことも察知したという。

「よく解ったね」

「風の匂いが変わった」

己ならば宿の場所からは全く気付かなかったはず。アイヌの民が皆そうなのか、それともカムイコチャが特別なのか、ともかく常人より優れた嗅覚を有しているらしい。

「敵が相当速いことも聞こえていた。さらに強い毒を撒かれれば結局は終わり……危険は伴うものの俺も加わる必要があるとな」

カムイコチャは駆け付けた理由を無駄なく語った。

「よく解った。ならば共に戦ってくれるということでいいか……？」

「そのつもりだ。一刻も早く除くべき。彼女も余裕は無い。次は無差別に殺す毒を撒いてくるかもしれない」

カムイコチャもまた眠が女だと理解していた。除くと言ったのは、仕留めるだけでなく、追い払うということも選択肢に含まれているからだろう。

「宿場の最も風上。もといた西側。恐らくそこに戻っている。行こう」

彩八が急かすように促した。

「秋津殿」

「強い毒を撒かれれば私も終わりです……構わずに賊を」

楓は気丈に言い張った。その顔は未だに優れず土のような色だが、息の荒さは幾分ましになっていた。

「その路地に入っていた方がよい」

カムイコチャの言った別の強者が来ることや、自見が舞い戻ってくることも有り得る。愁二郎は肩を貸しながら、楓を路地の中に隠した。

「さて、どうする？　四方から掛かってもさっきの二の舞だ。二の舞……二の舞……合っているよな？」

陸乾はぶつぶつと独り言を零しながら皆を見渡した。

「ああ、眠はそう簡単に囲める速さではない。重要なのはカムイコチャ……」

愁二郎はそこで言葉を途切り、

「あとは彩八。お前だ」

と、彩八に向けて言った。

三

愁二郎らは再び西側に向かう。この宿場では目まぐるしく相克と結束が繰り返されて来た。愁二郎、彩八、陸乾、カムイコチャ。恐らくこれが結束の最後の形となる。一方、誰とも結ぶことなく孤高を貫くのが眠。台湾の伝説なのか。その名を騙っているだけか。そもそも真に台湾人なのか。

真実は永遠に判らないことだろう。これは今日に限ったことではない。これまでもずっとそうであった。何処の誰かも知れない者の、如何なる過去を背負っているかも判らない者の命を奪う。それが戦というものである。

ただ一つ、判っていることは、眠はこの宿場にいる全ての者に猛威を振るい続けているということ。それを止めねば、死ぬのは己たちということだけだ。

遠くに眠が見えた。やはり逃げてはいない。また屋根の上。風の流れを読んだ末のことだ。当初と寸分違わぬ位置に立ち、ゆらゆらと外套をたなびかせている。

「行くか」

愁二郎は往来に歩を進めながら言った。

「損な役回りだなあ」

応じたのは陸乾。厳密にいえば、傍には陸乾しかいない。カムイコチャは少し後ろの屋根の上に。彩八は一町手前で分かれた。

「眠を止めたら如何にする」

本心を語るとも限らないので、聞いたところで意味が無い。愚問だと判りながらも、何故か尋ねてしまった。

「そっちには妹もいる。分が悪いよ。でも……」

「でも？」

愁二郎は鸚鵡《おうむ》返しに訊いた。

「愁二郎サンとはやってみたくもあるな」

陸乾は悪戯っぽく歯を覗かせた。

「ここでなくとも。どうせ……いつかはな」

「まあ、終わってから考えよう」

陸乾は拘《こだわ》りなく言うと、胸一杯に息を吸い込んで細く吐いた。

「解った」

「知道了《ザーダオラ》」

恐らく同じ意味。二つの言語が重なった次の瞬間、海を挟んで生まれた二人が共に駆け出した。眠との距離がみるみる詰まる。

しかし、やはり動かない。また際の際まで引き付けて逃げるつもりか。いや、違う。眠はここで返り討ちにするつもりである。

眼前に香炉の如きものが置かれている。今回は三つ。眠がさっと蓋を取ると、煙がふわりと丸く立ち上がったのも束《つか》の間、すぐに風に煽られて流れ始める。向きは南東。夜空に三筋の白線を引いたかのようである。

前のものと色味がやや違うようにも見える。が、如何に推測しても煙の効能など判るはずも無い。吸い込めば一巻の終わり。そう考えて動くほかない。

それもまた眠の思惑だ。この煙が未知のものである以上、風下から攻めるのは無謀である。毒の届く範囲さえ不明ではあるものの、回り込むのにも一定の間隔を空けねばならない。眠にとってこの煙は攻防一体の壁となっている。

「打你《ダァニー》」

陸乾が挑発を飛ばしつつまず屋根へ。愁二郎は身を低くして漂う煙を潜り、眠より西側へと往来を走る。前回とは二人の役割が逆。さらに今回は眠の速さを考慮し、回り込むより早くに東への退路を塞いだ。眠としては南の往来、北の細道に逃れるしか無いという構図となった。

が、往来に降りることは疎か、屋根の端にも近付くことは出来ない。カムイコチャが間断なく矢を射掛けているからだ。右に躱せば右に、左に躱せば左に、眠をその場に縛りつけている。

「陸乾！」

愁二郎も西側から屋根に上がった。東西から挟み撃ちの恰好。その時、カムイコチャの矢が香炉の一つを撥ね飛ばした。香炉は煙を纏わり付かせながら宙を回る。眠はそれを外套で払い飛ばした。

――行ける。

愁二郎は陸乾と目で頷き合った。もしこの毒が即死するほどのものならば、眠は後ろへと大きく飛び退いただろう。払い除けたということは、そこまでではないという証左。一気に勝負を付ければ影響はほぼ受けない。

愁二郎と陸乾の距離は二十メートル。眠はそのほぼ中央。前に跳んで逃げれば、宙でカムイコチャの矢の餌食となる。眠に残された道は待ち構えて戦うか、北側から屋根を降りるか。眠は後者を選ぼうとしたが、こちらも事前に手を打っている。

「終わりだ」

彩八がすっと屋根に現れ、左手の刺刀で襲い掛かった。禄存で跫音を消して忍び寄って来たのである。

が、眠は驚いた様子は無い。彩八が気配を消すのが得意なこと、集団の中にいないことは判っている。そして、己や陸乾よりは倒しやすい相手であることも――。

眠が退路を切り拓くために曲刀を構えたその時である。カムイコチャの矢が唸りを上げて飛んで来た。

「なっ……」

彩八が絶句し、愁二郎、陸乾が共に視線を向ける。カムイコチャは弓を構えたままの姿勢で、冷ややかにこちらを見つめている。放った矢は眠を穿ってはいない。彩八の胸元に吸い込まれたのである。彩八は矢を摑みながら膝からどっと頽れると、屋根を滑って姿が見えなくなった。

「カムイコチャ！」

愁二郎は激昂《げきこう》の声を上げた。カムイコチャの弓術はまさに神業の域。狙いを外して彩八に当たってしまった訳ではない。つまり彩八を狙った矢だということ。愁二郎が進路を変えてカムイコチャに向かおうとするのを、

「駄目だ！　まずはこっちを！」

と、陸乾が必死の形相で止める。また矢。これは眠に向けてのもの。カムイコチャは眠と共に諮った訳でも、味方をした訳でもないということ。眠は仲間割れに些か吃驚した様子であったが、事態をすぐに把握してこの矢も首を振って避けた。

己に向かうか、陸乾か、それとも彩八が倒れたことによって空いた北へ逃げるか。眠が咄嗟の判断に迫られているだろう瞬間、愁二郎は咆哮と共にさらに脚を速めた。

「待て――」

陸乾が呼ぶ。同時に肉迫するのが最も効果的で、どちらかが先でもいけないのだ。眠は外套の中から左手を振り抜いた。月光を受けた細雪《ささめゆき》の如き煌めき。楓を昏倒《こんとう》させた粉末である。夜に帳《とばり》を降ろしたように陸乾との間を遮る。

これで陸乾は脚を緩めねばならず、己とのずれはさらに大きくなる。カムイコチャの矢も途絶えた。事実上、己と眠の一騎打ち。

遂に間合いに入ったところで、愁二郎は鋭い斬撃を放った。しかし、眠は曲刀で受け流すと、敢《あ》えてそれに押されるような恰好で後ろに退いた。

眠はこの宿場で皆を仕留めるつもり。とはいえ、この一度きりで全てを始末しようとは考えていない。何度も逃げて、幾度も待ち構え、一人、また一人と倒していくつもりなのだ。此度、彩八が除かれたことで、再び態勢を立て直すため、際まで引き付けたため、また逃走に移ろうとしている。逃げる先は、彩八が斃れた北側である。

「終わりだって言ったよ」

後ろに跳んだ眠の表情が驚愕《きょうがく》に染まる。彩八が起き上がり二刀を見舞ったのだ。一閃は真っすぐに背を、二閃は逃れようとするのを追尾して脇腹を斬り裂いた。

「――――」

何故だといったところか。眠は呻き混じりに膝を突く。が、すぐに低い姿勢から走り出す。西は己、東は陸乾、北は彩八、残る南の大路に向けて。愁二郎の間合いを紙一重ですり抜け、眠は屋根の端から舞い飛んだ。

その背の先に見えた。柔らかな黄金《こがね》の光の中で、悠然と弓を構える神の子が。弦がそっと囁く。矢は空を縫うように翔け、たなびく外套の中へと呑み込まれていった。鈍重な音が響いた。眠が大地に墜《お》ちた音である。矢は深々と胸を貫き、背から鏃《やじり》が飛び出していた。

「まだ息があるが……もう動けない」

陸乾は猿《ましら》のように屋根から降りると、眠にいち早く近付いて確かめた。愁二郎、彩八も道へと降りて歩を進めた。

「ああ、そうだ。仲間割れで死んだように見せかけた」

弱々しく漢語で話す眠に対し、陸乾は大きく頷いて答えた。

眠はあまりに速すぎる。それは一度目で痛感した。先に進路を塞ごうとも、四方を取り囲もうとも、一瞬の隙さえあれば抜け出してしまう。しかも自身でその隙を作れるほどに刀も遣う。何とか虚を突くほかない。そこで愁二郎が立てた策というのが、

——カムイコチャに彩八を射させる。

と、いうことであった。着物に予《あらかじ》め血で印をつけた箇所を目掛け、カムイコチャは矢を射掛ける。彩八は刺さる直前に矢を摑み、息を殺して死んだように偽装する。眠が空いた北側に退路を求めた時に、蘇って強襲するというものである。

事前に何処に矢が来るか判っていれば、文曲を用いて矢さえも摑める彩八。決められた箇所に寸分違わず矢を放つカムイコチャ。この二人だからこそ能《あた》う策であった。

「すまない……」

愁二郎は静かに漏らした。眠は途轍《とてつ》もない脅威であった。一人ずつでは確実にこちらがやられていただろう。四人掛かりが卑怯《ひきょう》とまでは言えずとも、ずっと仄暗い後ろめたさを感じていたのは確かだ。

「……不要道歉《プーヤオタオチエン》」

「詫びるなと」

日本語は解っていないはずだが、眠が囁くように応じ、陸乾がすかさず訳した。

眠はまだ何かを言おうと唇を動かすが、蚊の鳴くほどさらに声は細くなる。陸乾は膝を折って耳朶を傾けていたが、やがて久方の静寂が戻って来た。

陸乾はすうと立ち上がると、ぽつりと呟いた。

「死んだ」

「何と」

「次の眠がまたやってくる。日本が苦しめるのを止めるまでずっと……だとさ」

「真に台湾の……」

「さあな」

陸乾は首を横に振った。四年前、日本は台湾を侵攻した。そのことと何か関わりがあるのか、それとも全く別の理由かもしれない。異国の女が一人、何かの為に勇敢に戦って果てた。それだけは確かである。

四

「流石ね。寸毫《すんごう》違わずだった」

屋根から降りて歩み寄るカムイコチャに向け、彩八は話しかけた。

「そのまま返す。お前たち兄弟は皆がそうか」

カムイコチャは言った。すでに彩八が義妹だということは伝えた。カムイコチャが交戦した義弟、甚六のことも踏まえての感想だろう。

「で、どうする？」

彩八はゆっくり見渡す。眠を討ったとしても終わりではない。むしろ新たな戦いが始まる。蠱毒とはそのように作られている。眠の札を誰が取るかということだ。

「山分けでどうだ」

カムイコチャが機先を制した。乱戦に継ぐ乱戦、その上に眠という強敵と戦った。誰もが消耗が激しい。余計な争いは避けるのが無難だと考えればそうだ。

「いや、俺たちはいい」

愁二郎が辞退を表明すると、

——貰っとけばいいのに。

と、いったように彩八が小さく舌を打つ。

「足りるのか？」

陸乾が眉を開く。

「ああ」

幾ら共闘した者とはいえ、手の内を明かすつもりはなく短く返す。

己たちは島田宿に四人で三十九点を持って入った。ここを抜けるために必要な点数は六十点。郷間玄治から渡されたのが十四点、轟重左衛門から託されたのが十二点、しめて六十五点ですでに満たしていることになる。

カムイコチャは山分けを提案したが、陸乾がどう答えるかは不明。場合によっては眠の札の争奪戦が起こる。今、己たちが優先すべきは、一刻も早く双葉たちのもとへ戻ること。点が足りていないならばまだしも、これ以上は無駄な争いは避けたい。故にここは退くべきだと考えた。

「じゃあ、俺もいいや。持っていけよ」

陸乾は興味なさげに手をひらりと振った。

「しかし……」

「俺は二人分ある」

カムイコチャが食い下がろうとしたが、陸乾は指を二本立ててにんまりと笑った。陸乾が言う二人分とは、軸丸鈴介が斬った石井音三郎、自身で仕留めた伊刈武虎のこと。軸丸は石井の懐をまさぐったが、乱戦の最中とあって、

――三点だけかよ。

と、朱色の札一枚だけを取って離脱した。石井もここまで来ているということは十点を持っているということ。つまり首の札も含め、あと七点が残っていることになる。

一方、伊刈武虎の首の札は自見に投げたものの、こちらも探せばあと九点はあるはず。合わせて十六点を得られる為、陸乾はそれで十分だと語った。

「最後はあんたが倒した。いいよ。取ってくれ」

陸乾がなおも勧め、愁二郎も同意したことで、カムイコチャは頷いて眠に近付く。暫し、何か祝詞《のりと》のようなものを上げた後、カムイコチャは眠の外套を探った。

「凄い数だな。あ、そうか……あの男の分ね」

外套からは大量の札が出てきた。その点、実に二十八点。軸丸鈴介は石井から三点の朱色の札を奪っていた。この時点で軸丸の点数は少なくとも十三点以上。眠が十四

点か、十五点持っていて二十八点という訳だ。

「やはり分けるか？」

「二言は無い。いいさ」

カムイコチャが再び気に掛けるが、陸乾は拘りなく応じた。

「もう足りたのかい？」

陸乾は頬を緩めて尋ねた。

「ああ」

カムイコチャは隠すことなく認めた。カムイコチャもここに来たということは、少なくとも十点を持っていたことになる。そこに眠からの二十八点。つまり東京に入るのに必要な三十点を優に超えた。

「じゃあ、あんたともいずれだな」

今ではなくとも東京では戦うことになる。陸乾は自身が残ることには一切の疑いがないように言った。

「いや、そうとも限らない」

「気付いていたか」

カムイコチャの言に対し、陸乾は片笑んだ。蠱毒における点数の総計は二百九十二点。東京に三十点で入れるならば、理論上は九人が残ることになる。その九人で再び殺し合いをさせるのかもしれない。が、陸乾はどちらかというとそれに懐疑的らしい。結局、一人になるまで戦わせるならば、東京に着くまでに済ませればよい。各関所に必要な点数を増やすだけでそれは可能なはずなのだ。

それなのに敢えて東京に複数人が入れるようにしているのは、主催者には何か思惑があるのではないか。従って単純に九人で殺し合うのではなく、別の趣向が導入されることも十分に有り得る。

「例えば……協力し合うようなものとかな」

陸乾は推論の一つを口にした。此度のように道中で同盟を組む場合もあるとはいえ、あくまで個人戦である。東京では打って変わって集団戦になるかもしれない。その組み分けが任意に拠るものであったらどうか。その時に味方になる者を見つける。この旅にはそのような意味もあるのではないか。陸乾はそのように語った。

「なるほど。有り得るな」

愁二郎は得心した。あくまで可能性の一つだが腑に落ちる話ではある。

「だから……」

彩八が目をやると、

「当たり。恩を売って損は無い」

と、陸乾はくいと眉を上げた。

清国人を拒むとまではいかずとも、やはり日本人どうしで手を組みやすいのではないか。陸乾はそこまで見据えて、事前に信頼を勝ち取るために協力したという側面もあるということ。一手、二手先を、あらゆる事態を想定している。やはりこの男、強さだけではなく頭も相当に切れる。

「……結局はいつかやるんだろうけどね」

陸乾は伸びをしながら自嘲気味に零した。何となくだが察しがついた。蠱毒でという訳ではない。蠱毒から生き延びたとしてもということだ。現在、日本と清の間では緊張感が急速に高まっている。いずれ戦争になるのではないかと世界中が見ている。陸乾が日本に来たのもそれが関係しているのかもしれない。

眠もそうであった。日本が明治という時代を迎えたことは、国内だけではなく、国外にも大きな影響を及ぼしているのである。

「さて、俺は札を――」

陸乾が行こうとしたその時である。宿場に再び銃声が鳴り響いた。しかも立て続けに二発。かなり離れた場所、宿場の反対側である東からだ。

「あの男の銃じゃない！」

彩八が顔を引き攣らせた。最初の一発は自見の銃とは音が違うらしい。

「他にもいるのか」

「粳間の銃……？」

彩八は怪訝そうに眉間に皺を寄せた。前島密の秘書、粳間隆造の拳銃はS＆Wモデル3。浜松郵便局で撃った音を記憶していたのであろう。

「進次郎だ！」

愁二郎は即座に言った。現在、その粳間の拳銃は進次郎が受け継いでいる。

「大変そうだ。またな」

陸乾が片笑んで見せた。

「ああ」

愁二郎は短く応じて駆け出した。己たちが逗留《とうりゆう》する宿まで約十五町。辿り着くまで五分ほどは要する。

彩八と二人、いや三人である。後をカムイコチャが追って来ている。何故だとはもう尋ねなかった。自身の中の掟に従って動く。そのような男なのである。また銃声が鳴り響く中、愁二郎は歯を食い縛ってさらに脚に力を籠めた。

陸《ロク》ノ章　月下の飛弾

一

狭山《さやま》進次郎は生唾を呑み込んだ。階段の軋《きし》む音。誰かが上って来るのである。重さ1300グラム、全長30センチ強の精巧なる鉄塊、S&Wモデル3を構えつつ、

「心配無い」

と、双葉に囁き掛ける。いや、自分自身に言い聞かせたのかもしれない。

S&Wモデル3の弾倉は六。全弾込めてある。襖が開いた瞬間、全弾を見舞ってやるつもりである。少し待て。宿の者だったらどうする。愁二郎は迷いなく撃てと言ったが、もしそうであったならば、何の罪も無い人を殺めてしまう。

敵だとしても真に全弾放ってもよいものか。あの無骨や、何度も話題に上っている

幻刀斎ならば、咄嗟でも躱したりするのではないか。弾が残っていなければその時点で詰み。三発、いや二発か。進次郎の頭を目まぐるしく思考が巡る。

今、己は動揺しているのだ。かつてないほどに。そもそも人に向けて拳銃を撃つなど、一生の中で有り得ないと思って来た。

この蠱毒も武芸大会のようなものであると、仮に一等になれずとも、幾らかの賞金が出るのではないかと期待を抱いて来た。十万円もの大金、深夜の天龍寺への集合、冷静に考えればおかしいことは解っている。それでも悪い予感に蓋をして、勝手に自分の都合のよいほうに考えていたのだ。

「……心配無い」

また階段が鈍い音を立てる中、進次郎は再び口にした。

思い起こせば、全く同じ科白《せりふ》を告げて京に向かった。借金に追い詰められた父に、親戚中に頭を下げて米を借りる母に、胡散《うさん》臭いから止めておけと注意した叔父に。

しかし、実際は心配だらけ、危険だらけ。参加者二百九十二人のうち、己の実力は確実に下位。いや、下手をすれば最弱かもしれない。

天龍寺では相討ちして果てた者から札を得て何とか抜け出したものの、坂下《さかした》宿で番《ばん》場《ば》と対峙して早くも切羽詰まった。番場が都合よく使える者を集めていたから良かったものの、戦っていればあの時点で死んでいた。

番場に従って札集めを行った。進次郎がやったことといえば、敵の逃走経路を塞ぐこと、川に落ちた札をずぶ濡れになって捜すこと、木賃宿での飯炊き、あとは愛想笑いで媚《こ》び諂《へつら》うこと。番場にも見抜かれていたのだ。自分は使えぬ輩だと、人など殺す胆力など到底持ち合わせていないことを。双葉たちを襲った時、番場は、

——無我夢中で突っ込め。さもなければ背を叩き斬るぞ。

と、脅した。愁二郎や響陣が手強いことに気付き、また自分がこれより先で役には立たぬと見て、捨て駒として使おうとしたのだろう。

進退窮まり、儘《まま》よと船に飛び込んだ。そして、あっという間に愁二郎に沈められたのである。が、どうした訳か己はまだ生きている。違う。生かされたのである。

「君のおかげで……」

進次郎が震える唇を動かすと、双葉はえっというように円《つぶ》らな瞳を向けた。

双葉も怖くなかったはずはない。それでも決して優しさを忘れなかった。甘いと言われようが、温《ぬる》いと言われようが、己のことを救ってくれた。今、双葉を守るのは己しかいない。恩を返すのは今しかない。進次郎が思い極めた時、光が差し込んだかのように最良の答えが導き出された。

「窓を開けて。そっと静かに」

進次郎は小声で促した。今、階段を上がって来ているのは何者か。まず蠱毒の参加者、あるいは宿の者。前者だったならば誰か。階段を忍び足で上がっていること。この者がひっそりと近付いているのは、

——音を立てずに殺せるから。

とは考えられないか。裏を返せば、得物は銃器の類ではないということ。刃物である可能性が高い。襖からここまで約四メートル。敵だと判別してから撃っても間に合う。これらのことから、進次郎はすぐには撃たぬことを決めた。

が、愁二郎の指示を無視することで、己が甘いことで、仕留められないかもしれない。そうなれば双葉にも危険が及ぶ。つまり最善は、

——双葉だけでも先に逃がすこと。

と、結論付けた。これならば己がしくじっても、双葉が逃げるだけの時を稼げる。銃声を聞けば、愁二郎や彩八も戻って来てくれるはずだ。

「屋根から先に逃げてくれ。決して戻ってきちゃいけない。屋根伝いに行く。屋根に伏せる。降りて路地に潜む。何でもいいから、愁二郎さんを待つんだ」

進次郎は蚊の鳴くほどの声で早口に言った。こちらの熱心さが伝わったのか、双葉

は不安げなものの、逆らうことなく窓枠にするりと身を入れた。

「行け」

進次郎が命じたと同時、また階段が軋む音がした。もう残っていても一、二段。間もなくここに踏み込んで来る。

気を抜けばすぐに息が荒くなりそうになる。進次郎は奥歯を噛み締めて抑え込み、拳銃を襖に向け続けた。刀か、脇差か、それとも槍、薙刀などか、敵が持ち得る武器を出来る限り想定し、その瞬間を待ち構える。

月光を受けて白さが際立つ襖が微動する。何者かが外から手を掛けたのだ。速すぎず、遅すぎず、すうと襖が開くと、そこには見たことが無い男が立っていた。

「な……」

進次郎は吃驚に声を詰まらせた。男の手にあったのは想定外の武器、――スナイドル銃。

だったのである。目の前に光が迸り、轟音が鳴り響く。その時、進次郎は横に跳んで、腿で畳表の上を滑っていた。スナイドル銃の方が発射速度、精度、共に拳銃を上回る。撃つより、躱すことを優先したのである。

「ぐっ――」

灼《や》けた鉄を当てられたように、左肩に痛烈な熱さが走る。弾丸は当たっていない。掠めただけだ。しかし、避けることを選ばなければ、胸元に命中していた。

この間、ほんの一、二秒のはず。時が膨れ上がったのか、流れが圧《お》されたのか、実際の数倍にも感じた。銃口から噴き出した硝煙により、男は一瞬こちらの姿を見失っている。白濁した煙の中に浮かぶ影に目掛け、進次郎は撃鉄を落とした。

戛《かっ》と走る閃光、憧とした咆哮、S&Wモデル3は45スコフィールドの弾丸を噴き出す。刹那、いや同時か、男はスナイドル銃を撥ね上げ、筒先で弧を描くようにし、廊下へと身を引いた。外れたものの、躰の何処かを掠めたという手応えはあった。恐らくは左の二の腕。この角度からは襖に遮られて姿が見えないが、男の忌々しそうな舌打ちが聞こえたことで確信を強める。

——あれは確か。

男の筒先に付いていたもの、ヤタガン式銃剣と呼ばれるものではないか。実物に触れたことはないが、型録《カタログ》に載っていたのを見た。発祥はオスマン帝国、後にフランス、イギリスなどの軍にも採用され、日本でも砲兵隊を中心に普及している代物だ。銃剣を用いれば音を発せずに殺すことが出来る。男がひっそりと迫って来たのはそれが理由だ。次に進次郎の脳裡に、

——十。

と、いう数が過ぎった。スナイドル銃は連射に適しており、下手な者でも三十秒、熟練者は十五秒で弾込めが済む。

が、世の中には十秒以下で終える達人もいる。中には五秒少々という曲芸のような弾込めをする者もいると、叔父が語っていた。この男の銃の扱いからして、十秒以下の一握りだと本能で感じた。今、襖の裏で高速で弾込めしている音が聞こえる。

一方、こちらの残弾は五発。襖に次弾を撃ち込むべきか。男は弾込めを放棄し、銃剣で突貫してくることも有り得る。そもそも襖の裏にいるのか。階段を少し下って、そこで弾込めを行っているかもしれない。ならば今、己がすべきことは一つ。

進次郎は意を決すると窓枠へと向かった。

「……やっぱり」

窓枠の上で身を捻っていると、男がざっと姿を見せた。十秒も経っていない。五秒そこそこ。叔父の言う曲芸の如き弾込めをする輩だ。進次郎が拳銃を構えていたことで、ぎょっとした表情になる男に向け、二発目となる弾丸を見舞った。

当たったか、躱されたか、進次郎はもはや見てすらいない。撃つと同時、屋根に降り立つや、身を屈めつつ走り始めている。

「幾らでも逃げ回ってやる」

進次郎は自らを鼓舞するように零した。五発あれば倒せるというのは楽観。十秒の猶予があるとするのさえ楽観。ここに残って時を稼ぐほどに善戦出来るということもまた同じ。それよりも外に出て、双葉が隠れるまでの時を稼ぐことである。

「双葉――」

雨樋《あまどい》を使って降りたのだろう。すでに一メートルほどの路地に逃げ込み、顔半分だけを出して様子を窺っているところだった。

男も窓から屋根に出て周囲を見渡した。己は当然のこと、早くも双葉まで目敏《めざと》く即座に見つけている。瓦の上に片膝を突き、双葉の方角へと銃口を向ける。その距離、約50メートル。スナイドル銃の射程距離。しかし、双葉はほんの少ししか顔を出しておらず、男から見れば胡麻《ごま》粒ほどの的。咄嗟に頭を過ぎった、

――当てられるはずない。

と、いう考えを即座に振り払った。ここまで辿り着いたのは、ここまで残ったのは、己のような常人ではないのだ。

「おい！」

進次郎は身を翻して拳銃を構えた。男はこちらに銃口を向け直す。戦いの経験値が違い過ぎる。これも男の想定の内だ。その証拠に頬が微かに緩んでいる。

屋根に逃げ場は無い。俊敏かつ正確。男の銃口は刹那で己を捉える。良くて相討ち。いや、十中八九、己だけがやられる。男のスナイドル銃が咆哮した時、進次郎もまた雄叫びを上げていた。唯一の逃げ場、宙に身を投げ出しながら——。

「双葉！　顔を出すな！」

進次郎は地に向けて落ちながら叫んだ。その間、尚も拳銃を構え続けている。吃驚に顔を染める男に向け、宙で三弾目を放った。

腿に当たった。中央ではなく端。骨は穿ってはいないが、肉は確実に抉った。男が顔を歪めながら、

「……こいつ！」

と、言い放った直後、耳朶が喧《やかま》しい音、全身が激しい衝撃に包まれた。積み上げられた防火桶の山に背から落ちたのである。

「うぅ……」

桶と木端の雪崩の中、進次郎は手足が動くかを確かめた。頭が衝撃を受けて茫とし、背に若干の痛みはあるものの、大きな怪我は負っていない。

進次郎は腕で払い、足で蹴っ飛ばし、崩落した桶の山から飛び出した。進次郎が一瞥すると、男は弾を込めている最中であった。やはり尋常でなく速い。あと三秒もあれば発射までの全ての工程を終える。

進次郎は走りながら、さっと拳銃を向けた。男はあっと伏せようとするが、銃声が鳴り響くことは無い。進次郎は放つつもりは無い。狙ってさえいない。装塡を中断させるために牽制しただけである。

男もすぐに威嚇だと察したようで、忌々しそうに再び弾込めを始めた時、進次郎の指は轟音を呼んだ。四発目である。

「ぐおっ」

鈍い吃驚を発し、男は銃を抱え込んで屋根瓦を転がって躱した。撃つと見せかけて撃たず、撃たぬと思わせて撃つ。これには苛立ちを隠せず、

「ふざけやがって!!」

と、男は怒号を発して立ち上がった。進次郎はその間に往来を駆け抜け、双葉の入った路地へと一気に駆け込んだ。

「進次郎さん!」

双葉の表情に安堵の色が見えたのは、己も無事に部屋を抜け出せたから。

しかし、まだ安心するのは早すぎる。男は双葉の位置を捕捉していた。もし見つけられていなければ、己が引き付けるつもりだった。が、双葉を優先して狙うかもしれない以上、一度合流するほか無かっただけだ。

「よく聞いてくれ」

路地のより深く、銃の死角に入った。あのまま屋根に陣取ってこちらが出るのを待ち構えるか、あるいは屋根から降りてここに迫るか。路地を奥に進んで裏道に逃げられる以上、恐らく男は後者を選ぶであろう。長くて三十秒ほどの猶予しかない。

「双葉はこのまま路地を奥に。裏通りに出たら西へ。愁二郎さんたちもきっとそっちにいるはずだ」

ここは宿場の最東端。さらに東に百五十メートルほど進めば、もう島田宿が終わってしまう。愁二郎たちがいるのは、ここよりは西と考えて間違いない。

その間、進次郎は話しながら素早く手を動かし続けた。S&Wモデル3はリボルバーを開けば、弾丸が自動的に押されて飛び出るという優れた仕組みになっている。弾は荷の中であり、新たに装填することは出来ない。

——二発だな。

進次郎は心中で呟く。モデル3は六発込めで、すでに四発を放ったのだ。確かめる

までも無いが、わざわざ弾丸を入れ直しながら、

「俺はあと二十秒で飛び出す」

と、進次郎は宣言した。男が迫る方に向かってである。

「進次郎さんも一緒に――」

「駄目だ。話している時間はもう無い。一つ頼みがある」

進次郎は弾倉を銃に納めつつ言った。今、これを話せば必ずや誤解を招くことになり、双葉でさえすぐには決められないだろう。しかし、訳を話す時間も無い。無理と承知で言ったのだが、

「解りました」

と、双葉は一切の迷いを見せずに了承した。

「凄いな」

「え？」

進次郎は改めて感心したが、双葉は眉間に小さな皺を作った。

「いや、行ってくれ」

進次郎は微笑み掛けると、双葉は頷きを一つ残して、路地の奥に向けて走っていった。この時、自身が決めた時限まで五秒を切っており、男がじりじりと迫っているこ

とも感じている。進次郎は細く息を吐くと、路地から勢いよく斜めに飛び出した。

「何……」

男は愕然と目を見開いた。まさか飛び出して来るとは思っていなかったらしい。慌てて銃を構えるものの、

「くそっ」

と、苦々しく零して、弾を放つことなく後を追って来た。

銃という武器は横の動きを捉えるのが難しい。腕に自信があるとはいえ、スナイドル銃は単発。銃撃して外れた時は、距離を詰めて銃剣で仕留めねばならない。その間に最低でも二発、こちらが路地で弾込めをしている可能性を考慮すれば最大六発。幾ら達人でも全て避けるのは難しい。その為、易々とは撃って来ない。そう予想はしていたものの賭けであった。まずその賭けには勝ったことになる。

「速い……」

進次郎は焦燥を漏らした。己は決して足が遅くはない。子どもの頃から同年代に足の速さで負けたことは無い。が、何度も思い直すが、ここに残っている連中は、この程度の脚力は持っていて普通なのだ。

ましてや進次郎は狙いが定まらぬように、右に、左に、不規則に斜めに走っている

から、徐々に差が詰まっていく。

進次郎は跫音の変化を感じて振り返ると、男は足を緩めて銃を構えようとしていた。進次郎がすかさず脇の間から拳銃を向ける。男は血相を変えて銃を下げると、反対にこちらの狙いを外すように進路を曲げた。

「雑魚が」

男は憎らしげに吐き捨てた。己が達人ではないことはすでに見破られている。そのような者に手間取っていることに、男も相当苛立っているようだ。

「そうさ」

進次郎は呟いた。男は何も間違っていない。確かに本来なら天龍寺すら抜けられなかった雑魚だ。ここまでやれていることに、やろうとしたことに、自分ですら驚いているほど。進次郎は残る力を振り絞って走り続けた。

二

百メートルほど走ったその時である。進次郎の向かう先、突如として狭い路地からすうと三人の男が姿を見せた。

「狭山進次郎様、お待ちを」

場にそぐわぬ軽快な声。前回は職人風の恰好だったが、此度は漆黒の洋装。その装いとは不釣り合いに、口元も黒い布で覆っているのは、宿場に振り撒かれた眠り薬への対策だろう。己の監視、札の確認をする蠱毒の担当、杜《やまなし》である。

「どいて下さい！」

進次郎は叫んだが、杜は眉一つ動かさずに、

「札を確かめさせて頂きます」

と、拒んだ。そうなのだ。己たちは東に向かって走って来ており、ここからは、——島田宿の外。

になってしまうのである。つまり十五点の札を有していなければ、これより先には進めないということ。

「自見隼人殿、札をお見せ下さい」

三人の内、初見の一人が言ったことで、銃剣男の名が初めて知れた。

「梔《くちなし》……後にしろ！」

自見が吼える。こちらも杜と同様に洋装で口元を隠している。杜と違うのは腰に日本刀をぶら下げていること。呼びかけには答えず、梔が眼を細めるのが判った。

「蠱毒の掟です」

代わりに口を開いたのは、残る一人であった。この者は見たことがある。愁二郎、双葉の担当をしていた者で、名は確か橡というはずである。

進次郎、自見共に止まる素振りを見せないことで、杜は背広の懐に、梔は腰間の刀に手を動かす。唯一、橡だけが微動もせずに続けた。

「哀しい結末になりますよ」

やはり東に逃げ道は無い。行く手を遮る三人までもう二十メートルを切った。梔は親指で鯉口を切り、杜は懐から拳銃を取り出す。コルトM1873。恐らく民間向け45口径。通称「ピースメーカー」である。

己がこのまま行くのか、それとも止まるのか、三つ巴《どもえ》で一体どうなるか。振り返らずとも、自見の跫音が鈍ったことで戸惑っているのが判った。

「最後の警告だ。札を見せろ」

残り十メートルを切ったところで、杜が目を細めて低く命じた。進次郎はぼそりと呟くと、鋭く曲がって三人の現れた路地に飛び込んだ。次の瞬間、

「杜、追って下さい！」

との命が飛ぶ。これは橡の声だ。杜が後ろを追って来る。自見はまだ追って来てい

るのか。そうだとすれば、進次郎、杜、自見の順に路地を走っていることになる。

進次郎は路地を駆け抜けて裏道へ出ると右へ折れ、さらに暫し行ったところで別の路地を右へ入る。そこでようやく振り返ると、杜の姿しか見えなかった。様子を窺いながら足を緩めると、

「諦めましたか？」

と、杜が嘲笑《あざわら》うかのように訊いた。

「いいや」

「では、もう撒いたと？」

「そうとも思っていない。きっと待ち構えている」

進次郎が言うと、杜は解っていたかといったように眉を開いた。自見は諦めてはいない。さらに確実に仕留める術に切り替えただけである。

スナイドル銃の射程は優に百メートルを超える。自見の腕前ならば二百メートル離れていても命中させるだろう。己がいずれ何処かの路地から大通りに戻ると見て、

――そこを狙撃する。

つもりなのである。恐らくは宿場の出口から百メートルほど引き返し、スナイドル銃を構えつつ前後に注意を払っているのではないか。

「もしこのまま出て来なければ？」

杜が疑問を呈する。裏道から逃げられてしまえば元も子も無いではないか。

「それは……」

進次郎が次の展開の予想を口にしようとした矢先である。

「今から娘を殺しに行く！　さもなければ出て来い！　百だけ待つ！」

自見の三連の叫びが大通りから響く。正確に位置は判らないが、やはり少し引き返したところで待ち構えているらしい。

「こういうことです」

「なるほど。で、如何なさるので？」

杜は愉快げに目尻に皺を寄せた。

「心配されるとはな」

「失礼ながら、狭山様は正直なところ天龍寺すら抜けられぬと思っていました。まさかこの島田まで辿り着くなどとは……私も人の子。自見某よりは情も抱きます」

「よく言う」

この凄惨な「遊び」に加担しておきながらよく言うと思うが、確かにこの者たちも化物の類ではないのは確か。あくまで人なのである。

「あと五十ほどでしょうか」

杜はひょいと首を捻ってすぐ、自見の五十という叫びが聞こえた。

「間もなく出る」

進次郎は数歩近付くと、囁くようにして二、三のことを確かめた。杜の頬の肉が徐々に盛り上がってゆく。口元を隠しているが笑みを浮かべているのが判った。杜は全ての問いに答えると、

「ご武運を」

と、静かに結んだ。次がどちらにせよ最後の攻防となるだろう。進次郎は来た道を引き返して、宿場最東端に繋がる先程の路地へと入った。

進次郎は息を整えて大通りに飛び出す。自見は西側に百メートルほど先。即座に己を見つけた。拳銃の射程にしては遠すぎるが、進次郎は迷うことなく弾丸を放った。

自見は身を低くして躱す。が、その動作を取らずとも当たらなかっただろう。進次郎はすぐに再び引き金を絞ったものの、がちんと撃鉄が鳴るのみで弾は噴射しない。

「くそっ！」

進次郎は身を翻して遁走した。

自見は弾切れを悟ったらしい。銃を撃つことなく再び後を追って来た。遠くからの狙撃にも自信はあるだろうが、当然より近いに越したことは無い。ましてやこちらが弾切れとくれば、反撃の心配なく悠々と近付けてしまう。近くで確実に撃った方が良い。いや、弾さえ使うまでもなく、銃剣で討つことさえ出来るのである。

進次郎は逃げる。自見は追う。もう体力もそう残っておらず、脚もかなり疲弊している。先程よりも早く、みるみると距離が詰まっていく。

時折、息を切らしながら振り返る。五十、三十、十メートルを切ったが、自見はまだ銃を構えたままで放たない。もはや子どもでも当てられる距離である。

自身を褒めてやりたい。よくここまで恐怖に耐えたと。この地点に来るまで我慢したと。進次郎は身を回して拳銃を構えた。が、自見は慄《おのの》くどころか侮蔑に口元を緩める。弾が切れているのはすでに知れていると——。

「そう思っているだろう」

幡《バン》という轟音が鳴り響く。自見は表情を啞然、吃驚、苦悶と、目まぐるしく変化させつつ、つんのめるようにして崩れ落ちた。弾丸は自見の右腿中央を穿っている。

「糞が——」

自見は転がって銃を向けようとするが片手である。

人の本能というものだろう。右手は腿の傷口に吸い寄せられていた。その為、進次郎でも銃を難なく捻り奪えた。進次郎は弾丸を明後日《あさって》の方角に向けて放ち、空となったスナイドル銃剣を遠くに放り投げた。

「弾込めをしたのか……」

自見は悶絶しつつ呻いた。実は弾をまだ持っており、身を潜めている最中込めたと思ったらしいが、

「いや……確かに切れたはずだ」

と、自身ですぐに否定をした。先刻、撃鉄が落ちても弾が出なかったのを、その両眼ではきと見ているからだ。

「たった今、切れた」

「……そういうことか」

自見は下唇を嚙み締めて唸った。先刻、双葉と話している最中、弾倉を開いて弾丸を取り出した。自見に弾切れと錯覚させるため、残り弾数を確かめる為ではない。そのようなことをせずとも二発だと解っている。

――弾倉を一つ空けて込め直した。

のである。事実、自見はそう思い込んで油断した。

「……殺せよ。何故、殺さねえ」

自見は血走った目で睨み付ける。拳銃は弾切れだとしても、奪ったスナイドル銃で撃つなり、銃剣で貫くなりして殺せたはずなのだ。

「嫌なんだよ」

理由など無い。元来、人に備わった感情ではないか。それをやり遂げる惨《むご》さ、乗り越える強さ、そのどちらも己は持ち合わせていない。

「甘い奴め……こんな雑魚に……」

自見は甘さだと嘯くが、己はそれを優しさだと思う。そして――。

「でも俺は双葉ほど優しくは無い」

進次郎が呟いた時、男たちが近寄って来た。杜、梔、橡の三人である。杜はすでに拳銃を手に、梔はすでに抜刀しており、冷ややかに言い放った。

「杜が最後の警告と申し上げたはずです」

「はは……そういうことか！」

自見は引き攣ったように笑った。理解したらしい。すでに越えてしまっている。この場所は島田宿より数メートル外なのである。

「ざまあみろ。これで相討ちだ。お前も殺され――」

「いいえ」

梔はぴしゃりと遮った。

「は……？」

茫然とする自見に向け、杜が朗々と語り掛けた。

「狭山進次郎様は十五点持っておられます。先刻、私が確かめさせて頂きました」

これも双葉といた時のことだ。進次郎は一つ頼みをした。それこそが、

――札を渡してくれないか。

と、いうものであった。裏切ってこのまま逃げるつもりではないか。自分だけが生き残るつもりではないか。普通ならば疑うはず。それなのに双葉は微塵も疑うことなく、間髪を容れずに了承してくれたのである。

己たちを狙っている以上、自見も十五点は持っていないと推察できる。確実とは言えないものの、ほぼそう見て間違いない。何とかして島田宿の外に連れ出す。掟を破らせることで、勝つという方法を考えたのである。

これまでのことを鑑みれば、事前に制止される見込みが高い。その時、進次郎も同様に札が足りていないと思い込ませねばならない。杜らに退くように吼えたのもその擬装である。そして、突破を諦めるかのようにして、再び路地の中へと逃げ込んだ。

その時、進次郎が杜らに向けて囁いたことこそ、

——札を確かめて下さい。

と、いうものであった。己たちの監視者であり、運営を担う者たち。彼らもまた蠱毒の掟に縛られているはず。参加者が札の確認を求めて断るはずが無い。結果、椽は即座に命を発し、杜は言われるまでもなく後を追って来ていた。その後、杜に十五点の札を見せ、こうして最後の賭けに臨んだという次第であった。

「連れが手強すぎるから切り替えたのに……お前のような雑魚に……」

自見は茫然自失《ぼうぜんじしつ》といったように、ぶつぶつと独り言を漏らす。口振りから察するに、愁二郎らとすでに交戦したことが窺える。そして、勝てぬことを悟り、己たちに狙いを変えたらしい。つまり己たちがあの旅籠に入るところを目撃していたのだろう。

「二百五十一番、自見隼人様。失格です」

梔が淡々と言って歩を進める。

「待て……待ってくれ！　札を確かめて無いだろう！」

自見は哀れなほど狼狽し、懐より巾着袋を取り出した。汗か、水か、湿っているように見える。

「竿本嘉一郎様の……川辺で拾われたものですね。しかし、それを合わせても十一点と記憶していますが？」

「う、奪った！　これを見てくれ！」

自見は懐から取り出した札を見せる。

「十一番……伊刈武虎様のものですか」

札番の全てを諳んじているのか。椽が間を置かずに呟いた。梔は頷いて口を開く。

「確かに。とはいえ、これは一点札。どちらにせよ足りません」

「今から引き返して集めて……」

自見は懇願の眼差《まなざ》しを向けるが、梔は首を横に振り、冷ややかに言い放った。

「札を持たぬまま関を越えれば失格。たとえ一度だったとしても」

「お、おい！　頼む！　三点を貸してくれ！」

梔らを説き伏せるのは難しいと判断したのだろう。一転、自見は恥も外聞も無いといったように、進次郎に向けて頼み込んだ。

一度、通過の宣言を受けてしまえば、札を奪われたり、渡したりして、その宿場で決められた点数を割ってしまっても構わない。但し、次の関所となる宿場までに、失った分の点数も戻せれば。自見も旅の中で、その抜け道を知ったのだろう。

「言っただろう」

「え……」

「俺は双葉ほど優しくないと」

進次郎は身を翻した。幾つか歩んだ時、獣を縊《くび》ったような呻きが聞こえた。梔が自見に止めを刺したのだ。

「札はどうすれば？」

進次郎は振り返らぬまま訊いた。自見は点数が足りずに関門を越えたのだ。持っていた札は没収となるのか。それとも彼らによって屍が境界まで戻されるのか。

「取って頂いて結構です」

杜が朗らかに促す。屍をまさぐるのは気乗りしない。進次郎が暗澹《あんたん》たる想いを押し込めて戻ろうとした時、

「どうぞ」

と、椽が肩を横に並べた。その掌の上には十二点、自見の札が折り重なっている。

「これは……」

「お手を煩わすまでも無いかと。一刻も早くお戻りになりたいでしょう？」

椽から受け取った札は、これまでより遥かに重く感じた。進次郎は血で擦れた札を

懐に捻じ込むと、双葉を求めてまた西へと駆け始めた。

三

月は中天を過ぎて、宿場は仄かな青に染まっていた。先刻までの喧騒《けんそう》が嘘の如く、糸を張ったような静寂である。愁二郎は走りながら、改めて背後に訊いた。

「東で間違いないな!?」

「はい！　音はそっちから！」

間を置かず、耳朶の近くで返答するのは双葉。二人の名を交互に呼びながら東に向かっている最中、通り過ぎた路地から飛び出して呼び掛けて来たのである。双葉はすぐさま懸命に事情を訴えて、こうしてさらに東に向かっている。

双葉の脚に合わせていては遅い。かといって、置き去りにする訳もいかない。それ故、こうして双葉を負ぶいながら駆けているのだ。

「彩八、どうだ」

背後からの襲撃に備えて後ろを走る彩八に訊いた。

「声が聞こえるけど、何を話しているのか判らない」

彩八から苦々しい返答があった。京八流奥義は心身の疲労と共に精度が鈍る。それぞれ消耗度が異なることも、二つ以上の奥義を持って初めて知った。愁二郎の場合で言うと、北辰よりも武曲のほうが疲労は大きい。彩八いわく、禄存はかなり負担の少ない奥義とのことであるが、眠が動いてからずっと使い続けてきたのである。完全な状態を維持するのが難しくなってきているらしい。

「上は任せろ」

一方、己の前を走るのはカムイコチャ。いつでも矢を放てるように、弓に番えながら風の如く疾駆している。

双葉と合流後、カムイコチャは先頭を買って出た。他人に背後を預けたくはない。己たちがそう考えると先読みしたのであろう。とはいえ、愁二郎はすでに信用に足ると考えている。何よりカムイコチャはすでに三十点以上を保有している。危険を冒してまで己たちと戦う利点は無いのである。

では何故、共に行くのか。アイヌは子どもを大切にすると語っていたが、決してそれだけが理由ではないだろう。

双葉だからこそだ。響陣、進次郎、三助、彩八、四蔵、ギルバート、何より己がそうだ。この殺伐とした蠱毒の中でも、双葉には心を取り戻させる不思議な力がある。

「……跫音」

「影が視えた」

「一人」

彩八、愁二郎、カムイコチャと、立て続けに呟く。真正面からこちらに近付いて来る者がいる。

「双葉」

ん」

が手を緩め、双葉が背から降りる。三人掛かりで即座に排除する。双葉を守

ちらのほうがやり易い。

切ったところで、向こうもこちらに気が付いたようで、いつでも路

に寄る。影から背格好の凡そは摑めるものの、相貌どころか性

を探り合うことになると思いきや、双葉が止める間もな

間違いない。進次郎の声である。双葉が皆と一緒であることを告げると、進次郎は嬉々として小走りで近付いて来た。

「無事だったか」

まず生きていたことに、愁二郎は安堵の息を漏らした。

「はい。何とか」

「怪我を」

「弾丸が掠めただけです。大したことはありません」

進次郎は自身の肩をちらりと見た。着物が縮れるように裂けており、周囲が血で滲んでいる。縫合は必要ないだろうが、浅手といえるほどでもない。死闘を繰り広げたことが窺えた。

「やはり銃剣の男か」

「自見隼人……ですね」

「名を知ったか。自見は何処だ」

愁二郎は周りの様子を窺った。彩八、カムイコチャも同様に辺りを警戒している。

「それも何とか」

進次郎は苦い笑みを浮かべた。

「逃げ切ったか」

「いえ」

進次郎はおもむろに懐に手を入れた。取り出したのは札。その数、実に十二点分。それが意味することは明らか。想像もしていなかったことである。愁二郎は言葉を失い、彩八でさえ目を見開いて驚いている。

「よく勝てたな」

正直な感想である。自見は決して弱くなどない。進次郎は拳銃の扱いには些か慣れているとはいえ、戦って勝つなど並大抵のことではない。

「実は……」

進次郎は経緯を話した。愁二郎は思わず嘆息を漏らした。蠱毒の掟を逆手に取った機転もそうだが、それ以上にそれを成し遂げる胆力に対してである。

出逢った頃、進次郎はこれほど大それた事を出来る男ではなかった。浜松郵便局でも感じたことだが、進次郎もまた蠱毒の中で大きく変わっている。

「進次郎さん……」

「無事でよかった」

涙を目に浮かべる双葉に向け、進次郎はにこりと微笑んだ。東の空に星が瞬いている。その遥か先を見つめながら、愁二郎はぽつりと言った。

「皆で行こう」

甘いのは重々承知である。が、今は誰一人も欠けず、東京まで辿り着きたい。心の底からそう思ってしまった。

「うん」

双葉は目を擦りながら頷く。

「手強い奴ばかりなのに軽々しく……」

彩八は呆れたように零しながらようやく両刀を納める。

「彩八さんもね」

双葉はさも当然とばかりに言う。彩八は何と答えるのか。愁二郎が固唾を飲んで見守る中、彩八は少し面倒臭そうに答えた。

「ああ、そうだね」

瞬間、双葉は顔をぱっと綻ばせると、弾むように頷いて見せた。愁二郎はその横顔を見つめながら頰を緩めた。

「いないか……」

愁二郎は路地の奥まで見通して呟いた。進次郎と合流後、来た道を引き返して宿場の西へと向かった。楓、備馬のことが気に掛かったからである。

しかし、二人とも元の場所にいなかった。一所にいつまでも留まるのは危険だと判断したのだ。警戒しているのは新たな敵だけではない。陸乾、己たちでさえそうだ。先程まで共に戦っていたとしても、一度は助けたとしても、いつ掌を返して襲って来るかもしれない。これまでの蠱毒の旅でそれを痛感しているのだろう。

「聴いてみようか？」

彩八が自らの小さな耳朶に指を触れた。

「いや、構わない」

宿場には無数の人がおり、息遣いだけで判別するのは難しい。身を潜めるなどしていれば特定出来ない。

それに彩八は消耗している。敵の察知には禄存が最も役立つ。いつまた使わねばならぬ局面が来るかもしれぬ中、無理はさせたくはなかった。目指すのは同じ東京である。共に生き残ればまた会う時もあろう。そろそろ次の事を考えるべきである。

「カムイコチャさん……この後も……」

双葉が上目遣いに尋ねた。双葉の無事を確かめた後、進次郎の足取りを追う時も、今こうして楓らを探すのも、行動を共にしてくれたのだ。このまま今後も一緒に行きたいと考えているのだろう。

「いや」

カムイコチャは首を横に振り、藍染めの鉢巻の尾が微かに揺れた。

「そうですか」

双葉は残念そうに目を伏せた。

「倭人だからではない。寄りたいところがある」

カムイコチャは背の箙を指差した。残る矢の数は四本となっている。カムイコチャはすでに札を集め終えたとはいえ、この先も襲われて戦う必要に迫られるかもしれない。また東京でも何をさせられるか判らない。この数では心許《こころもと》ないだろう。

「自分で作れるのでは？」

愁二郎は訊いた。鈴鹿峠で別れた時から、島田宿で再会した時に矢が増えていたのを見逃していない。何処かで矢を買い求めたか、自身で作れるかのどちらか。恐らく後者ではないかと見当を付けている。

「ああ、だが上手くはない」

やはり自身で矢を作って補充しつつ、ここまで来ていたらしい。愁二郎から見れば立派な出来に見えるものの、カムイコチャいわくそちらは大した腕ではないという。

「伊豆《いず》の稲取《いなとり》に仲間がいる」

カムイコチャはふいに話を転じた。明治政府が入植者を送り込んだことで、アイヌの暮らしは目まぐるしく変化しているという。倭人との交易を始める者、土地を奪われてより奥地へ行く者、自ら故郷を捨てる者、それぞれの道を進んでいるらしい。その中、本州に移住する者もいる。

今から七年前、政府はとある小さな村に立ち退きを命じた。大量の石炭が埋蔵されていることに気付いたらしい。その時、政府はその村の者たちに、一応は新たな居住地を宛がった。それが伊豆の稲取という地の外れらしい。

「その村にアイトゥレと謂う者がいる。矢を作る名人だ」

蠱毒の掟では、六月五日までに東京に入らねばならない。際まで札を集められなければ、自身が作った矢で臨むしかないと覚悟を決めていたという。しかし、期日までに猶予があれば、アイトゥレの下に立ち寄るつもりだったらしい。

「そういうことか」

「この後はどうする」

「夜明けまでには発ちたいが……」

愁二郎は渋い面持ちで零した。眠り薬の効果もいずれは消える。事態に気付いて警察に通報する者も出て来るだろう。とはいえ、激闘の末に皆が傷を負っている。その治療だけでも済ませてから発ちたいというのが本音である。

「いや、今すぐに発て。すぐ後ろに悍ましい男が迫っている」

カムイコチャは表情を曇らせた。

「先程、話していた男だな」

未だ己たちが邂逅していない強敵がいると、カムイコチャは話していた。

「ああ……」

「強いのか」

「避けたほうが良い。少なくとも誰かを守りながら勝てる相手ではない。今までに二度見た。一度目は二川宿を過ぎた辺りだ」

白須賀宿に向かっている途中、三人で一人を取り囲んでいるのを見た。カムイコチャはすぐに茂みに姿を隠した。無用に乱闘に巻き込まれぬ為ではない。囲まれているその一人から、禍々しいまでの殺気を感じたのだという。

「まさに一瞬だった」

十を数える間もなかったという。三人は瞬く間に肉塊と化した。カムイコチャは息を潜めたままやり過ごした。

——勝てるとは言い切れぬ。

そう判断したかららしい。襲ってくるならばともかく、こちらから仕掛ける利が無い。その者もカムイコチャの気配に気付いていたようだが、正確な場所までは判っていないようで、首をひょいと傾げて立ち去ったという。

「二度目が近頃ということか」

愁二郎の問いに、カムイコチャは頷いた。

「大井川だ」

島田宿のすぐ手前を流れる大きな川である。カムイコチャが渡し舟でこちら側に渡り終えた時、その者もまた舟で渡って来ているのを見たという。

いや、厳密には違う。舟に敵が潜んでいたのか、それとも仲間割れか。次第は判らないが、舟上で刃を交えているのを目撃したという。そして、遠目からでも、その若者が人を斬り伏せたのが判ったという。

「では、すでに宿場に？」

「いや、時を稼いだ」

島田宿に参加者が滞留することは、カムイコチャも予想していた。先が見えない乱戦が繰り広げられるであろうことも。危険な者は少しでも除いておきたい。仕留めることは出来なくとも、足止めすることは出来ないか。そう考えて一手を打った。

結果、カムイコチャは足止めに成功した。恐らく半日は時を稼げたはず。つまり今日の朝、この宿場に入って来る見込みだという。

「解った。荷を纏め次第、すぐに発つ」

「今、札は？」

カムイコチャが短く尋ねた。

「箱根までは進める」

来た時は四人で三十九点。愁二郎と彩八が二十六点、さらに進次郎が十二点を獲得してくれたことで、しめて七十七点を有していることになる。次の関門である箱根宿を越えるには一人二十点が必要で、あと三点必要になってくる。それらを隠すことなく説明したにも拘わらず、

「品川《しながわ》まで進めばいい」

と、カムイコチャは勧めた。

「いや、今話したように箱根を越えるには――」

「使え」

カムイコチャが差し出した手から、紐が垂れ下がっている。札である。いずれも一点のもので、合わせて八点分あった。

「これで行けるだろう」

カムイコチャは言葉を継いだ。

「お前……」

「俺には必要ない」

すでにカムイコチャは三十八点を有している。八点を渡したところで、すでに東京に入る分の三十点はあるということである。

「しかし、使い道はあるだろう」

札と交換に情報を得る。強敵と邂逅した時、札を渡して見逃して貰う。あるいは札を放り投げて、気を取られているうちに逃げる。札は幾らあっても損は無いはずだ。

「一人ならば奪われることは有り得ない」

驕りの色は微塵も感じない。ただ事実を述べているといったように、カムイコチャはさらりと言い放った。

「双葉」

愁二郎が促すと、双葉は頷いて札を受け取った。

「ありがとうございます。必ず御恩は――」

「無用だ」

カムイコチャは皆まで聞かずに答えた。

「カムイコチャ、五月二十日までに横浜を抜けろ」

愁二郎はせめてもの礼にと、ギルバートから得た情報を共有した。横浜に英国の要人が訪れるため、五月二十日から二十四日までは警備が厳重になるというあれである。カムイコチャが伊豆に遠回りするならば、覚えておいて損は無いだろう。

「解った。無事を祈る」

カムイコチャは言い残すと、静寂を取り戻した宿場を東へと走り去っていった。

四

愁二郎たちは旅籠に戻ると、慌ただしく荷を纏めて出た。旅籠の柱時計は午前六時を回っていた。

宿場を抜ける為には札を提示せねばならない。こちらから探すまでも無かった。島田宿の出口に近付くと、路地から複数の男たちが現れた。その数は五人。三人はすでに知っている。進次郎を監視する杜、彩八に付いている杷《さらい》、そして、己と双葉を受け持つ椽である。残る二人のうちの一人は、進次郎が梔と呼ばれていたと教えてくれた。残る一人は名も分からないが、筋骨隆々の屈強な男である。

「今日は随分と多いな」

愁二郎は低い声に気を籠めた。知らぬ間に掟を破っており、それを罰するために頭数を揃えたという線も有り得ると頭を過ぎったのである。

「他意はありません」

「強行突破されぬようにか」

「ここまで残った方々はいずれもお強いですからね。しかし、違います。単に人が余り始めたのですよ」

椽はふわりとした息を漏らす。

「なるほどな」

梔は自見の担当だったらしい。もう一人の屈強な男も、この宿場で果てた誰かに付いていたのだろう。

「大変な夜になりましたな」

「他人事《ひとごと》だな」

「我々にも被害は出ているのですよ。まさか無差別に毒を撒くとは……」

眠には樒という者が付いていたが、二度目の毒を近くで吸って昏倒し、今この時も目が覚めていないという。椽はさらに言葉を重ねた。

「それになかなか忙しいのです。

先刻、楓らを探しに西に向かったが、果てた者たちの屍は確かに消えていた。宿場での戦いが続いている最中に運び出したということだ。

「無駄話をしている暇はない。札を確かめろ」

「随分、お急ぎのようで……承知しました」

椽は咳払いを一つし、改まった口調で言った。

「嵯峨愁二郎様、香月双葉様、札をお見せ下さい」

「衣笠彩八様、よいですかな？」

杷も続く。札は各々に必要分振り分けており、それを順に見せていく。皆の確認が終わったところで、椽が再び口を開いた。

「結構でございます。お通り下さい」

「黒札は無いな」

「はい。ご安心を。最後尾がここを通り次第、誰が黒札持ちなのかお伝え致します」

「解った」

愁二郎が皆に促して行こうとすると、橡は両の掌を向けて止めた。

「お待ちを。この島田宿以降はお伝えすることがあります」

「何だ」

「東京に辿りついた者。そして、残る数でございます」

橡は厳かに言った。一体、どれほどの参加者が残っているのか。場にどれだけの札が残っているのかを推測するためにも、確かにずっと気掛かりではあった。しかし、主催者側は別に親切心から報せようとしているのではない。数が少なくなってきたからこそ、教えることで、最後の奪い合いを加速させようとしているのだろう。

「まず東京に辿り着いた者がすでに一人。七番、田中次郎《たなかじろう》……いえ、化野四蔵様《あだしの》」

直後、愁二郎は彩八と顔を見合わせた。進次郎と双葉も喜びに頰を緩める。四蔵は大久保を救いに東京へ向かった。その結果はまだ判らないものの、予定通り東京には入れたことは確からしい。橡は眉一つ動かさぬまま続けた。

「すでに到着した化野様を含め、残りは十五人でございます」

「十五人……」

愁二郎はそのまま反芻《はんすう》した。予想していたが、もうかなり少なくなっている。

「以上でございます。よき旅を」

椽は薄く微笑むと体を開いた。愁二郎たちは宿場を抜けると、微かに白みを帯び始めている東の空に向けて歩み始めた。

些か気が緩んだのだろう。双葉は欠伸《あくび》を嚙み締めながら、

「大丈夫です」

と、先んじて言った。その目尻には薄っすらと涙が浮かんでいる。

次の藤枝《ふじえだ》宿までは一里二十九町。ゆっくり歩いても二時間も経たずに着く。本当ならばここで休ませたいが、今は少しでも距離を稼いだほうが良い。とはいえ、いつまでも不眠不休という訳にもいかぬ。

「丸子《まりこ》までいきたい。よいか？」

藤枝の次は岡部、その次が丸子宿である。約五里強の道程である。凡そ四時間ほどで辿り着く。その頃になればすっかり人通りも多くなってきているだろう。

「うん。心配しないで」

双葉は気丈に笑みを見せた。

「気になる？」

彩八がぽつりと尋ねた。

「まあな」

「さっきからずっと数を繰っていたんだけど」

「俺もだ」

彩八の口振りから、同じことを考えていたのだと悟った。

椽は残り十五人と語った。己たちは四人。そこに響陣。四蔵と甚六の兄弟。カムイコチャ、ギルバート、楓、陸乾、傭馬。己たちを付け狙う無骨、幻刀斎。全て合わせると十四人。一人を除いて全員を把握していることになる。未だ邂逅していない一人、それがカムイコチャの語っていた男ということになる。

眼前に川が見えた。確か名は大津谷川《おおつやがわ》。東から滲み出る光を受け、川面が鈍く煌めいている。幅三間ほどの土橋が掛かっている。その上を行く途中、愁二郎はふいに足を止めて振り返った。が、すぐに前を向き、せせらぎを割るように歩を進めた。


——残り、十五人。

漆《シチ》ノ章　陸の龍

＊

清国――。

門閥、閨閥《けいばつ》、軍閥を用いずして、この国で出世を望むならば方法は一つしかない。隋《ずい》代から続く官僚登用試験である「科挙」を突破するという道である。中華《ちゅうか》全土から優秀な人材が科挙に臨み、その大半が夢破れて挫折する。最盛期には三千人に一人しか受からぬほどの難関。七十歳になってようやく合格する者などはましなほうで、生涯をこれに費やして果てていく者すら珍しくはない。

これは文官を登用するための試験だが、武官にも同様に武科挙がある。清代では、

――武経。

と、呼ばれる試験である。文官登用の科挙に比べれば易しいと宣《のたま》う者もいる。確か

に筆記試験はそうだろう。が、実技の試験内容によっては死することもあることを鑑みれば、科挙よりも過酷だとも言える。

科挙は国立の学校に通うことや、事前試験に受からねばならぬため、受験する者の数は凡そ千人前後。

対して武経の受験資格は無いに等しく、時によっては一万人近くが受験する。地方の豪族や武官の子弟などが多いが、農民、商人、職人などの庶民も集まる。

合格者の割合は時によって異なるが、約一厘から五厘の間といったところ。一万人が受験して、十人から五十人程度しか受からぬということである。

こうして優れた人材を抜擢してきた清国であったが、建国から歳月を経て窮地に陥っていた。

道光《どうこう》二十年（一八四〇年）には阿片《あへん》戦争、咸豊《かんぽう》元年（一八五一年）には太平天国《たいへいてんごく》の乱が起き、二年後の咸豊三年（一八五三年）には南京《なんきん》を占拠された。

さらに咸豊六年（一八五六年）には第二次阿片戦争、欧米で言うところのアロー戦争に突入。今年、咸豊十年（一八六〇年）にはイギリス、フランスの連合軍に北京《ペキン》を占領され、九竜《きゆうりゆう》の割譲と天津《てんしん》開港を呑まされてしまった。

これほど追い詰められているからこそ、より秀でた者を、救国の人材を集めたい。

その一念で催された今年の武経。試験会場にいた全ての者が唖然とする事態が起きた。

誰かが言った。

「これは夢か」

と。また他の者が漏らした。

「あの動きは何だ……」

と。皆が眼前の光景に目を疑う。

「一体、いくつなのだ」

武経の責任者が絞るように疑問を呈した。担当の試験官は我に返ると、慌てて資料を見ながら応じる。

「道光三十年の生まれ。有り得ぬ……まだ十歳です」

武経には中華全土の武芸に秀でた者、屈強な男たちばかりが集まる。その中、年端もいかぬ童が目覚ましい活躍を見せているのだ。

いや、それどころではない。武経の代表的な科目、乗馬にて三本の矢を射る「馬騎」。五十歩離れた地点から的に向けて五本の矢を射る「歩射」。高所の的を騎射によって穿つ「地球」。これら三科目において一番の成績を修める。

実戦形式の試験では、刀剣、青龍偃月刀《せいりゅうえんげつとう》、戟《げき》、槍《やり》、鞭《むち》、棒、拐《かい》、いかなる武器も巧みに操り、大人たちを難なく打ち破っていくのだ。

誰かが名を訊いた。今更である。しかし、理解出来なくもない。童の動きに見惚れてしまい、名前ですら余事に思えてしまうのである。試験官は再び資料を見て確かめると、衆に向けて厳かに告げた。

「姓は陸、名は乾。字《あざな》は叙光《じょこう》」


道光三十年（一八五〇年）、陸乾は江蘇《こうそ》省江寧《こうねい》府六合《ろくごう》の下級武官の三男として生まれた。陸家は古くは呉《ご》の四姓に数えられる有力豪族であり、三国時代にはかの有名な陸《りく》遜《そん》を生んだことでも知られている。しかし、己の陸家は傍流、さらにそこから枝葉のように分かれたうちの一家。数多《あまた》ある陸家の中の一つといった程度である。

陸乾の生家は、清国建国の頃から地方武官として取り立てられた。その後、特筆すべき武功などはない。陸乾が生まれる約百八十年前の三藩《さんぱん》の乱の折、下っ端の賊将を討ったという一つの手柄を後生大切に語り継いでいることからも判る。

地位は低く、誇りだけは高い。何処にでもある些末《さまつ》な武官の家である。それが、陸乾が生まれて変わった。天賦の武才が宿っていたのである。

五歳で武芸の修練を始め、六歳の時に弓矢で二人の兄を凌いだ。七歳には剣術で父に勝り、八歳で己の手足の如く馬を操る。さらに翌年、九歳で何と府の武芸師範さえも打ち負かしてしまったのだ。その頃には近隣にも噂が伝わり、誰が言い始めたか、

――陸家の龍。

などと呼ばれるようになっていた。父も、祖父も、曾祖父《そうそふ》も凡庸。兄弟も並の人である。何故、陸乾だけがこれほどの才があるのか。拾い子ではないかと疑う者さえいたが、これは実子であることは間違いない。

その陸乾、自らの才を鼻に掛けることもなく、

「毎日が楽しくて仕方が無いよ」

と、周囲に向けて常々語っていた。昨日出来なかったことが、今日出来るようになる。今日躓《つまず》いたことを、明日には達成出来る。それが純粋に楽しくて堪らなかった。故にまだ幼いということもあるが、出世にもとんと興味が無いのである。

「お前ならば武経にも通用する」

ある日、父が切り出した時も、

「はあ」

と、陸乾は気の無い返事をするのみであった。

陸家の繁栄に繋がる。金にも不自由することはない。名家との縁談も叶うかもしれない。多くの人から敬われることになる。父は熱心に説くものの、陸乾は苦々しく頬を緩めて首を捻るのみ。やはりそれらが欲しいとは全く思えないのだ。

「お主でも敵わぬ者もいようが……少なくとも上位何人かに食いこめばよいのだ」

父が何とか得心させようと言ったことに、陸乾はぐっと身を乗り出した。上位に食いこめば云々《うんぬん》にではない。その前段の話だ。

「私よりも優れた者が？」

「ああ、中華は広い」

「受けます！」

陸乾が一転して承諾したものだから、父の方が面食らったようになっていた。己より強い者がいる。ならば是非とも戦ってみたい。その一念が陸乾を突き動かした。こうして、陸乾は九歳で前試験を受けて易々と突破。十歳にして武経の受験に挑むことになったのである。

「こんなものか……」

武経を終えた後、陸乾は残念のあまり思わず零してしまった。

強弓を引く、大石を持ち上げるなど、純粋な腕力を測る科目では、流石に大人に勝ることはなかった。しかし、弓術、騎射、剣や矛など、全ての科目で首位。実戦形式の試験においても、己より遥かに体軀に優れた丈夫を相手取り、ただの一度も負けることがなかったのである。

試験官たちは郷里の六合の者たちと同じような反応を示した。目を見開いて驚き、手を叩いて褒めそやし、救国の士になり得るとまで言い放つ者さえいたほどだ。

結果、陸乾は武経に首席で合格。清建国以来、武経合格の最年少の記録だという。

こうして陸乾は僅か十歳で武官に取り立てられ、故郷の六合を出て、首都の順天府《じゅんてんふ》に移り住むことになった。

武経では落胆したものの、陸乾の足取りは軽かった。中央の武官といえば、いずれも武経の突破者揃い。さらにそこから厳しい修練を積んでいるのだ。父が語ったようにきっと、想像も付かないほどの達人にも巡り合えるはずだと。

陸乾が配されたのは京八旗《きょうはっき》。精兵のみが集められた親衛隊である。色の名を冠した八つの部隊から構成されており、陸乾はそのうち正紅隊に所属することになった。

「凄げえや」

京八旗での教練が始まってすぐ、陸乾は星の如く目を輝かせた。誰もが江寧府の武官とは全く次元が違う。江寧府の師範でも末席にさえ座れないだろう。

実力者揃いの中でも一人、一際目を惹《ひ》きつける人がいた。精悍に日焼けした褐色の肌、異国の血が混じっているような大きめの瞳、まるで鋼の如き隆々とした体軀。如何なる相手でも、如何なる得物でも、瞬く間に相手を撃沈していく。

「あの御方は……」

陸乾が羨望の眼差しを向けていると、

「林豹《りんひょう》殿だ」

と、先達の一人が何故か得意げに教えてくれた。

歳は二十四歳。十五歳の時に武経を受け、己と同様に首席で合格。その後、年々実力を伸ばして十九歳で正紅隊の隊長に、二十三歳の時に京八旗全体で三人しかいない武芸師範になった人だという。しかも満州《まんしゅう》人の多い京八旗の中にあって、林豹は陝西《せんせい》省西安《せいあん》府臨潼《りんどう》生まれの己と同じ漢人。その点も陸乾の憧憬を大きくした。

「一度、手合わせをお願いします！」

「馬鹿者、お前如きが――」

陸乾は気が付いた時には大声で嘆願しており、先達が血相を変えて止めようとする。が、林豹はそれを制止して近付いてくると、引き締まった頰を緩めた。

「面白い小僧だ。掛かって来い」

勝負は散々であった。どの得物を使っても全く歯が立たない。一体、どれほど土を舐めたかは判らない。躰中に幾つもの傷が出来た。それでも陸乾は胸中で、

──楽しくて堪らない。

と、咽《むせ》びたくなるほどの歓喜の声を上げていた。陸乾はこれから来る日々に胸を膨らませ、砂まみれの唇を自然と綻ばせた。

＊

それから八年の歳月が流れた。

十八歳の夏、陸乾は泣いていた。涙が止めどなく流れた。これは歓喜から来るものでも、感謝から来るものでもない。楽しかった日々への寂寥《せきりょう》、将来への絶望が目から溢れ出ているのだ。

「陸……乾……参った」

今、あの林豹が己の足元に転がり、苦悶に顔を歪めている。これで京八旗において、もう誰一人として己に勝てる者はいなくなってしまったのだ。

いや、厳密に言えば、昨年くらいには勝てると解っていた。だが、林豹を倒してしまえば愉悦の日々が終わってしまう。蹴りを封じるだの、槍の柄は使わぬだの、己に

枷《かせ》を掛けて、その時を少しでも遅らせて来たのである。

しかし、今では何をどうしても負けられない。今日、ようやく覚悟を決めて臨んだところ、実力の半分も出せぬままに一瞬で決着がついてしまったのである。

「成長したな。見事だ」

林豹は立ち上がって手放しで褒めてくれた。戦いの趨勢《すうせい》を見守っていた京八旗の者たちから割れんばかりの歓声が上がった。

「はあ……」

陸乾の返事はかつて父にしたような気のないものであった。武術が堪らなく好きだ。もっと高みを目指したい。その全てをぶつけられる強い相手と戦いたい。生涯で唯一といえるその楽しみは、もう二度と訪れないかもしれないのだ。

苦労の末に先達を超えた感動と取ったようで、林豹は肩を叩いて泣くなと慰める。衆は最大限の祝いの言葉を送って来る。誰とも解り合えない悲哀も相まって、陸乾は再び溢れて来る涙を腕で拭った。

翌年、陸乾は十九歳で京八旗の武術師範に選出された。これもまた清という国が始まって以来の快挙という。数々の記録を塗り替えていったことで、陸乾がかつて林豹に向けたような憧れの眼差しを向ける者も随分と増えた。

陸乾は師範として後進の指導を行う。が、正直なところ退屈で仕方が無い。今後、自分に匹敵するほどの者がいればまた違うのだろうが、そのような者は幾ら待っても、ただの一人も現れやしない。

また混迷を極める国内の戦にも出た。麾下《きか》に号令を発して銃撃させる。宙を弾丸が飛び交うだけの戦に何の魅力も感じなかった。

自らが敵中に斬り込んでいった時は、ほんの少しだけ心が弾んだものの、それはほんの一時の慰めにしかならない。弱い者を相手に自身の武芸を確かめたいのではない。己は強い者と死闘を演じたいのだ。

「台湾に行ってくれぬか」

二十二歳の夏、国の中枢を担う太夫に呼び出されて直々に頼まれた。

台湾の原住民が漂流した琉球人を殺害した。日本が報復に乗り出すのは間違いないが、そのまま支配下に置こうとするかもしれない。動向を確かめたいものの、大人数を送っては却《かえ》って日本を刺激することになる。とはいえ、下手な者ではいざという時の脱出も覚束ない。そこで陸乾に白羽の矢が立ったという訳だ。

この時、陸乾は久々に胸の高鳴りを覚えた。重大な務めを任されたからではない。

清国の外ならば、強い者に巡り合えるかもしれないと考えたからである。

「お任せを」

頬が緩みそうになるのをぐっと堪えながら、陸乾は二つ返事で承諾した。

陸乾はそれから間もなく台湾に渡った。部族の村々を探る中、時に怪しまれて襲われたこともある。日本軍が台湾に侵攻を開始して来てからは、戦いの渦中に飛び込んだこともある。屯所にたった一人で奇襲を掛けたこともある。

しかし、心の渇きが消えることはなかった。全力を出せるような相手には遂に巡り合えなかったのである。

だが一つ、希望もあった。日本軍は農民や商人から徴兵しているが、それを率いる士官はかつて、

――武士。

と、呼ばれた士族階級の者が多い。その中にごく稀に胸がときめく者が混じっていたのだ。陸乾はそれも難なく撃破していったが、日本にはもっと強い者がいるかもしれないと、可能性を感じたのは確かである。

台湾での争い以降、日本の亜細亜《アジア》への影響力はさらに大きくなった。早ければ数年、遅くとも十数年後には、清国とも戦が起こることは十分に有り得る。清国の首脳

はその時に備え、日本の内情を探らねばならないと考え、台湾の時のように人を送り込むことを決めたのである。

「私に行かせて下さい」

陸乾は自ら志願した。愛国の念も皆無という訳ではない。が、やはり最大の理由は、強き者に巡り合えるかもしれないということだ。

＊

光緒《こうしょ》三年、明治十年、一八七七年の暮れ、清国の貿易商の一員に紛れ、陸乾は神戸《こうべ》へと渡った。神戸は二十年ほど前までは小さな漁村だったというが、今では片鱗さえ見えないほど賑《にぎ》わっている。この一点だけでも、日本という国が急速に成長していることが窺えた。

「さて、行くか」

神戸は勿論のこと、時に東の大阪や京都《きょうと》へ、時に西の広島《ひろしま》へ、足を延ばして日本の内情を探った。元来、耳が良く語学で躓いたことはない。さらに日本に来る半年前から勉強を始めていたため、訛りこそなかなか抜けないが、日常会話程度ならば難なくこなせるようになっている。市井の人々と交わることでも情報を得られた。

「……いないな」

　時折、陸乾はぽつりと呟く。かつては刀を腰に差した武士が闊歩《かっぽ》していたというが、そのような者はほとんど見当たらない。未だ帯刀する者も僅かにいたが、警邏《けいら》に咎《とが》められて連行されていくのを見た。

　武術の心得がありそうな者も見掛ける。恐らくは元武士なのだろうが、鍛錬をすっかり怠っているのも見て取れる。

　やはりここにもいないのか。いや、何処かに潜んでいるだけで、この国にはいる気がしてならない。それ故、海を渡って遥々《はるばる》来たのだ。任務をこなしつつ、諦めずに探していたある日、神戸の町で配られていた一枚の紙を手にした。

「……報紙《バオヂー》」

　和語で言うところの新聞である。これも内情を知る役に立つだろうと目を通し始めたが、途中からは食い入るように読み耽《ふけ》ってしまった。

「おいおい」

　綻んだ口元を掌で覆う。きっと己の目は爛々《らんらん》と輝いているだろう。

　異国人の己でも解る。かなり胡散臭い内容である。手にした人々も口々に言っている。しかし、気になって仕方が無い。

どちらにせよ神戸周辺を探った後、次は東京へと赴くように命じられている。これが嘘であったならばそれまで。もし真であったならば――。

一日千秋の想いで待ち焦がれ、陸乾は件の日にかつてのこの国の京《みやこ》へと向かった。参集場所は日本有数の名刹天龍寺。その荘厳な門を潜った時、陸乾は感動のあまり、

「わあ」

と、童のような声を上げてしまった。

こちらの者も、あちらの者も、明らかにものが違う。異様な雰囲気に包まれつつある境内を、陸乾は弾むような軽い足取りで歩んでいった。

受け取った札は百三十九番。天龍寺で乱闘が始まって早々、

「爺様《じい》、すげえな」

と、陸乾は歓喜を口走った。

札が配られている時に盗み聞きした。札番は百四十二、名は岡部幻刀斎。齢七十は優に超えていそうな老人だが、一見して相当な達人であることは看破していた。陸乾は迫る百四十番の鼻を裏拳《うらけん》で圧し折り、その幻刀斎に向けて突き進んだのだ。

仕込み杖《づえ》から抜き放たれた刀を掻い潜り、流星の如く拳を見舞ったものの、幻刀斎

はその全てを躱すので、思わず声が漏れてしまったのである。確実に捉えたはずの拳も空を切る。関節が異様なまでに曲がるのだ。

「哼《フン》！」

脛の湾曲はなかろうと、疾速の足払いを見舞う。ひょいと兎《うさぎ》の如く跳んで躱す幻刀斎に向け、陸乾は対空の回し蹴りを発射する。幻刀斎は鞘で受け止めたものの、後ろへと吹き飛ばされる。幻刀斎はひらりと着地すると、

「厄介な者も混じっているようじゃ」

と吐き捨て、身を翻して乱闘の狭間へと飛び込んだ。

「おい、待ってくれよ」

陸乾が追おうとした瞬間、頭上には刀、脇腹に槍が同時に迫って来る。刀は宙を舞わせ、槍は足に絡めて奪い、瞬く間に両者を地に埋没させる。

「まあ、いいか」

白目を剥いて痙攣《けいれん》する二人の首から札を奪うと、陸乾は白い歯を覗かせた。別に焦らずともよい。あれほどの達人ならば、旅を続けていれば必ず再戦の機会はある。

天龍寺を出た後、陸乾の快進撃が始まった。この国では決闘の前に名乗るのが礼儀だと聞いたのは、石薬師宿で戦った山本丹下《やまもとたんげ》なる者。その山本は胸骨を粉砕したら動

かなくなった。礼儀云々言う割に弱かったので拍子抜けした。

藤川宿では神門銅逸《かみかどどういつ》と謂う杖術《じょうじゅつ》家。拳、肘、膝、足を数発入れたが、なかなか倒れないので驚いた。どうやら痛みを逸らす術を会得しているらしい。どういった仕組みなのか思案したが答えは判らない。なので、千発撃ち込むことを決めた。結果、そこまでもいかず、百を超えたところで血反吐《ちへど》を散らして絶命したので良しだ。

御油宿を過ぎた辺りでは松雪誠之丞《まつゆきせいのじょう》。三十絡みの着流しの剣客。これは中々に強くて自然と笑みが零れた。京八旗に所属していても上位一割には入っていただろう。だが、松雪の剣は悉く空を切り、やがて澄ました顔から余裕が消えていった。最期は旋脚一閃。首の骨を断ち割って動かなくなった。

全て楽しい思い出だ。陸乾は生涯で最も充実した時間を過ごしていた。

そして、島田宿。遂に出逢った。己と互角と思しき者に。名は嵯峨愁二郎。変わった術を遣う。凄まじい足捌きもさることながら、死角というものがほとんど存在せず、さらには一秒先を予測しているような動きを見せる。

眼を先に始末する必要があり、流れで共闘することになったものの、

——戦ってみたい。

と、いう願望は時を追うごとに強くなっていた。が、愁二郎はすぐに仲間を救いに向かわねばならなかった。無理やり引き留めたとしても、仲間が気になって集中出来ないかもしれない。それに宿場に来るまでに怪我を負っているようであった。ずっと探し求めていた好敵手なのだから万全の状態で戦いたい。そう考えるに至り、愁二郎たちを行かせることにしたのである。

愁二郎ならば必ず生き残る。この国の首都、東京で雌雄を決すればよい。陸乾はもはや清国の任務などどうでもよく、そのことだけが頭を占めている。

その為、まずこの島田宿を抜けねばならない。現在、己が持つ札は十三点。あと二点必要である。二刀で戦っていた石井音三郎、己を羽交い絞めにしてきて、自見の銃撃の楯にした博徒の伊刈武虎。この者たちがまだ札を持っているはずである。

一

「哎《アイ》……不敢相信《プーカンシアンシン》！」

陸乾は項を掻き毟った。伊刈の骸をいくら探っても札が出てこない。石井も同様である。誰かが人知れず奪ったのか。いや、違う。石井の首には確かに「百八十六番」

の札が掛かっている。奪った者がいたならば、最も目立つこの札を見逃すはずはない。軸丸鈴介は三点しか見つけられなかったのではない。そもそも石井は首の札以外に、三点しか持っていなかったらしい。

ともかく無いものは無い。首の札は取ったがまだ一点足りない。他の屍にも札が残っていないかと辺りを見渡し、

「おっ」

と、陸乾は小さな吃驚を上げた。槍術《そうじゅつ》の仏僧。宝蔵院袁駿だったか。その屍にまさに手を伸ばさんとしている者がいた。薙刀遣い、秋津楓である。

楓もこちらに気付いて咄嗟に薙刀を構えた。互いの距離は約二十メートルといったところ。楓の切れ長の両眼、薙刀の鋩に気合いが宿るのを感じた。

「札、あった？」

陸乾は近付きながら、ふわりと尋ねた。楓は何も答えないのでさらに言葉を継いだ。

「それ、あげるよ」

「愚弄なさるのですか」

「ぐろう……ああ、何となく意味は解った。毒がまだ効いてるだろう？」

「それは私の不覚によるもの。情けは無用です」

「こちらの都合さ。完全な状態に戻ってくれ。その時には……遠慮なくやるよ」

楓の肩がぴくりと動いた。一転、陸乾は明るい調子を取り戻して続けた。

「乱戦だったじゃあないか。誰が止めを刺したかは関係ない。俺も他の奴にやられた者から札を取ったし。これでおあいこだ」

「……解りました」

楓はなおも警戒はしつつ、袁駿の衣服に白い手を差し伸べた。

「どう？」

「首の一点だけです」

「そうか。恐らく元々一点しかなかったんだろうね」

伊刈も、袁駿もこの島田宿に来た時には、何らかの理由で最初の札以外を全て失っていたということである。十分に有り得ることだ。

「足りた？」

陸乾は東に向けて顎を振った。楓は戸惑いながら頷いて見せた。

「丁度」

「良かった。じゃあね」

陸乾はぶんぶんと手を振った。

「そちらは……」

「まだ後ろにいるはず。待つよ」

「もしいなければどうするのです。失格となります」

「まあ、その時は蠱毒の連中を相手に暴れてやるかな」

陸乾はけろりとして言い放った。天龍寺で警邏を瞬殺した男。蠱毒主催にも目ぼしい遣い手がいることは知っている。あれが出て来るならばそれも悪くはない。

「行って」

陸乾が微笑んで促すと、楓は深々と頭を下げて東へと向かった。

楓と戦うつもりがないのは、情が湧いた訳でも、恩を売るためでも、ましてや女だからでもない。楓と百度戦っても己が百度勝つ。それが判って興味を失しただけである。それでも戦うのならば、せめて万全の時にやりたかったというのが本心だ。

「さて、待つか」

陸乾は壁にもたれ掛かって往来に腰を据えた。次、この道を通る参加者を討つ。

東の空が明るくなると共に闇が払われていく。それと裏腹に何処からともなく朝靄《あさもや》が湧き始めた。川が近いことに起因しているのだろう。故郷の六合もそうであった。

「まだいるはずだけどなあ……」

陸乾は霞む景色に向けて独り言ちた。先刻は後続がいるだろうと言ったものの、真にいるのか些か不安になって来る。眠り薬の効果が早めに切れた者がいるのか、宿場に人が動き始める気配も感じていた。

「おっ」

陸乾は目を凝らした。靄の向こうに薄っすらと人影が見えたのだ。腰を上げて尻についた砂を払っていると、やがて姿がはっきりと浮かび上がってきた。

かなり若い。歳の頃は二十二、三歳といったところか。背がすらりと高く、肌の色は白い。祖国では東北部出身者によく見られる相貌である。

「参加者……だな」

一応、尋ねたものの疑いようはない。細身ではあるが着物の上からでも鋼のように引き締まった躰をしているのが判る。足取りも完全に心得がある者のそれ。そして、何より噎《む》せ返るような血の香りが鼻孔に届いている。

「札、持ってる？」

約十メートルの距離で足を止め、若者は訊いてきた。

「十四点あるよ」

「良かった」

若者は笑みを浮かべる。常人が見れば穏やかな表情なのだろうが、両眼だけが笑っていないからか、陸乾にはひどく醜悪な面に見えた。

「俺は陸叙光。名を――」

陸乾は止めた。若者が突如として距離を詰めて来たのだ。抜き打たれた刀が朝靄に鈍く光る。陸乾は仰け反って鼻先で躱し、顎に向けて右足を痛烈に蹴り上げた。

「駄目か」

爪先が掠っただけ。それでも当てられたことに驚いたようで、若者は二重の目を見開いている。その間にも刀が宙で跳ね返るようにして戻って来る。陸乾は体を開いて避けながら、痛烈な回し蹴りを見舞った。

「不可能《プーカーナン》……」

何だと。脇腹を捉えたつもりが、肩で受け止められている。瞬時に身を捻ったのである。蹴りに押されて地を滑ったものの、毬の如く反発してまた向かって来る。

「哦《オー》」

陸乾は感嘆を漏らす。若者の斬撃は飛燕《ひえん》の如き速さで、陽炎《かげろう》の中のように軌道が読みづらい。常に両脚を駆動させ、上半身を躍動させ、全てを紙一重で避け続ける。

そして、その合間に拳と脚を放っていく。当たるには当たる。が、一向に手応えが無い。まるで木偶《でく》人形を殴っている気分である。

理由は二つ。一つは直撃の瞬間、体幹が微かに揺れて衝撃が逃げてしまう。狙ってやっているというより天性のものと見るべきだ。

もう一つは、そもそも痛みに強い。全く感じない訳ではないらしいが恐ろしく鈍い。これも体質としか言いようはない。これほど戦いに向いた躰は無いだろう。

「ぐっ――」

刃が掠めた頰が熱くなる。血が浮き上がっている。己は今、手を焼いているのだ。それなのに自然と口元が綻んでしまう。愉悦が全身を駆け巡り始めたのだ。

「接招吧《ヂエヂャオバ》」

これでどうだ。陸乾は鋩を鼻先で避け、自身の手を刀に変じて脇腹に突き刺した。

「う……」

急所を衝かれたことで若者が呻く。鈍くとも痛みがある以上、妖怪の類ではなく人。人ならば壊せる。

雁下《がんか》、活殺、電光、章門、関元、伏兎《ふと》、頰車《きょうしゃ》、人中、霞《かすみ》、廉泉、天突、秘中、烏《う》

兎《と》、天道。人体のありとあらゆる急所に、五月雨の如く貫手を浴びせていく。

若者は攻撃の手を緩め、守りに転じて身を固める。しかし、陸乾は猛攻を止めず、腕の隙間を通して的確に急所を穿つ。やがて防御も間に合わなくなり、若者はまるでガトリング銃の乱射を受けたように身を躍らせる。が、その目は未だ死んでいない。

「很危《ヘンウェイ》 険的《シエンダ》！」

危なかった。まずは足を止めようと、若者は脚に目掛けて強烈な斬撃を放って来たのである。しかし、陸乾は飛び上がり宙で身を回すと、延髄目掛けて雷撃のような蹴りを放った。

若者は遂に膝から頽れていく。急所の中の急所。これで耐えられるはずがない。いや、常識を変えろ――。

「果然是《グオランシー》」

やはり。この者、常人ではない。膝が地に着く寸前、独楽の如く旋回して切り掛かって来た。陸乾は着地と同時に屈んで避けた時、若者が脇差に逆手を伸ばすのを目端に捉えた。速さで勝る己を捉える為にはこれしかない。二刀である。

「だろうね」

陸乾は日本語で呟き、不敵に片笑んでいた。若者が柄に触れるより素早く、陸乾は脇差を掴んで抜き取ったのである。即座に逆手に持ち替えて脇腹を薙ぐ。

「惜しい」

手応えはあった。しかし、掠めた程度。旋回の勢いを殺さずに退避に変換させたのだ。これも天性、天賦、天稟《てんぴん》の成せる業。この若者は良い。良過ぎる。

「遣えるよ」

若者が驟雨《しゅうう》の如く斬撃を放つ。が、陸乾は脇差でその全てを捌き、往《い》なし、弾く。脇差で斬りつけて注意を引き付け、空いた隙間、水月に掌底を放った。

「ぐええ……」

若者は後退《あとずさ》りして涎《よだれ》を垂らし、陸乾は構えを戻しつつ細い息を吐いた。勁《けい》を発する。いわゆる発勁。打撃とは根本から異なる。中華の武術の叡智《えいち》が生み出した躰の内部を抉る技である。これならば確実に通る。あと三発、いや、二発も打ち込めば間違いなく壊れる。

「くそう……強い……」

若者は俯いて零した。拗《す》ねた子どものような印象を受けた。

「お前も十分に強いって」

陸乾は気を丹田に練り込みつつ応じる。本心からの言葉である。幻刀斎といい、眠といい、愁二郎といい、この国に来て良かったと心底思える。

「もっと速く……もっと速くしなきゃ」

若者はぶつぶつと独り言を漏らす。

「それが出来たら苦労は――」

陸乾は吃驚した。動く兆しは微塵も無かった。また若者が突っ込んで来たのである。しかも先刻までより明らかに速い。

「くっ」

若者の刀が乱舞する。時に弾丸の如く速く、時に散る花弁の如く曲がる。しかも一撃が鉄塊の如く重い。脇差を握る手が早くも痺れる。しかもまだ加速するではないか。これは尋常ではない。避けるので精一杯、受けるので限界である。

――それがどうした。

ならば限界を超えれば良いだけだ。陸乾は脇差を五指から解き放つと、霞を集めるように手を回し、自身にとって最も強烈な技を放った。

「……龍勁《ロンジン》」

当たった。練りに練った発勁。打った箇所は水月の下、より矮小《わいしょう》な急所である壇《だん》中《ちゅう》。胃の腑《ふ》の破裂は確実。これで立っていられるはずは――。

陸乾は咄嗟に後ろに下がった。舞い上がる砂埃《すなぼこり》が靄に混じって灰色に浮かぶ。その渦中、陸乾は苦々しく零した。

「おいおい」

斬撃が返って来たのだ。必殺の一撃は確かに当たった。が、勁が伝わり切らなかったのだ。触れた刹那、腕から先を切り落とされたのである。

血が滴る。激痛が走る。しかし、それ以上に溢れる喜びに、陸乾は笑った。

「最高だ」

「もっと速く……」

若者は何かに力を請うように天を見上げた。

「やれるのか？」

「多分」

「見せろ」

陸乾は間髪を容れずに応じた。一体、今までどれほど敵を打ち倒して来たのか。数百、数千、もっと多いかもしれない。その中で記憶に留めている者は一握り。名を覚えている者はもっと少ない。しかし、この者の名だけはどうしても知りたかった。

「頼む。名を教えてくれ」

「天明《てんみょう》……刀弥《とうや》」

「天……なるほどな」

偶然だろう。が、妙に腑に落ちた。この者の力は天より授かったとしか思えない。己もまたその一人である。出逢うはずの無い者が出逢う。何と幸せなことか。

「やろうか」

天明が頷くのを確かめ、今度は陸乾から仕掛けた。残った一本の腕、二本の脚が躍動する。ずっと、ずっと、待ち焦がれていた。今、己は生涯で最も充実している。しまった。一応、役目を持って来ているのだ。だが恐らく復命することは叶わない。もし叶ったならば何と伝えただろうか。

——この国、侮るべからず。武士は未だ健在。

と、いったところか。そんなことはどうでも良い。兵力、兵器、弾薬を調べて来いと叱責を受けるだろう。詰まらない時代が来たものだ。我が祖国も日本も。間もなく明日が来る。靄も晴れるだろう。一人だけを残して。

「天明！」

血潮の中でなおも拳を放ちながら、陸乾は異国の朝風の中に笑った。

二

　愁二郎らが丸子宿に辿り着いたのは昼過ぎのことだった。小さな旅籠で休息を取ることにした。この時刻から旅籠に入るのは少々怪しい。東京で身内の不幸があり、夜を徹して歩いて来たが限界が来た。旅籠の主人にはそのように説明した。

「とろろ汁を用意しましょう」

　飯の段取りを頼んだところ、主人はすぐに手配してくれた。丸子宿といえば、とろろ汁が名物である。とろろは滋養に良いこともあり勧めてくれたのだろう。

　四半刻ほどして、とろろ汁が運ばれて来た。出汁《だし》を溶いたとろろ汁を、熱い麦飯にぶっかけて食す。夜通し動いていて空腹の極みを迎えていたのか、進次郎などは顔が隠れるほど碗《わん》を傾け、貪るようにして頬張っていた。

　腹が満たされれば次に睡魔が襲ってきたらしく、進次郎は布団に倒れるようにして眠ってしまった。双葉も床に入らせると、すぐに可愛《かわい》らしい寝息が聞こえて来た。愁二郎は肩まで掛布団をそっと引き上げながら言った。

「疲れていたのだろうな」

「そりゃあね」

彩八は溜息を漏らす。疲労が蓄積しているところに、島田宿での夜通しの大乱闘。己たちでも厳しいのに、二人ならば猶更である。彩八は視線を外しながら尋ねた。

「話があるんでしょう？」

「ああ」

「食べながらにしたら」

「そうだな」

ここからは万全を期したい。彩八が食している間は、愁二郎は刀を引きつけて動けるようにしていた。

「もう無理だ」

愁二郎は箸を取って言った。

「そうね」

何がとは訊かなかった。彩八も同じことを考えているらしい。

島田宿で痛感した。今、残っている参加者はいずれも一筋縄ではいかない。陸乾などは己たちと同等、あるいは頭一つ抜けていたかもしれない。自分たちが勝てるかさえ覚束ない中、双葉と進次郎を守り切れる自信が無かった。

「東京まで一緒にって言ってたけど？」

東京まで共に行くと、島田宿で二人に約束したばかり。舌の根が乾かぬうちに前言を翻してよいのかと目で訴える。

「嘘は吐いたつもりはない。東京まで共に行く……但し入口までだ」

「どういうこと？」

「品川……いや、川崎《かわさき》で保護を求める」

蠱毒の掟により品川には三十点の札を確かめる関所がある。川崎はその一つ手前、神奈川《かながわ》県最後にして、東京の玄関口のような宿場である。

「大久保利通ね」

彩八が意中の名を挙げ、愁二郎は首を縦に振った。

蠱毒の黒幕が警視局なのは明らか。その人数、組織力は絶大であり、何者かの支援によって潤沢な資金まで得ている。これに対抗して二人を保護するためには、もう国を動かすしかない。彩八は先んじて東京に走った兄のことが頭を過ぎったらしく、

「四蔵兄は……」

と、些か不安げに漏らした。

「心配ない」

愁二郎は断言した。誰よりも才気に溢れる、兄弟で最強の弟である。大久保のことも守り通してくれると信じている。

「そうね」

彩八は二度、三度頷いた後、話をもとに引き戻した。

「で、どうやって二人を守って貰うの？」

「陸軍しかない」

今から六年前の明治五年（一八七二年）、軍を統括する兵部省は、陸軍省と海軍省の二つに分かれた。長州と薩摩の派閥争いが最も大きい理由だ。結果、陸軍省は長州閥、海軍省は薩摩閥に占められることになった。

大久保は薩摩出身であるため海軍省と関係が深いと思われがちであるが違う。海軍省には西郷隆盛《さいごうたかもり》の下野に付き従うことはなくとも、同情的な薩摩出身者がかなり多い。今の大久保にとっては、陸軍省のほうがむしろ近しい関係にあるのだ。

「それならここまで来させればいい」

彩八は提案した。わざわざ川崎まで行く危険を冒さず、丸子とは言わずとも、静岡県内の何処かで保護して貰えということである。

「それは厳しいだろう」

陸軍省には薩摩嫌いの長州出身者もまだ多いため、動かすためにそれなりに時を要する。さらに静岡県まで軍を送るなら日が掛かるし、事態が大きくなることで蠱毒側に気付かれる可能性も高くなるだろう。

「だから川崎ってことね」

川崎ならば東京の目と鼻の先。演習などと言い訳が出来るだろう。

「さらに今は横浜の件がある」

「なるほど」

英国要人が横浜に来るというギルバートからの情報だ。不測の事態に備えた後詰めなどと、大久保も理屈を付け易いに違いない。

「川崎までは何とか凌ぎ切る。まずは一刻も早く頼む必要がある」

「電報ね」

「ああ、そうだ」

「ここにも郵便局あったよね。すぐに――」

「いや、丸子は駄目だ」

郵便局は規模によって五段階の等級に分けられている。数が少ないほど大きく、多くなるほど小さい。電信機が設置されているのは三等以上の郵便局。丸子は最も規模が小さな五等郵便局である。

「じゃあ、島田まで戻る？」

島田宿にも郵便局があったのを、彩八は覚えていたらしい。

「静岡県には三等以上の郵便局は三つ。三等郵便局は沼津《ぬまづ》の一つ。ここからはまだ随分と距離がある。二等郵便局は二つ。そのうちの一つが浜松だった」

「じゃあ、もう一つは……」

「一つ先の宿場、府中宿《ふちゆう》近く。今年から二等の静岡郵便局……響陣との約束の局だ」

響陣との事前の取り決めで、どちらにせよ静岡郵便局には立ち寄る必要があった。

浜松郵便局をいち早く抜け、響陣は富士南麓にあると思われる蠱毒の本拠を目指した。品川での合流を約束したが、可能ならば、もっと手前で落ち合いたい。連絡を取る必要があり、手法は電信を使うということを決めている。

蠱毒の本拠には電信機材があるのは確実。打ち方は教えておいたので、それを使えるのが最も望ましい。しかし、連中によって機材が持ち出されていたり、何かの理由で壊れていたりすることもあるだろう。その時には、

――南部《なんぶ》か万沢《まんざわ》の局を使え。

と、伝えてある。共に明治八年（一八七五年）開局の五等郵便局である。

電信機材があるのは三等以上の郵便局のみであるが、他の局でもそれを利用出来ない訳ではない。一度、三等以上の郵便局を経由する必要があり、その分の日数はどうしても掛かって来る。その両局から電信を依頼した場合、遅くとも翌々日には二等郵便局である甲府《こうふ》に渡り、そこから電信を発することになる。静岡郵便局、沼津郵便局の二局に、局留めで同時に飛ばすように指定していたのである。

「箱根より前に落ち合えるのが最良だけど」

彩八は願望を口にした。

「ああ。だが、そう首尾よくいくか」

響陣が本拠内偵に何日掛かるのか。己たちが静岡郵便局に着いた時、まだ電信が間に合っていないことも十分に有り得る。そもそも無事かどうかさえ判らないのだ。

「駄目ならあと五点要るね」

彩八は札の入った袋を取り出して言った。

響陣には十五点分の札を渡しているが、箱根は二十点が必要な関所である。箱根までに合流出来るのが最良であるが、先となればあと五点を得なければならない。

だが蠱毒参加者が道を逸れた山梨《やまなし》県にいる可能性はほぼなく、静岡県に戻った時にはすでに皆が通り過ぎているかもしれない。そこでもし合流地点が箱根より先になる場合は、持っている札の中から五点を渡す必要があるという訳だ。

「渡す手立ては幾らでもある。とにかくまずは静岡だ」

愁二郎は纏めると、とろろ汁の掛かった麦飯を掻っ込み始めた。久しぶりの飯である。喉に痞《つかえ》えて少し咳き込んだ。

「いつも……」

彩八が言い掛けて止める。慌てて食べるからこうなる。続きはそれだっただろう。幼い頃からよくある光景の一つだった。

「またこうしてな」

飯を食うことになるとは、山を降りた時は思いもしなかった。蠱毒は凄惨なものであるが、このことだけは素直に嬉しかった。そのようなことを考え、愁二郎は箸を再び動かし始めた。

その日、愁二郎らはそのまま丸子に一泊することになった。カムイコチャの話していた手練れのことは気に掛かるが、双葉らの疲れが限界を迎えていると見たからである。島田宿の二の舞は避けるべく、愁二郎と彩八で交互に夜番を行った。

何事も起こることはなく、十五日の朝がやってきた。運に恵まれたというべきか。いや、すでに蠱毒の参加者は残り十五人。いよいよ遭遇することのほうが稀になっているのである。

三

丸子宿から府中宿までは二里二十九町。ことさらに急がずとも、二時間と少しあれば十分に辿り着く。静岡郵便局はそこからすぐ。郵便局内の時計を一瞥すると、針は午前九時ちょうどを指していた。

「局留め電報が届いていないか知りたい」

愁二郎は窓口の若い局員に訊いた。電報は紙に起こして宛先の住所まで届けてくれるが、こうして局留めにしておくことも可能である。

「局留めですね。宛名は？」

「音羽愁二郎で」

嵯峨だと警察の網に引っ掛かるかもしれない。とはいえ、あり触れた変名だと混在することもある。これならば被らないだろうと嚮陣が示した姓である。

「あー……ありましたよね？」

若い局員が、上司と思しき者に訊く。音羽という珍しい姓だから記憶にあるという。局員は後ろに引っ込むと、そう間を置かずに一枚の紙を手に戻って来た。

「これですね」

「いつ届きました？」

「今日の朝一番ですね。南部の郵便局からです」

浜松攻防が三日前の五月十二日の日中。響陣は十三日中には早くも本拠を見つけ、遅くとも十四日の朝には南部郵便局に到達。そこから甲府に伝わって即電信。凡そではあるが、響陣の足取りが見えて来る。流石というべきか、迅速の一言に尽きる。

愁二郎は電信を受け取ると、窓口から少し離れて読み始めた。

――ネグラミツケタリ
電報はその一文より始まっている。内容を要約するとこうである。

響陣は無事に蠱毒の本拠を見つけた。敵の抵抗に遭い戦闘があったようだ。蠱毒を運営する者の中に、旧幕府の忍び、特に甲賀衆が多く含まれているという。

「そういうことか」

そこまで読んで、愁二郎は得心した。蠱毒が使っていた暗号は、旧幕府の伊賀組、甲賀組、根来組、二十五騎組が共通で使っていたものに似ていると話していた。さらに誰が蠱毒の本拠を衝くかという話になった時、樹海の中から探し当てるのは自分が

最も向いていると語った後、

——いや、他にも俺が向いていそうな理由があるかもしれんとな。

と、含みのある言い方で付け加えていた。かつての同輩が与していることに、響陣は薄々気付いていたのだろう。

電報はさらに続く。本拠らしき洋館はすでに蛻《もぬけ》の殻になっていた。しかし、「五つ輪違い」の紋が彫られた釦が落ちていたという。これは財閥安田家の家紋。十中八九、

——コドクノウラ　ザイバツノカゲアリ
と、響陣は推察している。蠱毒運営の主力は警察組織で間違いない。が、それを成すための膨大な資金の出所が不明であった。動機こそ皆目解らないものの、財閥が支援しているならば納得出来た。

そして、もう一つの重要事項。響陣は何処で合流するつもりかということである。それによって己たちの今後の動きも変わって来る。

「すぐには合流できないらしい」

「もう終わったのでしょう？」

彩八が訝しんだ面持ちになる。響陣はすでに本拠の探索を終えた。だからこそこう

して電報を打ってきている。この辺りでの合流は難しいだろうが、箱根より手前の沼津などでは十分に間に合いそうなものだ。

「カムイコチャと同じだ」

響陣から打たれた電報にはその訳として、

——エモノワズカ　シズオカニテエル

と、書かれている。響陣は共にいた時から、銑鋧を始めとする忍具が不足してきており、節約したいと話していた。想定よりも消耗が激しかったということだろう。

この一文から推測するに、蠱毒側との戦闘により相当忍具を使ってしまい、東京まで辿り着いても苦戦が強いられることが予想出来る。カムイコチャが矢を求めるように、響陣も今の内に忍具を補充しようとしているのだ。

「でも……何で静岡なんだろう？」

双葉が首を捻った。何処にでも鍛冶屋の一つや二つはある。作って貰うまでに時が掛かることを鑑みれば、より東京寄りの宿場のほうがよい。富士山から静岡ならば、やや戻ることになってしまうのだ。

「恐らくだが、これもカムイコチャと似た訳じゃないか」

愁二郎はそのように推理した。響陣の使っている銑鋧一つを取っても、普通の鍛冶屋は作ったことが無いだろう。

静岡は徳川家が移封された地。それに伴って旧幕府の御家人が大量に移住した。その中には響陣の同輩、知人たちも多く含まれているはず。その中に忍具を用意出来るものがいるのではないか。だからこそ響陣の電報は、

——ヘンシンシズオカへ
と、続いている。この静岡郵便局宛てに返事をしておいて欲しいということだ。

「それで、どこで落ち合うのです？」

進次郎が身を乗り出して訊いた。

「十九日、横浜だ」

島田の激闘を経て、蠱毒の参加者はまた減った。そのような中、五人も集まれば目立ち過ぎる。東海道から少し逸れて、多くの人に紛れられる場所がいいと考えたらしい。

「際ね」

愁二郎が告げると、彩八がすぐに返した。英国要人の来訪により、横浜の警備が厳重になるのは二十日から二十四日までの五日間。響陣もそれが念頭にあるのだろう。

「俺たちも少し急がなければならないな」

横浜は保土《ほど》ヶ谷《や》宿の少し向こう。この静岡からだと十五先の宿場であり、約三十六里の距離を行かねばならない。

旅人が東海道を行く場合、通常は一日に八里から十里ほど歩く。今日はもう半日しか残っていないことを鑑みれば、十九日の昼頃に横浜に辿り着く計算である。決して無理な行程ではない。但し、そこまで一切の邪魔が入らない場合である。

「行けるか」

愁二郎の問い掛けに、双葉と進次郎が頷いた。丸子で一晩休息を取ったことで、二人とも顔色が随分と良くなっている。

「まず返信をしておく」

愁二郎は再び窓口の局員に呼び掛けた。

「別段書留郵便を頼みたい」

「承知しました」

別段書留郵便、通称書留。料金は高くはなるものの、本人の署名なくしては受け取れなくなる形態の郵便である。

「進次郎」

「はい」

何も言わずとも解ったらしく、進次郎は五点の青札を渡してきた。

「書状とこれを」

「これ……ですか？」

局員は怪訝そうに眉間に皺を作る。

「ああ、見本品だ」

別段書留郵便には他にも特徴がある。書状の他にも、日誌、新聞紙、薬、さらに作物の種子、そして、商用の見本品も送ることが可能なのだ。木札を見本品ということにすれば、郵便で送ることが出来るという訳である。

「でも、響陣さんは静岡に来るのでは？」

次に訝しがるのは、進次郎の番であった。響陣はこの静岡郵便局で返信を受け取ると言って来ている。一体、何処に送るというのかということだ。

「心配無い」

愁二郎は応じると、局員に向き直って続けた。

「静岡郵便局での局留めを頼む」

「ああ、ご存知なのですね」

局員は意外そうに眉を開いた。実は発送元、発送先を同一にすることは可能である。この場合、静岡郵便局から、静岡郵便局に郵送するということだ。

郵便局の大半には金庫はあるものの、これは業務に纏わる金を保管するためのもので、客から金品を預かることは出来ない。が、こうして郵便を利用することで、実質的に保管させることが出来る。かつて局員だったからこそ知っていた裏の手である。

「宛名は？」

「音羽響陣」

「ご親族ということですね。書状は添えられますか？」

「ああ、紙を一枚くれ。筆も頼む」

一銭の十分の一、一厘の代金を払って紙を買い、愁二郎は借りた筆を走らせた。

静岡に至ったのが十五日の午前九時だということ。島田宿での攻防の末、総じて八十五点分の札を有していること。響陣が箱根を越えるため、そこから五点を渡すこと。それらを端的に書いた後、十九日に横浜で合流に対して、

――承知。無事を祈る。

と、締《し》め括《くく》った。この書状と札を一つにして預け、郵便料金として二銭、別段書留郵便料金として六銭を渡した。

「響陣のことはこれでいい」

次は大久保利通宛である。双葉たちにはまだ保護の話はしていないため、

「大久保さんの安否を確かめる」

と、今は言い訳をしておいた。

「電報も頼む」

「承知しました」

二年前より内務省に直接電報を打つことは出来なくなったと、岡崎《おかざき》郵便局の局員が話していた。再び前島密所轄の駅逓局を通じ、大久保に繋いで貰うしかない。

「上申電報。最上だ」

「上申ですか!?」

ここでも岡崎郵便局と同じ反応であった。愁二郎は自身が元局員であること、前島密と旧知で密命を受けていることを話し、加えて岡崎郵便局でも同様に打ったので問い合わせて欲しいと説得した。

「俺が責を負う」

「わ、解りました……」

「俺が自分で打つ。座らせてくれ」

局員を蠱毒に巻き込む訳にはいかない。愁二郎はここでも自ら電信機の前に座っ

た。

――ナイムキヨウ　フタバ　シン　カワサキニテ　フタリノホゴネガウ

嵯峨刻舟の名義で電信を打つ。前回はすぐに駅逓局からの返信があったものの、此度は暫し待っても音沙汰がない。己からの電報は前島自らが返すとでも命じているのだろう。つまり今、駅逓局内に前島はいないらしい。

――ヌマヅニテ　ヘンシンモトム

ここから先、電信機能を有する三等局は沼津である。沼津に辿り着くにはまだ時間が掛かるため、そこで前島からの返信を受け取ればよい。

「もし何か訊かれても電信のことには触れないでくれ。別段書留郵便を送ったことは話してくれても構わない」

蠱毒側からの監視は今も続いているだろう。郵便局内で何をしたのかと問われるかもしれない。響陣と己たちが合流を画策していること、札のやり取りをしていることは露見しても問題はない。電信の事実さえ隠せればよい。

四

これで手配の一切を終えたことになり、愁二郎たちは静岡郵便局を後にした。表に出た直後のことである。局舎の前で、

「一ついい？」

と、彩八が神妙な面持ちで切り出した。

「何だ」

「ずっと考えていたんだけど、甚六を追おうと思う」

甚六は己たちより約一日半先行していた。その後、島田宿で時間を食い、さらに丸子でも十分な休息を取ったことで、その差は二日近くなっているものと思われる。甚六が普通に歩んでいる場合、現在は三島宿あたりにいる計算となる。

「間に合うか？」

「私一人なら追いつける」

甚六が駆けていれば厳しいが、普通に歩いていたならば、確かに平塚《ひらつか》や藤沢《ふじさわ》あたりで追いつける。甚六がもし札が足りずに、箱根で足止めを受けていれば猶更確実である。彩八はさらに言葉を続けた。

「私たちは箱根を越えられるだけの札をすでに持っている。でも品川を抜けるには足りない。品川、その手前の川崎で、もしまた島田宿のようなことになったら？」

札の足りぬ者が集結し、再び修羅の如き争奪戦が勃発する。それは東京入りまでの最後にして、島田宿以上の激闘にもなり得る。

「川崎も……か」

「十分に有り得るでしょう」

双葉たちを離脱させようと思っていることは、まだ彩八にしか話していない。彩八が敢えて品川だけでなく、川崎の名も出したのは、その最後の激戦を行う時、まだ双葉らが共にいる可能性があると暗に伝えたのだ。

「その時、私たちだけじゃかなり厳しい」

彩八ははきと断言した。確かにその通りである。幻刀斎、無骨、陸乾、もはや蠱毒には化物のような者しか残っていない。双葉たちを守りながら、二人だけで凌げるような相手ではない。だがもう一人、三人で守るならば飛躍的に楽になる。甚六を見つけて協力を仰ごうという算段である。

「確かに。しかし、危ないな」

愁二郎は漏らした。彩八が離れている間、己一人で守らねばならないことになる。

「今、道中で敵に会う確率はかなり低いと思う」

避けるほうが難しい序盤、会敵するほうが難しい終盤、蠱毒は大きく様変わりしている。現段階で残っているのは十五人。自分たちや、響陣、兄弟などを除けば、残っているのは両手に納まる数しかいない。鉢合わせるほうが稀といえよう。

「しかもこっちは箱根を一気に抜けられる」

彩八はさらに利を説いた。唯一、敵と会う可能性が高いのは、次の関門である箱根宿。島田のように札の足りぬ者が滞留するかもしれない。が、己たちは突破するだけの札をすでに有している。これはかなり有利である。それら全てを鑑みて、愁二郎は決断を下した。

「解った。追ってくれ」

「どこで落ち合う」

「甚六が箱根で止められているならばそこで。無理はしないでくれ」

箱根を抜けるだけの札を持っていなければ、そこに留まっていることになる。二人で無理に札を奪おうとせず、こちらの到着を待ってから動いたほうがよい。

「もし箱根より先ならば戸塚《とつか》だ」

横浜までの最後の宿場である。横浜では響陣との待ち合わせがあるため、その先での合流となると考慮せねばならぬ要素が多く、予測を立てづらい状況となる。最悪、全員が散り散りになりかねない。ここらが追跡の限界であろう。よって、彩八は箱根を越えられる二十点丁度を持つことになった。

「つまり戸塚までに捕まえなきゃならないということね」

「そうだ。それで無理ならば諦めるしかない」

「必ず追いついてみせる」

彩八は腕や脚を伸ばしながら応じると、

「双葉」

と、名を呼んだ。

「はい」

「必ず指示に従うこと。逃げろと言われたら逃げる。誓える？」

「約束します」

双葉が真剣な眼差しを向けて頷くと、彩八は微かに息を漏らした。

「よし」

「彩八さんも気をつけて下さい」

「当然。じゃあ、行って来る」

彩八は言うやいなや駆け出し、あっという間に米粒ほどの大きさとなった。進次郎などは、

「速っ……」

と、嘆息を漏らしている。

「あれでも五番目だ」

「何がです？」

「兄弟での脚の速さ」

「え」

進次郎は絶句して目を丸くする。

「俺たちも行くぞ」

三人で歩み出して暫くして、

「愁二郎さんは？」

と、双葉は悪戯っぽく尋ねた。

「一番」

「ふふ。自慢だ」

双葉は微笑ましそうに口元を綻ばせた。

「皆、得意が違うだけだ」

例えば最も脚が遅いのは風五郎であるが、代わりに腕力は一番強いといったように、それぞれで得意が分かれている。

「甚六さんは何が一番なの？」

未だ見ぬ兄弟に興味を持っているらしく、双葉は顔を覗き込んだ。

「守りの堅さが図抜けている」

如何なる攻撃も防ぐ鉄壁。かすり傷でも付けることさえ容易ではない。事実、甚六が守勢に回れば、幻刀斎でさえ凌ぎ切ったのだ。

「あと一つ……」

愁二郎は甚六の顔を思い浮かべながら漏らした。記憶の中に残っている甚六は、いつも快活に笑っている。

「誰よりも兄弟想いの男だ」

愁二郎が続けると、双葉はにこりと笑って頷いた。

己が逃げ出してから十三年、その歳月は兄弟を大きく変えた。が、あの弟だけは何も変わっていないのではないか。そのような気がしてならず、愁二郎は東に流れゆく白雲を見上げた。

――残り、十三人。

捌《ハチ》ノ章　箱根の坂

一

　彩八と静岡で別れてから、愁二郎らは東海道に戻って東へと進んだ。江尻《えじり》宿、興津《おきつ》宿を着々と越え、由比《ゆい》宿に入ったのは日暮れ時のことである。

　この間、蠱毒の参加者と巡り合うことなく、行き交う人々から騒動が起こったとも聞かない。これまでの慌ただしさと異なり、拍子抜けするほど穏やかな旅であった。

「小さいね」

　双葉の宿場での第一声はそれであった。由比宿は薩埵峠《さったとうげ》の東麓にあり、静岡県内でも最も小さな宿場である。

　万が一の時、小さな宿場のほうが一人で守るには適している。宿泊地として由比宿を選んだ理由にはそれもあった。適当な旅籠に入って飯を食うと、双葉は早々に床に就いた。静かな寝息が部屋に響く中、愁二郎は静かに進次郎に訊いた。

「いけるか？」

「問題なさそうです」

進次郎は手を止めずに返した。静岡郵便局を出た後、進次郎は少し寄りたいところがあると言った。

銃砲火薬店である。島田宿で銃弾を多く消費したので補給の必要があった。銃砲火薬店は大きな町にしかなく、静岡を逃してしまえば、横浜までは無いかもしれないと考えたのである。弾は保管状態が悪ければ不発弾となったり、暴発したりする恐れがある。故にこうして念入りに確かめているという。

「何発ある」

「二十七発ですね。これでも少し心許ないですが」

彩八がいない今、進次郎も戦わなければならないかもしれない。以前ならまだしも、島田宿の死闘を制したことで、面構えも随分と精悍なものへと変わっている。

「そちらはどうです？」

進次郎が尋ね返した。一方、愁二郎は刀の手入れを行っていた。明治に入ってからも時折、錆びぬように刀身に油を塗る程度はしていたが、こうして茎《なかご》の中まで清めるのは箱館《はこだて》戦争以来、蠱毒が始まってから再開したことだ。

その理由は単純明白。人を斬るからである。血が染みたままにしていれば、茎に赤錆《あかさび》が浮かび、目釘《めくぎ》が腐って使い物にならなくなる。

「無事だ」

愁二郎は刃を目でなぞった。度重なる戦いの中で小さな傷は生じている。が、刃毀《こぼ》れと言えるほどのものは見当たらない。

「いい刀なんですね」

「丹波守吉道《たんばのかみよしみち》だ」

簾刃《すだれば》と言われる一派特有の刃文。京五鍛冶の一人に数えられる名工である。この刀は五代目作のもの。初代や二代に比べれば値は劣るものの、一介の浪人だった己が手に出来る代物ではない。

「……これも大久保さんに頂いた」

鞍馬山《くらまやま》から脱ける時、愁二郎は刀を持っていなかった。天龍寺で双葉に言ったように、刀を抜いてしまえばどうしても殺気が滲む。師匠ならば鞘に納まったままでも、ただ持っているだけで殺気を摑む。気付かれぬためには、刀を持たぬという選択しかなかったのである。以後、錆びて打ち捨てられた痩せ刀を拝借して使っていた。

薩摩藩邸に出向していた時、大久保の護衛を務めることが多かった。ある日、大久保が外出する時、

――こいを使うがよか。

と、ぶっきらぼうにこの刀を差し出した。愁二郎は最初こそ固辞したものの、護衛がなまくらを使っていては困ると零され、断ることが出来なかった。

鳥羽伏見の戦いに官軍が勝利し、後に戊辰戦争と呼ばれる戦が始まる直前のことである。愁二郎は浪人部隊に組み込まれ、日本中を転戦することが決まっていた。その時、大久保と話す機会があった。

――そん刀は旅人が好んで差す。

大久保は目を細めて唐突に切り出した。丹波守吉道。その道に吉があるからだという。大久保はそれから決して多くを語らず、

――この旅を生き残れ。

と、言い残して去っていった。その時の語調や声色さえ今なお覚えている。現在の状況と相まって、愁二郎の耳朶にまざまざと蘇った。

翌十六日の早朝に由比宿を発ち、一里先の蒲原宿《かんばら》で、愁二郎は茫然となった。

「まさか……」

蒲原宿で配布されていた号外の中に、

──内務卿《きよう》大久保利通、凶刃に倒れる。

という文字が大々的に躍っていたのである。

己だけが吃驚している訳ではない。蒲原宿もまさに騒然となっている。いや、この報に触れたならば、全国各地どこでも同じ有様となろう。内務卿といえば、この国の事実上の最高施政者なのだ。当然の衝撃である。

「愁二郎さん、まずは離れましょう」

往来の真ん中で立ち尽くしていれば酷く目立つ。進次郎が肩を揺らして促した。

「そんな……」

双葉の顔も紙の如く蒼白となっている。

「虚報ということもあります」

進次郎も努めて落ち着こうとしているが、やはり事の重大さに声が上擦っていた。

「いや……恐らくは真だろう」

愁二郎は下唇を強く噛みしめた。新聞が報じている時点で虚報の可能性は極めて低い。号外では石川《いしかわ》県士族による犯行となっているが、川路利良ら蠱毒の者たちの仕業と見て間違いない。

「四蔵さんも⁉」

双葉ははっとして声を上げた。大久保が討たれたということは即《すなわ》ち、四蔵が凶行を止められなかったことを意味する。共に討たれていないかと心配しているのだ。

「四蔵……」

愁二郎は絞るように漏らした。今はどのような状況なのか。

「ともかく行くしかない」

気を鎮めようと必死に努めているが、白波の立つ海のように心はさざめく。大久保と共に過ごした時、他愛のない会話が脳裡に浮かぶ。染みるような悲哀と、込み上げる憤怒が入り混じり、愁二郎は浮足立った蒲原宿を縫うように進んだ。

二

松並木を行く。前後左右、敵の襲撃が無いか神経を尖らせながら。極めて狭い道であるため、擦れ違う者にも気を配らねばならない。交錯した直後の抜刀。己一人ならともかく、双葉らを守りながらでは、これが最も防ぎにくい。

その都度、北辰で視野を広げて警戒するため消耗もあった。いや、それだけではない。大久保が討たれたこと、守り切れなかったことで、己はやはり動揺しているのだ。京八流の奥義は心によって大きな影響を受ける。この状態で北辰を乱発しているからこその疲弊であろう。

「富士山も随分と近くなりましたね」

進次郎が言った。別に哀しんでいない訳でも、不安でない訳でもない。最も揺れているのは己だと判っているからこそ、少しでも和らげようとずっと話している。

「左富士……だな」

愁二郎も会話に乗る。そうすることで些か気が紛れるのは確かだ。

「左富士？」

双葉もまた同じことを考えているらしく、やはり努めて話を続けようとしていた。

「ああ、ここはそう呼ばれている」

今から約二百年前の延宝《えんぽう》八年（一六八〇年）、このあたりを高潮が襲った。海岸線にあった宿場は壊滅したことで、再建の時は内陸部に移されることになった。それに伴って東海道も陸側に大きく曲がることになった。

江戸から西に進む場合、富士山は常に右手に見える。道が変わったことでここだけは左側に拝めることになり、左富士と呼ばれる景勝地となった。反対に京から東京に向かう己たちには、ずっと左側に見えていたのが、ここだけは右に移っている。

このような話をしている最中も、

――いるな。

と、愁二郎は気配を察知している。殺気ではない。視線を感じるのだ。恐らくは蠱毒の監視であろう。

松が連なる道を抜けると、吉原宿が見えて来た。今度ははきと目で捉えられる。賑々しい宿場の入口に立っている。此度は和装であり菅笠《すげがさ》を被っていた。橡である。

正体が橡であることを告げると、双葉と進次郎の顔にも緊張が走った。十メートルほどまで近付いた時、

「ご苦労様です」

「貴様……」

と、橡のほうから声を掛けてきた。

「やはりお怒りですね」

「当然だ」

愁二郎は睨み据えた。

「本当はもう少し前……道中でお声掛けするつもりでしたが、今の嵯峨様に近付けば危ないと感じ、こうして人気のある宿場を選ばせて頂きました」

「賢明だったな」

橡は己の全身から殺気が迸っていることに気付いたのだろう。確かに大久保が殺されたと聞いた直後ならば、憤怒の感情のままに復讐《ふくしゅう》に走ったかもしれなかった。

「お前らを赦《ゆる》さん」

愁二郎が低く気炎を吐くと、橡は細い息を漏らした。

「そうでしょうね」

「何故、こんな酷いことをするの」

口を開いたのは、双葉である。真っすぐに橡を見つめた。

「この国の為。そう思って加わりました」

「今も？」

双葉が不意に問い掛けた。橡は視線から逃れるように顔を背け、

「……どうでしょうか」

と、曖昧に返した。

「双葉、こいつらに何を言っても無駄だ。何か伝えることがあるから来たのだろう」

愁二郎は問答を制止して核心に踏み込んだ。

「はい。今から四時間ほど前、最後の一人が島田宿を通りました」

「黒札だな」

愁二郎が言うと、橡はこくと頷いた。

「六十六番、貫地谷無骨様です」

「無骨……やはり生きていたか」

焔《ほのお》に巻かれる浜松郵便局で見たのが最後である。そう容易く死ぬ輩ではないと思っていたので、さほど驚くことはなかった。やはり脱出して生き残っていたらしい。

「島田宿には十六点で入り、それまでに消えた十一点を与えられました。現在、黒札の価値は二十七点となります。次は箱根宿を最後に通った者に黒札が付与されます」

「四時間前か」

無骨がそのまま歩き続けたとしたら、藤枝と岡部の間辺りか。まだ十二里以上は離れているため、一日以上は追い付かれない計算となる。無骨に関しては遭遇しないに越したことはない。今は特にそうだ。最悪でも距離は保ちつつ行きたい。

「それだけか？」

「はい。半日ほどですからね。お急ぎになりたいのでしょう」

「ああ……」

「いよいよ蠱毒も終盤になって参りました。あと四人の脱落者に入らぬようにお気を付けください」

橡はそこで一度言葉を切り、

「よき旅を」

と、体を開いた。

愁二郎は頷きもせずに歩み始めた。団子、饂飩《うどん》、汁粉、活気のある呼び込みを黙殺し、どんどんと宿場の中を進んでいく。

「少し速くなっています」

進次郎が注意を促した。一度立ち止まったことで、進む速度が判らなくなったと思ったらしい。

「速くしている。付いてこられるか？」

「大丈夫。どうしたの？」

双葉が訝しそうに尋ねた。

「江尻か興津あたり。恐らく幻刀斎がいる」

「えっ――」

喧騒の中、二人の吃驚の声が重なった。

「橡の言葉だ」

先刻、橡は半日ほどしか離れていないから、急ぎたいのだろうと言った。が、島田宿からならば、如何に計算しても一日以上の距離がある。ただの言い間違いかとも思ったが、橡に限っては無いと断言出来る。

橡はここまで言葉の端々に手掛かりを潜ませ、こちらを助けるような動きをしていた。むしろこちらの可能性のほうが極めて高い。

「半日後ろに俺たちが恐れる者がいるということ。つまり幻刀斎だ」

「そういうこと……」

「あともう一つ、脱落者はあと四人と橡は言った」

これでやはり橡は手掛かりをくれていると確信を得た。

島田宿では十五人が残っていると言っていた。東京に入れるのは最大九人。四人の脱落者では収まらない。つまり何を意味するのかというと、

「あれから二人脱落したということだ」

と、愁二郎は告げた。すでに東京に辿り着いた四蔵を含め、己たちは六人組。確実に残っている無骨を除けば、あと六人しか残っていないことになる。甚六、幻刀斎、カムイコチャ、ギルバート、陸乾、楓、備馬。知った者の中でも一人はすでに脱落したことになる。

「点数はどうだ……」

愁二郎は独り言ちた。箱根宿を越えるには二十点が必要。総点数は二百九十二点であるため、最大で十四人が突破出来ることになる。現在十三人だとすれば、箱根まではもう奪い合う必要が無いのか。

「いや、違う」

現在、彩八も含めて己たちで八十点を保有している。四蔵は三十点を持ってすでに東京。響陣が二十点。無骨は二十七点。

残りは百三十五点。それ以外の六人がこれを分け合っていることになる。皆、島田宿を抜けたということは最低十五点ある。平均すれば二十二・五点。計算上は全員箱根宿を通過できるが、実際には札の偏りが生じているだろう。出逢いにくい状況になった今、またぞろ箱根に参加者が溜まることが予想された。

「双葉、進次郎、話がある」

愁二郎は改まった口調で切り出した。幸いにも札は足りて箱根は通れる。が、やはりその先でまた同じことが起こる。その時は逃れられないと改めて確信し、二人にはもう存念を打ち明けるべきだと考えたのだ。

蠱毒から脱出させようとしていること、それに向けて国の力を借りようとしていること、彩八も同意していること、愁二郎は順を追って詳らかに話した。

「静岡での電報ではそのことを？」

進次郎は話の終わりを待って尋ねた。

「ああ、すでに伝えた」

「しかし、内務卿は……」

電報を打った時、内務卿大久保利通はすでに暗殺されていた。もう決して届かない電報になってしまった。

「前島さんならば何とかしてくれるはずだ」

内務省へは直の電報が打てないので、前島を通じて頼もうと駅逓局に向けて打電したのだ。結果、前島はこちらの逼迫した状況を知ることになる。大久保が頼れなくなった今、独自に手を打ってくれることを信じるしかない。

「愁二郎さん……私は……」

双葉が困惑したような目を向けた。

「心配ない。賞金は必ず分ける」

己、響陣、四蔵、彩八、誰が賞金十万円を獲得しても六等分する。一人頭、一万六千六百六十六円。大卒銀行員の年収が約百円なので、実に百六十六年分である。双葉の母も、進次郎の実家も、己の家族や集落の人たちも、救うためには十分な金である。

「そうじゃない……私だけが降りてお金を貰うなんて……」

双葉と出逢ってまだ十日しか経っていない。が、どのような娘なのかもう理解している。そう言うと確信していたからこそ、丁寧に話そうと折を見ていたのだ。

「よく聞いてくれ。厳しい言葉になるが、その方が俺たちも助かる」

随分衰えたとはいえ、腕には自信があった。大抵の敵ならば凌げるだろうと。しかし、蠱毒が終盤に差し掛かるにつれ、自分一人を守るのでもやっとになってきている。

「僕たちは邪魔なんだ」

進次郎はより明白に言った。自分が逃れたいだけという訳ではない。それは進次郎の真剣な表情で判る。双葉は二度、三度、自らに言い聞かせるように頷いた。

「うん。解ってる……そうします」

「良かった」

　愁二郎は安堵の息を吐いた。

「その代わり」

　双葉はさっと袖を摑み、真っすぐに見つめながら言葉を継いだ。

「絶対に無事で帰ると約束して」

「ああ、誓う」

　東京での後半戦で何をさせられるのかは未だ不明である。しかし、たとえそれが何であろうとも。府中で帰りを待つ妻子の為にも。双葉の為にも。必ず生きて帰る。

「前島さんはきっと返事をくれる。それを沼津で受け取る。まず今は先を急ごう」

「はい！」

　敢えて明るくしたのだろう。双葉は弾むように応じ、進次郎も頰を緩めた。愁二郎は二人を交互に見ながら力強く頷いた。

三

吉原宿の次は原宿《はら》。三里六町の距離である。この間もやはり敵と遭遇することはなかった。無骨は確実に、幻刀斎は恐らく、己たちより後ろにいる。残り十三人のうち未だ邂逅していない者が一人含まれている可能性があるが、カムイコチャの話によるとその者も後方にいる。このまま進めば戦いを避けられる可能性はやはり高い。原宿を過ぎた時、

「次が沼津だ。そこで今日は泊まる」

と、愁二郎は宣言した。沼津郵便局で返書があるかを確かめねばならない。これで今日は約九里進んだことになるので、余程の事がない限り追いつかれる心配も無い。

沼津宿に入ったのは午後三時頃。西から追い付いてきた灰色の雲が、ぽつぽつと雨を降らし始めていた。

本陣三つ、脇本陣一つの比較的大きな宿場である。五十以上ある旅籠の中から一軒を選んで泊まりの手配を終えると、その足で沼津郵便局へと向かった。

黒木と白木を組み合わせた当風の建物で遠くからでもよく目立つ。入り口から見て

中央に据えられた窓口に進むと、愁二郎は端的に訊いた。

「嵯峨刻舟宛てで電信が届いていないか」

「少々お待ち下さいな」

眼鏡を掛けた初老の局員が鷹揚に応えた。暫し待っていると、局員が明らかに表情を強張らせて戻って来た。

「駅逓局から直に届いております」

局員は囁くように告げた。

「局長からか」

「はい。お検め下さい」

こちらの素性も、事情も知らないが、局員も何か大事だとは察しているらしい。この局で電信を文字に起こしたのだから当然と言えよう。封を切って中を検める。長い文章である。

――ナイムキヨウノコト　ツウコンノキワミナリ
一縷《いちる》の望みを抱いていた。が、冒頭にそうあったことで、大久保暗殺が真実だと確信するに至った。前島はこの電信でもって、出来るだけ事情を詳らかに教えようとしてくれていた。

四蔵は無事だった。東京に入り、大久保襲撃までに駆け付けたらしい。だが、蠱毒の刺客の大半を返り討ちにしたものの、一人の強敵にてこずることになった。それは天龍寺で京都府庁第四課の者を瞬殺した男と同一人物。そして、その正体は——。

「何だと……」

愁二郎はその名を見て絶句した。

——ナカムラ　ハンジロウ

かつて「人斬り半次郎《はんじろう》」の異名で呼ばれ、佐幕派を震撼《しんかん》させた薩摩藩士である。京にいた頃、愁二郎も面識がある。

「雨……」

愁二郎は呟いた。先刻から雨模様であったが、ふいに強くなり始めた。沛然《はいぜん》たる驟雨である。往来を行く人たちも悲鳴を上げつつ駆け出し始める。硝子《ガラス》窓の向こう、雨煙の中にかつての京が見えるような気がした。

半次郎は薩摩人の陽の部分を集約したような、快活で人懐っこい男であった。陰湿な人斬りの印象と大きくかけ離れていたので、初めて逢った時に驚いたのを覚えている。愁二郎が詰めの部屋に控えていると、

——暇しちょんならば飲んど。

と、酒を手に満面の笑顔で現れることもしばしばあった。

一度だけだが、剣を振るうのも見たことがある。疾風の如き速さ、唸るほどの猛々《たけだけ》しさ、剛剣とは半次郎のような剣を言うのだろう。

半次郎は御一新の後、桐野利秋《きりのとしあき》と改名して軍人となって少将まで出世した。が、西郷隆盛と共に下野。昨年の西南の役で死んだはずなのだ。

いや、前島が言うのだから間違いない。半次郎は生き残っていたのだ。そして、桐野利秋ではなく敢えて中村半次郎と書いたのは、それが軍人ではなく、人斬りの頃の姿に立ち戻っていたから。四蔵ほどの男が苦戦するのも理解出来た。

西郷を追い詰めた警視局に協力するのは腑に落ちないものの、蠱毒を運営する集団の中に半次郎がいるのは確からしい。

前島は東京に戻り次第、四蔵に自身の秘書である舟波《ふなみ》を附《つ》けて別れると、自らは檜《ひのき》町《ちょう》へと急行した。ことはあまりに危急。陸軍省は疎か、鎮台司令官もすっ飛ばし、歩兵第一連隊の屯所に向かったのである。

歩兵第一連隊の連隊長は、今年の一月に赴任した元長州藩士の乃木希典《のぎまれすけ》。大久保が襲われる旨を伝えたが、俄かには信じられない様子であった。しかし、駅逓局長自らが駆け込んだのだ。乃木も独断で二個小隊を派したものの、僅かに間に合わなかったということである。

「四蔵さんは今……？」

双葉が脇から不安げに尋ねた。

大久保暗殺を阻止出来なかったことを強く悔いているらしい。四蔵は兄弟の中で最も生真面目で責任感が強い。きっと自らを激しく責めていることだろう。

蠱毒はどうなったかというと、東京到達期日の六月五日、その前日に次の指示を与えるので、それまでは自由にしてよいと通達された。今は前島と共にいるらしい。

双葉が胸を撫でおろしたのと入れ替わりに、進次郎が遠慮がちに訊いた。

「軍は動いてくれますかね？」

「どうも難しいようだ」

愁二郎は首を横に振った。当初、陸軍省に依頼して川崎まで軍を派遣して貰うつもりだった。しかし、大久保を失った今、前島だけで動かすのは厳しいという。

「そうですよね……そんな都合良くは……」

進次郎は自らを諦めさせるように言ったが、愁二郎はそれもまた否定した。

「いや、まだ話には続きがある」

前島は陸軍省を頼らずに、自身の影響が及ぶ範囲、管轄の内だけで、何とか二人を保護出来ないかと画策してくれている。

「内務省駅逓局には管船課がある」

現在、軍艦以外の船は、駅逓局に所属する管船課が管理している。その中の一船を使って二人を拾おうというのである。

雲が流れたか、やや雨が緩くなった。愁二郎は紙面に目を落としたまま続けた。

「丁度、外国の要人が来るので、接待に用いる食材、食器、人員を運ぶらしい。港には警備のための軍艦が並ぶので好都合。たとえ誰であろうとも、船に攻撃を加えられるような状況ではないと」

「その場所って！」

察しが付いたらしく、双葉が思わず口を開く。

「川崎は中止。場所は……横浜だ」

愁二郎が告げると、進次郎は小ぶりの喉仏を上下させた。図らずも響陣との待ち合わせもこの地。横浜が仲間で顔を合わす最後の場所となる。そして、蠱毒後半の最大の山場になるだろう。

「十八日より三日間。船は横浜に停泊する。その間に乗り込めと。すでに乗れるように手配はしてくれているらしい」

船で脱出後のことは示されていないが、多くの護衛を付けて二人を匿《かくま》ってくれるだろう。蠱毒の連中、いや警視局も、内務省駅逓局にはおいそれとは手出しできない。

進次郎は両手の指を繰りながら言った。

「二十日まで……いけますね」

「ああ、予定通り十九日に横浜で響陣と合流する。その後、共に港へ向おう」

これで離脱の目途が立った。十中八九、命を落とすと思っていたのだろう。進次郎は喜びを抑えきれないようで表情を和らげる。双葉はまだ少し申し訳なさそうではあるものの、それが皆の為になると理解している。微かに残る雨音の中、双葉は真一文字に口を結んで力強く頷いてみせた。

四

翌十七日、日の出と共に旅籠を出た。具体的に言えば午前五時過ぎのことである。東空は微かに桃色に滲んでいる。昨日は通り雨だったらしく、全く雲は見当たらない。晴天である。そのような清々《すがすが》しい払暁、愁二郎らは沼津宿を発った。

次の三島宿までは一里半。依然として静岡県ではあるものの、旧国名でいえば駿河《するが》国を出て、伊豆国に入ることになる。

「あれは……」

三島宿の中を歩んでいる時、双葉は感嘆に似た声で漏らした。

「三島神社だな」

正確な時期は知らないが、古くからある著名な社《やしろ》である。しかし、少しでも先を急ぐ今、此度も足を止める訳にはいかなかった。

「そうなんだ」

暫し間を空け、双葉が応じた声は何処か寂しげであった。恐ろしい目にも沢山遭った。それでも丹波から一度も出たことが無かった双葉にとって、この旅は見るもの全てが新鮮で、名残惜しさも感じ始めているのだろう。愁二郎はまだ続く。が、双葉の旅はもうすぐ終わるのである。

「全てが終わったら……来よう」

愁二郎がぽつりと言うと、双葉は弾むように頷いてみせた。

「ここから道が険しくなるぞ」

三島宿を抜けると、愁二郎は励ました。ここから東海道随一の難所、箱根峠である。三里二十八町、約十五キロ、勾配のある道が続く。

旅が始まった当初の鈴鹿峠では乱戦となった。が、ここでは何も起こらない。愁二郎も背後を警戒するものの、敵の姿どころか気配すら感じなかった。峠から見下ろす雄大な景色、双葉の微かに上がった吐息、平穏な時が流れていく。

「見えたぞ」

大曲《おおまがり》を越えると眼下に湖が広がった。芦ノ湖《あしのこ》である。暖かな陽の光を受け、湖面は白い輝きを放っている。

それにぴたりと寄り添うような小さな町。細い道には丸石が敷き詰められており、その両側に藁《わら》葺《ぶ》き屋根の建物が幾つか並ぶ。箱根宿である。

「来たな」

宿場の中を歩いていると、建物の隙間から影が伸びるように、橡がすっと姿を見せた。此度も和装であるが、目深にかぶっていた菅笠は無くなっている。その地ごとに合う恰好をしているのだろう。

「かなり早いですね」

「一体、お前は何者だ」

確かにかなりの速さで歩いて来た。しかし、橡は悠々と先回りして待ち構えているのだ。一体、何者なのか。素直な思いが口を衝いて出た。

「人より少々足が速く、悪路にも慣れているだけです。嵯峨様一人ならばともかく、香月様、狭山様と一緒となれば、先回りするのはさして難しいことではありません」

橡が話す最中、逆側の建物の隙間より別の男が現れた。進次郎の担当、杜である。

「お久しぶりです」

「本当に。黒札を教える時も来てくれないから」

進次郎がちくりと皮肉で刺した。

「私が担当する他の方が……ちいと込み入っておられて。嵯峨様たちとご一緒なのは存じ上げていたので、橡殿にお任せしたのですよ」

「他に誰を？」

「それはご勘弁を」

杜は掌を向けて頭を横に振った。

「そろそろよろしいですか」

橡の問い掛けに、愁二郎と双葉は頷き合って札を取り出して分けあった。

「嵯峨様二十点、香月様二十点。確かに見届けさせて頂きました」

進次郎も促されるまでもなく札を見せる。

「狭山様二十点。第六関門突破です。皆様ぴったりですな。それにしても……」

杜は口籠ったが、進次郎は逃さずに迫った。

「何だい。言えよ」

「遂にここまで至るとは」

「皆に助けられているから。運がいい」

「運も実力のうちでしょう」

杜は深めのえくぼを作って笑みを浮かべた。

「さて……最後に現在残っている者の数をお知らせします」

橡は咳払いを一つして続ける。

「現在、十三人です」

「やはり」

「見当がついておられましたか。では――」

「失格ではないのか？」

橡の言葉を遮り、愁二郎は訊いた。橡は目を針の如く細めた。暫し流れた無言の時を、峠から吹き下ろす風が埋める。

「はい」

「解った」

「これを言うのも、此度を含めてあと三回となるでしょう……よき旅を」

椽は手を滑らせると共に道を開けた。

箱根宿の出口付近。一軒の掛け茶屋を見つけて、

「一息つこう」

と、愁二郎は提案した。京からの旅であると、峠越えに備えて直前の三島宿で泊まる者が多い。が、それは蠱毒参加者も同じ。危険を少しでも減らすため、沼津宿泊りにしておいたのである。その距離は一里半とさほどでもないが、大人でも堪える峠道であるため疲労には差がでる。

「いいの？」

双葉が不安げに訊く。

「ああ、むしろ今がいい」

この掛け茶屋は京から見て「第六関門」の向こう側にある。先刻、己たちがそうであったように、参加者は札の確認の為に立ち止まらねばならない。往来が見通せるこならば、もし誰かが現れても、蠱毒側が札を検閲している間に逃げられる。

「とはいえ、すぐに行かねばならないが……」

饂飩を人数分注文し終えて、愁二郎は苦々しく付け加えた。箱根宿は東西次の宿場から離れている。ここに泊まって襲撃を受けたら極めて逃げにくい。今日中に次の小《お》田原《だわら》宿まで進みたかった。あと四里と少し、峠道を行かねばならない。

「解ってる。心配しないで」

双葉は気丈に微笑んだ。

「まだいけますよ」

脚を摩《さす》りながらも、進次郎もまた明るく応じる。

饂飩を啜り終えると、再びまた三人で歩み出す。休憩は一時間も無かったが、陽は中天にまで来ていた。小田原宿に辿り着く頃には茜色に変わっているだろう。

箱根宿の先に関所がある。蠱毒のではない。真の関所、「箱根の関」と呼ばれたものである。幕府が在りし時、江戸入りを図る胡乱《うろん》な者を食い止め、反対に江戸から出ようとする女を阻みもした。

明治にはいって関所は廃止されたが、当時使っていた門は未だに残っている。渋墨塗りの重厚な造りで威厳に溢れており、ここだけが時が止まっているかのようである。

その関所を抜けると、やがてまた両側に鬱蒼とした草木が生い茂る細い道が続く。これほど緑に包まれていれば、矢や鉄砲での狙撃は難しいのは利点である。その分、前後の気配、肩が触れるようにして擦れ違う旅人への警戒は強めた。

「先刻の椽との話で判ったことがある」

愁二郎は人気が無いのを確かめて言った。

「また？」

双葉は驚きの声を上げた。

「ああ。現状、点数を独占している者はいないのではないか」

前回は四蔵の東京到着を告げたが、今回はそのようなことには触れなかった。まず新たな突破者そのものがいないと思われる。

蠱毒は「逆走」してもお咎めが無いことを己たちは知っているが、他の参加者が知っている可能性は極めて低い。通常、関所を突破すれば二度と戻らないからだ。もし誰かが大量の得点を有し、最終関門の品川を通っていたらどうか。後続はどう足掻いても札を集められなくなり事実上の失格となる。

己が失格か否かを訊いたのはこれのことである。椽は察していたように思う。その上で失格ではないと答えたのだ。大量の札を持って品川を抜けた者はいないと予想出来る。札はかなり分散している公算が高いのではないか。

「もう一つ。此度を含めてあと三回となるでしょう……椽はそう言った」

椽が己たちの前に姿を見せるのは、関所での札の確認、黒札に関する通達である。つまりはあと二回。関所はもう品川しかないので、もう一回は次の黒札の持ち主を告げる時となる。

「最後尾が詰まってきているということだ」

次の黒札付与は箱根宿。東京まで残り僅かということもあり、札を欲して敢えて最後尾を狙う者が出やすい。そのような者が複数人おり、互いに牽制し合えばかなり速度が落ちることになる。愁二郎らが東京に辿り着いた時、未だ箱根宿を抜けていない者が出てもおかしくない。

しかし、そのような事は起きていない。東京までに黒札について報せることになりそうだが、確実とは言い切れないのも確か。だからこそ「でしょう」と、いった言い方なのだろう。

「深読みし過ぎではないですか？」

進次郎が首を傾げた。

「いや、あの男の話すことには全て意味があると思う。さらに横浜のことも露見していないと見ていい」

あと二回の中には、品川宿での検札も含まれている。双葉と進次郎はその手前、横浜で脱出しようとしているのだ。どうやっても二回にはなり得ない。つまりこちらの思惑は露見していない。

「あるいは気付かぬふりをしているか……」

愁二郎は独り言のように零した。橡は己たちを監視している。郵便局に入ったことも知っているはずなのだ。それなのに一切、そのことに触れないのも奇異ではある。味方ではないにせよ、遠回しに助け船を出そうとしているようにも思える。理由があるとすれば、やはり双葉ではなかろうか。愁二郎は思案しながら峠道を進んだ。

五

小田原までの半分の距離。約二里。八キロほど進んだ時である。

「進次郎」

愁二郎は低く名を呼んだ。進次郎は異変を察し、拳銃を忍ばせた懐に手を差し込む。

「誰かが来る」

跫音が聞こえる。彩八の禄存とは異なり、性別や体格までは判別出来ないものの、駆けていることは確か。峠道を走るなど普通ではない。しかもかなりの速度である。

「背後を頼む」

敵は一人とも限らないし、他の参加者が偶々《たまたま》追いつくことも有り得る。正面の敵と実力が伯仲した場合、背後にまで気を回す余裕が無い。

「間もなくだ」

愁二郎は腕で双葉を後ろに押しやり、曲がり道から何者かが姿を現すのをひた待った。あと僅か数秒といったところで、何と向こうから先に声が飛んで来た。

「私！」

「彩八!?」

湾曲する道の先から駆けて来る者。間違いない。彩八である。禄存でこちらの話はずっと聞こえていたのだろう。届くところまで来てから声を掛けたということだ。

「……無事ね」

彩八は近くまで駆け寄るとまず言った。難なく数里を走破する、彩八の息が切れているのは、全力で疾走したから。余程のことが起こったのだと判った。

「何があった」

愁二郎は重々しく訊いた。

「甚六に藤沢で逢えた」

「本当か！」

ここから四つ先の宿場。距離にして約四十キロ先である。すらりとした背を見つけて呼び掛けると、

——おお！　彩八じゃねえか!!

と、甚六は振り返って、あの日のままの無邪気な笑みを見せたという。彩八は少しだけ時が欲しいと訴え、近くの茶屋に二人で腰を下ろしたという。

「あいつは無事か？　怪我は？　話を聞いてくれたか？」

愁二郎は興奮のあまり思わず矢継ぎ早に尋ねた。

「ええ、無事。蠱毒で掠り傷程度しか負ったことがないって」

「流石、貪狼《とんろう》だな……」

守りに特化した京八流奥義。それはまさしく鉄壁。並の者では皆目刃が届かない。むしろ掠り傷を与えた者がいることに、改めて蠱毒に参加する者の層の厚さに驚く。

彩八はここまでの事情の一切を告げた。愁二郎が双葉を助けたという話の時には、

襲われた。

逆走が出来ることにもいち早く気付いていた。如何なる事態になるか判らぬため、先に池鯉鮒宿で検札を済ませ、戦人塚に戻るつもりだったらしい。が、その途中で敵に

戦人塚に三助が兄弟を集めようとしているのも伝わっていたらしい。甚六は蠱毒で

と、天を見上げて牙のような八重歯を覗かせたという。

——愁兄は変わらねえなあ。

「無骨……カムイコチャが言っていた通りだな」

愁二郎は呻いた。甚六が交戦したのは貫地谷無骨。件の掠り傷を与えられたのもこの時らしい。無骨は戦いの中で急速に成長を見せる。刃を交えている中で、貪狼唯一の弱点に気が付いてもおかしくはない。

無骨と交戦中、もう一人乱入したのがカムイコチャだ。乱戦の中で警察が駆け付け、甚六も東へ逃げざるを得なかったらしい。三人がお尋ね者になった経緯である。

自分が行けなかった戦人塚。そこに幻刀斎が出没し、三助が彩八を救って討たれたということも話した。

——三助兄が……すまねえ。

甚六は呻くように零し、拳を固く握りしめて震わせていたという。

蠱毒に警視局が絡んでいること、東京で幻刀斎を皆で倒そうとしていること、双葉らを脱出させようとしていること、その為に力を貸して欲しいと彩八は訴えた。

「……説得出来なかったのか」

ここに甚六がいないということはそういうことではないか。しかし、彩八は首を横に振った。

「ううん。協力すると」

「そうか！」

愁二郎は歓喜の声を上げた。

「但し……川崎まで無事なら」

「あいつなら心配ない。それと川崎じゃなく、二人は横浜で脱ける」

何処に監視の耳があるか判らない。禄存なら聞き取れるため、蓮の花が開くほどの小声で事情を伝えた。

「それはよかった……」

脱出の算段がついたことに、彩八が安堵しているのは間違いない。が、その表情はずっと浮かぬものである。

「甚六に何かあるのか」

そうとしか思えず訊いた。彩八は薄い唇を結んで頷くと、擦れた声で打ち明けた。

「甚六は……幻刀斎を討つつもりだ」

甚六が幻刀斎討伐のために蠱毒に参加したことは、四蔵よりすでに伝え聞いている。甚六は幻刀斎をも凌ぎ切る守備力を有するが、逆に討ち果すだけの攻撃力が無い。誰かと共闘する必要があるはず。その仲間がすでに見つかったということか。

「違う。一人でやるつもり」

「……馬鹿な」

出来るはずがない。二、三、四、八。四人の兄弟妹でも歯が立たなかった化物なのだ。六、一人ではどう転んでも勝てない。

「私もそう言った……」

彩八の声は震えていた。しかし、甚六は承服しなかったという。幻刀斎を討つ算段がついているというのだ。

「幻刀斎を横浜に招き入れて、そこで返り討ちにするって」

「横浜……」

また横浜である。運命が導かれるように皆がこの地に集結する。

「甚六は軍人だって」

「ああ、そうだったな」

四蔵が広島鎮台の伍長だったように、甚六は仙台《せんだい》鎮台歩兵第四連隊所属の上等卒として明治の時代を生きてきたという。

「軍が警備に駆り出されるから知ったらしい。横浜に英国要人が来ることを」

五月二十日から二十四日。英国要人が横浜に来訪するため、東京鎮台の軍人約千名が駆り出されて警備に当たる。全員がライフル装備は勿論のこと、帝国陸軍の威勢を示すために最新鋭の砲も並べられる。

さらに日本国は文明開化し、野蛮な因習は一切捨てたと明示するため、廃刀令に未だ従わぬ者は迷わず逮捕。万が一にでも凶賊が出た時は即刻射殺。軍はそう命じられているというのである。

「まさか……」

「甚六は軍に幻刀斎を討たせるつもり」

軍人が満ち溢れている横浜にて、甚六は白昼堂々と幻刀斎に挑む。傍から見れば凶賊が二人出現したようなもの。確実に射殺しようとしてくる。

「その手があったか」

武士を終わらせたのは明治政府ではない。銃である。素人を瞬時に殺しの達人に変える。長年修練を積んできた武芸者さえも、難なく打ち倒してしまうのである。

それは常人離れした力を持つ京八流とて例外ではない。一人、二人、数人ならばまだ対処出来るが、それが数十、数百ともなれば、とてもではないが太刀打ちできない。つまり武士が刀を振るえども、戦場ではもうさして役には立たぬのだ。銃とはそれほど凶暴な代物であり、見方によっては京八流の奥義をも凌ぐものなのである。

甚六がかつて幻刀斎と戦った時、仙台鎮台に逃げ込めば追って来なかったという。つまり幻刀斎も銃、砲を脅威に思っているという証左と見たのだろう。

弾丸でもって朧流《おぼろりゅう》を、岡部幻刀斎を穿つ。長き因縁に決着を付けようとしているのである。

「しかし、それでは――」

「甚六も死ぬつもり……」

愁二郎は息を吞み、彩八は下唇を嚙み締めた。

銃弾が雨の如く降り注ぐ。幻刀斎が死ぬということは、甚六もまた命を落とすことになる。彩八は早まらぬようにと懇願したものの、

――貪狼は銃弾をも撥ね退ける。

と、甚六はにかりと笑ったという。

「有り得ない」

京八流は凡そ七百年前に編まれ、人智を超える力で人々に恐れられて来た。が、これほどまでに人が優れた「物」を生み出すことを想定していない。

北辰よりも遠くを見通せる眼、武曲にも優に勝る速い脚、禄存よりも遠くを聞き分ける耳、破軍をも凌ぐ破壊力、巨門《こもん》より堅い鎧《よろい》、廉貞《れんじょう》よりも身体能力を上げる薬、文曲以上の精緻な動き、いずれ人は必ず創出する。そして、すでに貪狼を貫く武器、銃は存在するのである。

「……幾ら必死に止めても駄目だった」

彩八の目尻に涙が浮かぶ。そのような危ない橋を渡らずとも、兄弟の力を合わせて東京で倒せばよい。響陣のような兄弟以外の協力者もいる。カムイコチャもきっと力を貸してくれる。彩八は何度も説得を試みたが、甚六は首肯することはなかった。甚六は彩八の頭をぐしゃりと撫でると、

――心配すんな。泣き虫め。

と、抜けるような笑みを残して行ってしまったという。

「もう誰も失いたくない。甚六を止めるのを手伝って……お願い……」

「当然だ」

根の坂に静かに響いた。
時代を懸命に堪えていただけ。鞍馬山では幾度と聞いた啜り泣く声が、時を超えて箱
そうだった。甚六の言う通り。元は泣き虫なのだ。苛酷な蠱毒を、いや明治という
愁二郎は間髪を容れずに即答すると、彩八の肩にそっと手を添えた。

小田原宿に着いた時、影もすっかり長くなっていた。家路を急ぐ者、一杯やろうと
酒場に向かう者、多くの人々が慌ただしく行き交っている。
「今日はここで泊まる」
愁二郎は言った。当初から今日は小田原宿で泊まる予定である。明日十八日は四つ
先の戸塚宿まで約四十キロの道程を進む。
そして、十九日は次の宿場である保土ヶ谷に向かわず、東海道を逸れて直接横浜を
目指す。その距離は三キロと少し。朝のうちには横浜に入れるので、そこで響陣との
合流を果たす段取りである。
「そうね……」
彩八は今すぐにでも駆け出し、甚六をもう一度説得したい気持ちだろう。が、甚六
はすでに横浜に入って、幻刀斎の到着に備えて身を潜めているに違いない。横浜ほど

の大きな街ならば、幾ら禄存でも見つけるのは容易ではない。

それに甚六はそう簡単に考えは改めぬだろう。策に乗る形で加勢し、無事に甚六を救い出す。これが現実的だろう。故に急いだところで意味はなく、むしろ万全で十九日に入ればよいと、彩八も重々理解している。

「十九日に船に乗ります」

その日の夜、双葉が切り出した。厳戒態勢が布かれる中、幻刀斎の討伐、甚六の救出。相当な修羅場になるのは間違いない。足手纏いにならないように、すぐにでも離脱したほうがよいと語り、

「だから何も気にせず、甚六さんを助けてあげて下さい」

と、最後に結んだ。

「双葉……」

彩八が静かに名を呼ぶと、双葉は微笑みを浮かべた。

「きっと上手くいきます」

「……そうだね」

彩八は柔らかに答えて頷いた。その口元は微かに綻んでいた。

十九日、響陣と合流次第、双葉と進次郎は前島の手配した船に乗る。憂いなく全力

で事に当たれることになる。

双葉と進次郎が眠りに就いた後、響陣は力を貸してくれるだろうか。と、彩八がぽつりと漏らした。幻刀斎と戦うのに力を貸すとは約束してくれている。当初予定していた東京ではなく横浜となったが、恐らくは問題ないだろう。愁二郎がそのように見立てると、

「私からも頼む」

と、窓の外の丸い月へと目を移した。


「これは……」

翌日、宿場の様子が一変しており、愁二郎は言葉を失った。

立襟の半マンテル、長袴、手にはライフル。中にはサーベルを腰に差している者も。帝国陸軍である。それもかなりの数。軍服は黒々としているため、二階から見下ろせば蟻の群れを彷彿とさせた。

「どういうことだ」

何故、小田原に陸軍が現れたのか。しかもまだ午前六時。一体、何処から、何のために現れたのか。旅籠の主人に聞いてみたが、全く事前に知らされていなかったらし

く当惑している。

「私たちが狙いかも」

彩八は窓から外を盗み見た。支度を整えてそろそろ発とうかという時、百人以上の集団が近付いていると、彩八が報せてこのようになったのである。

「いや、どうも違うようだ」

指揮官と思しき者が指示を出しており、宿場のあちこちに兵卒が散らばっていく。店の中にまで入ろうとする素振りは今のところ見られない。

事情を説明しているのだろう。軍の下士官が宿場の者に話しかけており、彩八は耳を欹《そばだ》てて内容を聞き取ろうとする。

「……神奈川県全域に警戒態勢が布かれた」

彩八は会話を掻い摘んで話した。

当初、歩兵第一連隊のうち、一個大隊千人を動員して横浜を警備する予定であった。しかし、「昨今の情勢不安」を鑑みて、歩兵第一連隊の他に、歩兵第三連隊からも大隊を派して、神奈川県の主要都市、宿場町の警備を行うことになった。今、ここに来ているのは、歩兵第一連隊、小田原営所に属する中隊約二百人だという。

「……大久保さんのことだ」

内務卿大久保利通が暗殺されたのは四日前のこと。そのような中、外国の要人を迎えるのだ。政府が過敏になるのも無理はない。急遽、このような対策を取ることになったのだろう。

「まずいぞ」

愁二郎は顔を顰めた。直に蠱毒に関係している訳ではないし、ましてや己たちを探している訳でもない。が、この厳戒態勢である。刀を持っていれば廃刀令違反ですぐに止められてしまう。

「簀《す》巻《ま》きを買って隠しますか？」

進次郎が提案したが、愁二郎は首を横に振った。

「探られて出てくれば余計に怪しい。袋に入れて形見を運ぶ途中などと言い訳するしかないな……」

それでも執拗《しつよう》に訊問を受けることは間違いない。神奈川県全域ということは、小田原宿だけではなく、ここから横浜までの宿場全てが同じ状態ということ。かなり時間を食うことになる。

「ともかく一刻も早く出よう」

廃刀令違反から逃れるため、土山宿《つちやま》で買って、これまでも使った袋に刀と脇差を入れれた。双葉の懐剣は守刀で通せる。彩八の刺刀も同様でいけるだろうが、小脇差は厳しいため晒《さらし》で巻かせる。その時、進次郎が顔を引き攣らせて、

「これ……どうしましょう……」

と拳銃を取り出したので、愁二郎は眉間を摘んだ。明治五年（一八七二年）発布の銃砲取締規則では、許可なく銃の所持は認められない。諦めるしかないと言おうとした時、

「あ、許可を受けてます」

と、進次郎は呑気に言った。叔父は銃砲修理店を経営しており、進次郎もその手伝いをしているために許可がある。但し拳銃を持ち歩いていい訳ではないので、静岡まで修理の品を取りに行った帰りだと説明することにした。

ともかく大刀一振り、脇差二振り、さらに拳銃を持つ一行である。やはり止められる度に警戒され、相当に足止めされる覚悟が必要であろう。

旅籠を出てから十歩も行かずして、軍人がこちらに近付いて来た。

「ちょっとよろしいか」

早速、訊問である。口裏を合わせた筋書きを話している最中、愁二郎の頭には、

――間に合うか。

と、過ぎっていた。十九日の横浜入りは余裕のはずが、これでは間に合わないかもしれない。愁二郎は焦りを見せぬように堪え、笑みを作りながら弁明をした。

六

箱根の嶮《けん》を渺《びょう》と風が吹き抜け、長い黒髪がさらりと揺れた。

秋津楓は眼下の景色を見つめながら、

「ここまで来ました」

と、誰に向けてという訳でもなく囁いた。

箱根宿まであと約一里。これまで細い峠道が続いたが、ふいに開けたのでここらでよいと思って足を止めた。多くの旅人によって草木が抜かれ、石が取り除かれ、長い時をかけて出来た場所なのだろう。恐らくこうして景色を楽しむため、旅の疲れが少しでも癒えるようにと。

芦ノ湖の清らかな水に、皐月の白みを帯びた陽が映っている。大きさこそ異なれども、天を映す鏡とも言われる猪苗代湖《いなわしろこ》を彷彿とさせた。

＊

今から二十二年前の安政三年（一八五六年）、楓は秋津家の次女として生を享《う》けた。秋津家の禄高は八十五石。代々御供番という役目を拝命してきた。黒紐格段下と呼ばれる、藩で中の上の家格である。

母は秋津家の一人娘であったため、より上の家格の次男が婿養子に入った。これが楓の父であった。

楓が九歳の夏、その父が死んだ。京都守護職に任じられた主君に付き従い、京で役目に就いていた時のことである。

夜半、洛中《らくちゅう》で何者かに斬殺されたのだ。まずは攘夷《じょうい》を掲げる不逞浪士の犯行が疑われたが、手掛かりらしいものは全く出てこず、早々に捜査は打ち切られてしまった。世情不安の中、会津藩も御役目に奔走せねばならず、苦渋の決断だったのだろうと納得せざるを得なかった。

京から会津まで遺体を運ぶことは出来ぬ。遺髪が送られてきただけである。亡骸《なきがら》を見た者の話によると、父の首と胴は両断されていたという。さらに胴には抉ったような傷が数ヵ所。死後にいたぶるように付けられたのだろう。あまりに無残なものだったという。

「仇討《あだう》ちをさせて頂きとうございます」

母は藩に訴え出た。母は静流《しずかりゅう》薙刀術の皆伝の腕前。そこいらの剣士にも引けを取らない。下手人を見つけられさえすれば十分に勝機はある。

しかし、藩からは何故か一向に許しが出なかった。そうこうしている内に、母は病を発症してしまった。不治の病、労咳である。そこで他家に嫁に行った姉が、

「ならば私が」

と、仇討ちを引き受けようとしたが、藩以前に嫁ぎ先からの許しが出なかった。母は諦めずに何度も許可を求めたが、やはり結果は同じであった。

日に日に躰も衰えて来る。会津藩も大変な時期であり、許しが出るのは十年先になるかもしれない。その時、自分は生きていないだろうと口惜しがる母に、

「私がやります」

と、楓は宣言した。

五歳からすでに薙刀は握っていた。が、この時より、楓は一層修行に身を入れた。

来る日も、来る日も、楓は庭で薙刀を振るった。囂《かまびす》しく蟬《せみ》が鳴く夏も、山々が赤く染まる秋も、純白の雪が大地を覆う冬も、薄紅色の花弁が舞い散る春もずっと。

部屋の襖を開け放ち、母は床に伏せりながらも、

「今少し脇を締めなさい。脚を等閑《なおざり》にせずに」

と、助言を与えてくれた。

楓は凄まじい速さで腕を上げた。母が齢三十にしてようやく達した境地に、数年もすれば達するだろうとのことであった。

その頃、会津に戦火が迫っていた。鳥羽伏見の戦いで敗退。薩長の暗躍によって会津藩は朝敵となった。新政府軍は遂に江戸城を開城させ、会津にまで軍を進めようとしていたのである。父の死の真相を知ったのは、図らずもそのような時であった。京から戻った父の同輩が会津に帰還して、

「篠塚峰蔵《しのづかみねぞう》という男が下手人でござる」

と、耳打ちしてくれたのだ。実は上層部は真相を知っていたが緘口令《かんこうれい》が布かれていた。同輩は父によくして貰ったことがあり、禁を破って教えてくれたのである。

この篠塚峰蔵なる人物は何者か。会津藩預り、つまり味方の組織、新選組の隊士である。文久《ぶんきゅう》三年（一八六三年）頃、篠塚は新選組に入隊。かの有名な池田屋《いけだや》事件の時は、土方歳三《ひじかたとしぞう》隊に属して褒賞を受けたという。この篠塚、実は薩摩藩が送り込んだ密偵であった。

父は篠塚のことは以前より知っており、洛中で見かけて声を掛けようとした時、まさに薩摩藩士と接触せんとするところだったのだという。篠塚は見られたことに気付いていたのだろう。父が斬殺されたのは、それから五日後のことであった。

その年の九月、薩摩藩は篠塚が旧藩士であることを認め、帰参させるよう新選組に申し込みがあった。当時、まだ薩摩藩と揉め事は避ける方針であった為、新選組は会津藩に相談。会津藩は苦渋の末に認め、翌月には篠塚は薩摩藩に引き取られた。会津藩は押し切られたことで、体面を保つためにもこのことを隠匿したのである。

「その篠塚……阿久根国光《あくねくにみつ》と名を変えて薩摩軍中におります」

同輩は怒りを滲ませて伝えた。

当時、会津藩婦女子の有志が集まって、男たちと共に戦う意志を示していた。隊の名は無い。便宜上、「婦女隊」などと呼ばれていた。

母は病を押してこれに加わる決断をした。姉もまた同じ。楓も参じようとしたが、

「貴女《あなた》はなりません」

と、母は拒んだ。

「何故です！」

楓は悲痛に叫んだ。

「ならぬものはならぬのです」

幼年の頃から教え込まれる「什《じゅう》の掟」を引き合いに出し、母は毅然《きぜん》と言い放った。まだ楓が十二歳と若いこと。腕が未熟であること。そして、母と姉が仇《かたき》を討てなければ、楓が遺志を継がねばならぬこと。そのような想いが込められていたのだろう。

会津戦争は敗れた。母は胸に銃弾を受けて、姉は脚をやられて身動き取れず自決したと伝え聞いた。篠塚峰蔵こと、阿久根国光を討ち取ったとは聞かなかった。

会津松平《まつだいら》家が斗南《となみ》に移封が決まると、楓は縁者を頼って東京に出た。商家に奉公に出て暮らす中でも、常に阿久根の消息を探り続けた。


官報で阿久根の名を見つけたのは、明治八年（一八七五年）の冬のことであった。鹿児島県の下級役人に収まっていたのである。

父の、母の、姉の無念を晴らす気であった。しかし、明治六年（一八七三年）に仇討ち禁止令が出ている。そもそも鹿児島県では不平士族が不穏な動きを見せており、余所《よそ》から踏み込むことさえも難しい状況であった。

明治十年（一八七七年）、西南の役が勃発。楓は檜町の鎮台本部へと向かい、

「私も兵卒に加えて下さい」

と、直訴した。今こそ戊辰の恨みを晴らすと息巻き、旧会津藩士も多くが志願して徴兵されている。銃を扱ったことが無い者でも。それほど政府は兵力を欲していた。が、楓の場合、返って来たのは応諾ではなく嘲笑であった。

「女に戦が出来るか」

散々に嗤《わら》われて、楓は忸怩《じくじ》たる想いで家路についた。

楓はそれでも諦めずに阿久根の動向を追い続けた。阿久根は西郷軍に加わらず、這う這うの態で逃げたらしい。そして、東京にいる薩摩人を頼り、今度は海軍の事務官に潜り込んだという。だが、性に合わなかったのか、すぐに職務怠慢となり、博打《ばくち》にのめり込んで大きな借金を作ったらしい。

「と、いう訳です」

阿久根の動向を探ったのは、元幕臣根来組の男。明治に入ってから情報を売るのを生業としており、楓は働いて得た金のほとんどをつぎ込んでいた。

「ありがとうございます。これで最後になるでしょう」

楓は礼を述べた時、すでに決意していた。阿久根は呉《くれ》に赴任している。そこまで赴き、討ち果すことを。たとえ罪になろうとも。

阿久根は劣悪な男であるが、新選組でも通用したほど腕だけはある。敗れて死ぬことも有り得る。どちらにせよこれが最後になるのは間違いない。

「これをご存知ですか？」

男は懐から一枚の紙を取り出した。

「豊国新聞……」

「ええ。今、巷《ちまた》はこの話題でもちきりです。ちなみに……阿久根は切羽詰まっているようで……これに行くつもりです」

こうして楓は天龍寺に向かったのである。

そして、掛川宿を少し過ぎた辺り。その時は来た。

「父の仇……覚悟せよ」

楓が薙刀を構えたが、阿久根は皆目判らないといった様子であった。

「篠塚峰蔵」

旧名で呼ぶと、ようやく阿久根は幕末の頃のことだとは悟ったらしい。楓が父の名を告げると、阿久根はあっと間抜けた声を上げた。

「あいつの娘か。確かに面影がある」

阿久根はにやりと片笑んで続けた。

「何故……死後に躰を……」

幾度となく刺して弄んだのか。楓は呻くように訊いた。

「うむ。好きなのだ。あの感覚が」

次の瞬間、全身を憤怒が駆け巡り、楓は猛然と阿久根に向かっていた。

激闘である。無駄に強いのが腹立たしかった。父、母、姉の顔がずっと脳裡を過ぎり、楓の頬は知らぬ間に濡れていた。濡れながら薙刀を振るった。

時間にして十五分ほどか。血を流しながら足元に転がり、

「待て……札ならやる……」

と、命乞いをする阿久根の胸元に、痛烈に薙刀を撃ち込んだ。

悲願は達した。あとは余事である。それでも蠱毒を続けたのは何故だろうか――。そうだ。双葉である。あのような子も参加しているのだ。あの日、必死に想いを果たそうとした自分に重なって見えたから。最後の最後まで、楓は行くことを決めた。

七

この箱根を越える札は持ち合わせておらず、次にこの道を来る者と戦わねばならない。しかし、もはや限界が来ていることを島田宿で悟った。もう残っているのは、己

と互角かそれ以上の者ばかり。よしんば箱根を越えられたとしても、東京はおろか、品川まで行くのも厳しいだろう。

「来ましたね」

箱根の山々を背に、楓はゆっくりと振り返った。

男がやって来る。俯き加減でぶつぶつと何かを呟いていたが、

「あ……やるのか」

と、顔を上げた。とても若い。歳の頃は自分とそう変わらないのではないか。

「はい」

「うん」

あまりに拙く短い会話である。楓は薙刀を構え、男は刀を抜いた。

先に仕掛けたのは楓からであった。穂を乱舞させる。頭に、肩に、腕に向けて。だが男は刀でそれを難なくいなしていく。では、脚に。

「脚もあるのか！」

吃驚の声を上げたが、男は見事に跳んで躱している。石突で貫くが、男は宙でそれも受け止めた。

男は地に降りるなり斬撃を繰り出す。脚を等閑にするな。母の声が咄嗟に蘇り、楓

は体を開いて躱した。

「不思議だなー……」

男の声は間延びしているのに、手の動きは人外のように速い。明らかに男の方が数段強い。あと十秒もせぬうちに倒されるだろうと判るほどに。

が、楓は猛攻を凌いだ。いや、何故か凌げた。それどころか楓の必死の一撃は、男の肩を掠めて微かに血を滲ませた。

「女だからか!!」

楓は叫びながら薙刀を振るう。怒りであり、哀しみであった。男が手加減をしているとしか思えなかったのだ。

「どういうこと……?」

男は怪訝そうに眉を下げる。

「手を抜くな!」

「抜いて無い。だから不思議なんだよ……明らかに俺の方が強いのに……何でだろう」

男は真に困惑している。嘘を吐いていないと判った。女だからといって手を抜いていない。いや、言われるまで女であるとも気付いていなかったような口ぶり。それが堪らなく嬉しくて、不覚にもまた頬に一筋の涙が伝った。

「何で？」

男は刀を構えつつひょいと首を傾げた。

「知りません」

楓は濡れた頬を緩めて薙刀を旋回させた。穂が空を切った時、胸をすうと刀が貫いていった。ようやく捉えたと喜色を浮かべる男の向こうに、煌めく湖面が見え、そのあまりの美しさに、楓はそっと目を細めた。


――残り、十二人。

玖《キユウ》ノ章　狼の詩《うた》

＊

父母の顔は知らない。物心がついた時にはすでに山にいた。当然のように五人の兄がおり、後に弟が一人、妹が一人出来た。

一貫は誰よりも面倒見がよく、愁二郎はお節介焼きで損な役回りばかり。三助は軽口ばかり飛ばして、四蔵は口数こそ少ないが温かい心の持ち主だ。風五郎は豪快で小さなことは気にしない。七弥は誰よりも優しくて、彩八は甘えたの泣き虫。甚六はそんな兄弟が大好きで、ずっと共に暮らしていけると信じて疑わなかった。

それだけに師から継承戦のことを聞いた時、甚六は衝撃のあまり絶句した。そう遠くなく、それが誰だったとしても、兄弟はたった一人になってしまうのだ。

――殺してやる。

皆が激しく動揺している中、甚六だけは焚火《たきび》を見つめながら覚悟を決めた。師であろうとも、岡部幻刀斎であろうとも。兄弟を守る為に。

継承戦当日の朝、愁二郎の姿が消えていた。兄弟は困惑していた。それよりも異変を察知して戻ってきた師のほうが狼狽《うろた》えていた。

「あの痴《し》れ者め！」

と、激昂したと思えば、

「幻刀斎の恐ろしさを知らぬのか……」

と、虚ろな目で独り言を零す。この数百年、少なくとも徳川の治世の間は、たった一度も逃げる者は出ず、此度がそうなるとは思いもしなかったらしい。その中、甚六だけは、

――愁兄。よくやった！

と、気付かれぬように内心で喝采を送っていた。愁二郎も同じ想いだったということ。己とは違う方法で運命に抗うことを決めたのだ。考えていることは解る。脱走者が始末されねば継承戦は始まらぬという。その特性を逆手に取り、生涯逃げ果《おお》せようとしているのだ。

「お主らはここにおれ」

師は幻刀斎に事態を告げると言い残し、山から降りていった。残された七人の兄弟のうち、甚六が最も先に口を開いた。

「山を降りよう」

無理だ。幻刀斎がいる。どうせ生きられない。それならば技として兄弟の中で生きる方がよい。様々な意見が噴出する中、甚六は悲痛に叫んだ。

「決めつけるな！」

逃げずとも必ず死ぬのだ。ならば一縷の望みに賭けたほうがよい。技として共に生きるなど言うな。それだったら、

「離れ離れになっても……皆に生きていて欲しい」

と、甚六は声を震わせた。愁二郎は冷静になるだけの猶予をくれた。それを無駄にはしたくなかった。一貫が頷くのをきっかけに、七弥、四蔵と続く。三助は項を掻き毟り、風五郎は巨軀に似合わぬ細い溜息を零して同意した。彩八は震えながらも従うことを決めた。山を降りたのもその順となった。甚六は最後から二番目。但し、茂みに隠れて彩八が降りるのを見届けていた。彩八が迷っていたから、選ばざるを得なくするためだ。己は兄弟の殿《しんがり》を務めるつもりだった。

翌々日、師は鞍馬山に戻ると、甚六以外の姿が無いことに絶句した。

「皆……は？」

「降りたよ。俺も降りる」

「ならば何故、残った」

「追うのを止めさせてくれ」

甚六は静かに頼んだ。師にも情があるかもしれない。聞き届けてくれるかもしれない。微かな希望に賭けたのである。

「戯言を……仮に儂が良しとしようが幻刀斎は動く。京八流とはそのようなものだ」

「そうか。じゃあ、俺も行く」

「行けると思うてか」

「行ける。貪狼持ちだから」

甚六は冷ややかに言い放った。師もかつて継承戦を行った。つまり八つ全ての奥義を遣える。しかし、奇妙なことに気付いていた。八つの奥義のうち、貪狼の精度だけがやけに低いのだ。甚六が十二歳の時、すでに師の貪狼を超えていた。逆に師が最も得意とする奥義もある。そこで甚六は一つの仮説を立てていた。

「あんた元々は巨門持ちだろう。そして、貪狼を最後に身に付けた……」

つまり前回の継承戦、師が最後に倒したのが貪狼持ちであったということ。奥義は

後に身に付けた順から劣化するのではないかということだ。問いを当てて反応を見たかったのだが、

「愚か者め」

と、師は鼻で嗤うのみであった。ともかく師はもはや己の貪狼を突破出来ない。この数年、病で弱ってからは猶更である。甚六から見ても、師の余命がそう長くないことは明らかである。

「じゃあな」

もはや用は無くなり、甚六は身を翻した。

「待て——」

貪狼は殺気を鋭敏に察知する。師が制止しようとした時、躰が自然と反応して鯉口を切っていた。師は身を強張らせて苦し紛れに呻く。

「覚悟しろ……、幻刀斎が来るぞ……」

「誰であろうと弾いてやるよ」

甚六は背後に睨みの一瞥をくれ、もう二度と振り返ることは無かった。こうして甚六は兄弟と共に生きた鞍馬山を最後に降りた。

甚六は諸国を放浪した。幻刀斎から逃げる為だけではない。いつか来るその時に返り討ちにすべく、剣を、貪狼を、さらに磨き上げようとしたのである。

山暮らしの中で、魚、鳥、獣を取る術は身に付けており、食うに困るということはなかった。歩き、練り、食う。その繰り返しである。

世には美しい景色が広がっていることを知った。海を初めて見た時には息を呑み、雲の掛かった山々を眺めて息を吐いた。色鮮やかな着物があることに舌を巻き、提灯《ちょうちん》のあかりに見惚れた。

世には美しい人々が溢れていることも知った。親身になってくれた有明《ありあけ》の漁師、息子のようだと世話を焼いてくれた鹿島《かしま》の旅籠の女将《おかみ》、文字を教えてくれた佐用《さよう》の住職。

その中で胸がときめくこともあった。松山《まつやま》の小間物屋の娘である。これが恋というものなのだろうと知った。叶わぬ恋であろうとも満足であった。そのような時、甚六は決まって天を仰いで、

――ありがとう。

と、何処かにいるはずの次兄に呼び掛ける。人並みに追われる恐ろしさもある。時に酷い仕打ちを受けたこともある。それでもこれらに巡り合えたのは、こうして生き

ているから。あの日、山から逃げたことは間違っていなかったと思う。

このような日々が続くように、兄弟たちも平穏に過ごせるように、己は幻刀斎を討たねばならない。甚六は貪狼に向き合い続けた。昨日より今日、今日より明日、ほんの少しずつであるが貪狼は成長していく。

「何故……まだ伸びる」

ある日、甚六は疑問に思った。貪狼を伸ばさねばならない。その一心だったので気付かなかった。が、おかしいではないか。継承戦の前夜、師は兄弟に向けて、

——お主らはそれぞれの奥義を完全に身に付けた。

と、確かに言っていた。その言い方だと伸び代が無いはずなのだ。それなのに貪狼は成長した。いや、まだ伸ばせる余地すら感じる。この予感が間違っていなかった場合、継承戦の時点ならば、貪狼の半分ほどの力しか出せていなかったことになるのだ。他の兄弟も同じなのではないか。そうなると「未熟な者」どうしで継承戦を行おうとしていたことになるのだ。

「ちょっと待ってくれ」

山を降りて二年経った頃、件の佐用の住職と話していた時のこと。甚六は血相を変えて話を制した。怪訝そうな顔をする住職に向け、

「義経《よしつね》は……そこで死んだのか？」

と、眉間に皺を寄せて尋ねた。

京八流は約七百年前、鬼《き》一法眼《いちほうげん》なる者が鞍馬山で八人の弟子に奥義を伝えたところから始まる。その歴史の中には著名な者もいるとのことで、源《みなもと》義経もそのうちの一人であると師が語っていた。

甚六らは山から降りたことが無いのだ。義経が世間でどれほど認知されているかも判らず、適当に相槌を打って聞き流していた。

が、その義経。奥州平泉《おうしゅうひらいずみ》にて兄が差し向けた軍勢に殺されたという。義経が継承者だったとすれば、どのようにして次代に奥義を引き継いだのか。すでに誰かに引き継いだ後だったということか。いや、違う。もしそうだったならば、

――貪狼も使えるはず。

なのである。郎党である武蔵坊弁慶《むさしぼうべんけい》は義経を庇《かば》い、全身に矢を受けて立ったまま死んだという。貪狼を持っていれば、郎党にそのようなことをさせずとも、全ての矢を叩き落とせる。他にも巨門を使えば致命傷は避けられるはずだ。そもそも禄存があれば、忍び寄る敵を察知して逃げられたのではないか。むしろ立ち往生した弁慶のほうが、巨門の遣い手のようにさえ思える。

義経は貪狼も、巨門も、禄存も使えなかった。京八流を学んでいたというのが真であれば、義経は何ならば使えたのか。住職に義経の来歴、伝説をせがむように聞いて、一つの有り得る奥義が脳裡を過ぎり、甚六は呟いた。

「武曲……」

当代では次兄、嵯峨愁二郎の奥義。弁慶との五条大橋《ごじょうおおはし》の決闘、八艘跳び、武曲ならば成し得る。つまり義経は京八流の継承者ではなく、継承者候補だったということ。義経は候補者のまま死んだならば、京八流はどうやって今に至るまで続いたのか。そこで途絶えるはずだったのではないか。

貪狼に伸び代があること、義経が死んでも伝わっていること、それらを合わせて、──京八流には何か秘密がある。

と、甚六は確信を強めた。

＊

明治がやって来た時、甚六はまだ旅を続けていた。幕府も、薩長も関係なく、甚六は技を研鑽し続け、京八流の謎を追うだけである。その謎の中には、幻刀斎を倒す手掛かりもありそうな気がしたのである。

「兵卒か……ありかもな」

仙台に差し掛かった時、新設された軍が兵を募集しているのを知った。

新しい時代を迎えて旅がしにくくなっている。貪狼は山を降りた時よりも遥かに優れた技になっており、幻刀斎が来ても撥ね退ける自信もある。加えてさらに謎に迫るには、兄弟の誰かに会う必要も感じていた。軍ならば学が無くとも生きていける。甚六は良い機会だと考え、

——蹴上甚六。

と、本名のままで当時の東北《とうほく》鎮台に志願した。

甚六が軍に入って八年の間に、やはり来訪者があった。変哲も無い老人である。しかし、全身から噎せ返るほどの禍々しさが臭い立つ。虚空のような眼光、奸邪な笑み。幻刀斎である。

「本当にいたんだな」

少し驚いたのは確かである。幻刀斎は存在する想定で動いて来た。四蔵が見たことがあるとも語っていたのだ。が、この時まで、師の脅しという線も捨て切っていなかった。

「来いよ」

甚六は牙の如き八重歯を剥き、腰間の刀に手を触れた。

幻刀斎は強い。想像の遥か上をいった。しかし、研ぎ澄まされた貪狼が悉く対抗する。幻刀斎もこれには驚いたようで、醜悪な顔を顰めていた。

防げるものの、倒すことも出来ない。このままではいずれ、此方の体力が尽きてしまう。甚六が態勢を立て直すために鎮台に逃げ込むと、幻刀斎は追って来ることは無かった。

二度目の襲撃もあった。白昼、仙台の町での不意打ちである。しかし、研ぎ澄まされた貪狼は斬撃に食らいつく。絶叫渦巻く中、甚六はまた鎮台へ避難した。

この時も同じ。幻刀斎は鎮台には踏み込もうとしなかった。幻刀斎といえども、鎮台の兵力には警戒をしているということ。それは即ち、

――幻刀斎も無敵ではない。

と、いうことを意味する。化物ではなく人なのだ。人ならば殺せる。甚六は胸に抱く希望を強めた。

来訪者は他にもあった。

「狙い通りだ!」

甚六はこちらには歓喜した。兄、化野四蔵であった。四蔵もまた広島鎮台所属の軍人になっており、名簿で己の名を見つけたという。そして、本物かどうかを確かめる為に会いに来てくれたのだ。だが同時に、風五郎と七弥が死んだことを知らされた。

甚六は茫然となったのも束の間、

「幻刀斎……」

と、込み上げる怒りを吐き、もう兄弟の誰も殺させないことを誓った。

四蔵が巨門、廉貞を引き継いだということも聞いた。

「同時に出せるか」

甚六は尋ねた。己が知る限り、四蔵は兄弟で唯一、複数の奥義を持ったことになる。これらの奥義を同時に繰り出せるのかを知りたかったのである。

「破軍と巨門は無理だ」

四蔵も試行錯誤したらしいが、この組み合わせは出来る気配すら無い。一方、破軍と廉貞、巨門と廉貞は出来る。実際、四蔵にやって見せて貰ったところで、

「やっぱり……そうか」

と、甚六は確信を強めた。師の最初の奥義が巨門。最も多用していたこと、発するまでが他に比して速かったことから、これはほぼ間違い無いと見ている。そして貪狼

の精度が劣るのは、最後に習得したものだから。

と、思っていた。それをぶつけた時、師は嘲笑うように鼻を鳴らした。こちらに悟られぬための強がりだと取ったが、ずっと何か引っ掛かっていた。

己たちに剣を教える時の師の戦い振りである。基本は巨門で万が一に備えつつ、北辰の視野の広さと先読みでこちらの攻撃を躱す。貪狼と破軍の使用頻度が低く、武曲と文曲を攻めによく用いる。これは身に付けた順ではなく、

「相性じゃあないか」

と、甚六は推理した。奥義どうしに相性がある。四蔵は破軍と巨門を同時に遣えないと言った。これは師の戦い方とも符合する。となると、巨門と貪狼もその関係にあったのではないかということだ。

「なるほど。有り得るな。だが……」

四蔵は可能性を認めつつも表情を曇らせた。

「ああ、結局は全ての奥義を持たないとはっきりしない」

結局、仮説の域を出ない。そして、兄弟のうちそれをやろうと思う者もいない。だからこそ今の状況となっているのだ。

「最後にもう一つ訊いていいか。奥義を三つ持ったことで三倍の強さになったか？」

「いや、お前も判るだろう」

四蔵は首を横に振った。受け継いだ奥義を見せてもらうため、久方振りに剣を交えてみた。確かに強くはなっているが、三倍とはとてもではないが言えない。

「四蔵兄、ありがとう」

甚六は笑顔で感謝を告げた。別れると一転、甚六は真剣な面持ちで帰路についた。

初めは小さな違和感であった。それは謎に変わり、多くの仮説を積み上げたことで、今では限りなく確信に近づいている。

――もしそうだったならば。

何時から、誰が始めたものなのか。何故この仕組みにしたのか。幻刀斎との関わりはもっと歪なのではないか。

結局、それらは考えたところで答えは出ない。が、一つだけ解るのは、己たちは決して争う必要などないということだ。

「京八流は……」

甚六の呟きは、落葉を舞い上げる凩《こがらし》に掻き消された。

＊

今年二月の半ば。鎮台の若い者たちの中では、その話でもちきりとなった。先日、仙台の街中でとある新聞が撒かれたのである。発行元も記されているが、そのような新聞社は存在しない。ただの悪戯と言う者もいれば、山形《やまがた》や会津でも配られたともっともらしいことを言う者もいる。

甚六も当初は眉唾だと思ったが、軍のお偉方が必死に鎮静化を図ろうとしていることを知り、

――本当なのか。

と、却って疑うようにもなった。

いや、待て。真であるかはどうでも良い。真と信じる者がいればよいのだ。己にとっては幸甚。これは決め手になり得る。そこまで考えた時、甚六は休職願いを出していた。四蔵に参加する旨の書状を送ると、甚六は因縁に挑むべく京へと向かった。

数は集まっているか。それを確かめるべく、敢えて刻限の際で天龍寺に向かう。かなりの人数である。ざっと三百はいるだろう。

「入るのか」

門番に訊かれると、甚六は頷いて境内に足を踏み入れた。己が最後の一人。札番は二百九十二番。甚六の蠱毒が幕を開けた。

――幻刀斎がいる。

これは早々に気が付いた。向こうも気が付いている。が、すぐに襲って来ないのは、いつでも狩れると高を括っているからか。あるいは嬲るつもりかもしれない。

運が良く、運が悪かった。

良かった点は天龍寺以降、幻刀斎とかち合うことが無かったから。利害が一致して共に戦える仲間を見つけるまで、決戦は避けねばならないからだ。

悪かったことは、その仲間が一向に見つからないこと。協力出来そうな者ほど実力不足で、相容れない者ほど圧倒的に強い。貫地谷無骨など後者の最たる者だ。

幻刀斎が何故襲って来ないのか解った。鳴海《なるみ》宿の張り紙で、

――三助兄もいる。

と、知ったからだ。呼び掛けていることから見るに、他の兄弟も参加しているのではないか。兄弟が示し合わせて対抗しようとしているのか、幻刀斎は見定めるために仕掛けてこなかったのだろう。

件の悪漢、貫地谷無骨に邪魔をされ、戦人塚には行けなかったのは痛恨の極みであ

る。兄弟ならばそう容易くやられはしない。先に進めばいつかは必ず再会出来る。そこで力を合わせれば――。

「いや……違うな」

そこまで考えた時、甚六は首を横に振った。もう誰も死なせない。その為に蠱毒に参加したのではないか。己一人で、他の手で、幻刀斎を討つ。その算段はあった。

「なあ、椒《はじかみ》」

甚六は背後に呼び掛けた。蠱毒主催者側が付けている己の監視者である。歳の頃は二十三、四。女であった。

「毎度、呼び掛けないで下さい」

椒は小言を漏らしながらも横に来た。

「話したらいけないという掟が？」

「無いですけど……」

「いいじゃねえか。一人旅は寂しいもんなんだよ」

諸国放浪の日々を思い出しながら、甚六は旅の空に息を浮かべた。

「お前、そこそこ強いよな？」

「蹴上様の足元にも及びませんが。逃げないで下さいよ。その時は他の――」

「逃げないさ」

甚六は悪戯っぽく片笑んだ。

「安堵しました」

「幻刀斎って知ってるだろう？」

椒は黙して何も答えないので、甚六はこめかみを指で掻いて続けた。

「言えねえか。討つの手伝ってくれよ」

「無理です」

「そうだよな」

甚六は苦く頰を緩めた。掟としても無理だろうが、仮に受けてくれたとしても幻刀斎には全く敵わないだろう。

「お前、兄弟はいるのか？」

「それは……」

甚六のふいの問い掛けに、椒は当惑の色を見せつつ答えた。

「はい。兄がいました」

「そうか」

椒の答えで察しが付いてしまった。

「何故、加わっているのかという問いは御免蒙《こうむ》ります」

「訊いてねえよ。それに……俺は感謝している」

蠱毒が誰によって、何のために、開かれたものかはどうでもよい。決して許されるものではない。

しかし、甚六にとっては兄弟再会の可能性と、千載一遇の好機をくれたのは確か。蠱毒に加わる者にも何らかの事情がある。そう思えるようになってしまっている。

「そうですか」

「おう。あれ……もう白須賀か。俺って札足りてる？」

「あと二点要ります」

「くそ。まずいな……」

「心配する必要はなさそうです」

椒は呟くように言うと、すんと横を向いた。

「そうだな」

甚六は片笑んだ。先のあばら家、茂みからも気配がする。恐らく二人。奇襲を企《たくら》んでいるのである。刀、槍、矢、銃、何でも来ればよい。横浜に辿り着くまで、貪狼は如何なる攻めも屠り続ける。

一

横浜――。

明治に入ってから、最も変貌を遂げた町の一つだろう。外国人居留地に堂々と聳《そび》えるグランドホテルは明治三年（一八七〇年）に、西洋割烹《かっぽう》と称して人気を博す開陽亭《かいようてい》は明治四年（一八七一年）、石造り四階建ての洒落《しゃれ》た横浜町会所は明治七年（一八七四年）に建築され、今も街のあちこちに西洋風の建物が増え続けている。

文化の流入は西洋からだけではない。中国人劇場の会芳楼《かいほうろう》があった辺りには、南京御料理所などの食事処《どころ》、食材を取り扱う店が乱立し、上海《シャンハイ》を彷彿とさせる賑わいである。

国籍、人種を問わず、多くの人が住み、海を跨いで人々が行き交う。文明開化を煮詰めたような街であった。

甚六が異国情緒香るこの街に入ったのは、五月十七日のことであった。先遣隊であろうか。すでに軍服の者の姿がちらほら見えた。予定よりも警備が布かれるのが早い。恐らくは大久保利通暗殺を受けての影響であろう。

翌十八日にはどっと第一歩兵連隊が入ってきて、十九日中には町々に配備を終えたようである。横浜中に兵が満ち溢れている。当初聞いていたよりも明らかに数が多い。凶賊が紛れていないか、怪しい者はいないか、小隊ごとに町々を哨戒《しょうかい》している。その同日、勇壮に蒸気を上げながら軍艦も港に入って来た。まさに厳戒態勢と呼ぶにふさわしい。甚六にとっては、

——舞台は整った。

と、いうことになる。

三助が兄弟に呼び掛けた時のように、蒲原、沼津、大磯《おおいそ》、それぞれの宿場の伝言板に書いた。但し、兄弟に向けてではなく、あの男を呼ぶ為に。戦人塚に現れたのだ。きっと此度も必ず来るはずだ。

二十日、甚六は横浜の街をぶらりと歩いていた。敢えて目立つように。英国船を一目見ようとする見物客、それを相手に物を売ろうとする商人、それに目を光らせる軍兵。横浜は祭りの如く活気付いていた。太陽が天高くに差し掛かった頃である。

「椒、離れていてくれ」

甚六は灰掛かった雑踏の中で言った。

「やはり……ここで……」

何一つ、隠し立てはしなかった。椒が自らの身の上を語らずとも、甚六はこの旅で全てを話したつもりである。だからこそ椒も己の目論見に薄々感づいていただろう。が、先刻までは店頭の風車に息を吹きかけたり、中華饅頭《まんじゆう》を買い食いしたり、椒が呆れるほど呑気にしていたのだ。

思い過ごしだったかと感じ始めていたに違いない。甚六が雰囲気を一変させたので、椒は困惑の色を隠せずにいた。

「ありがとう。ここまでだ」

甚六は柔らかな笑みを向けた。山を降りてから人と交わることの喜びを知った。このような形であったとしても、椒と出逢えたことにも感謝している。

「何を……私は東京まで蹴上様に付かねばなりません」

椒の声に潤みが滲んでいた。

「そうだな。一旦、離れてな」

幾つもの跫音。その中、椒は消え入りそうな声で絞るように言った。

「私の兄は神風連《しんぷうれん》の乱で……」

「頑張ったな。きっと幸せになって欲しいはずだ」

きっとそう願っているはず。今の己のように。甚六は奇妙な二人旅に想いを馳せ、

「息災で」

と、別れを告げて足を踏み出した。

人が流れる。俥《くるま》が行く。幾つもの人生の交錯の隙間に、幻刀斎の業に満ちた嗤いが覗き見えている。

「京八流、始まって以来、最も手を焼かせし者よ……」

声は雑踏に紛れるが、唇の動きから言葉が判った。

「知ってるぜ。元々、継承戦なんて無かったって」

甚六は不敵に片笑み、これまでに導いた仮説を口に出した。幻刀斎が狼狽えるのを初めて見た。あと十歩。甚六は刀に手を落として言い放った。

「終わりにするぞ」

刹那、煌めきが奔った。大都横浜、白昼、衆人の眼、何者にも怯むことはなかった。いや、図星だったので激昂したか。先に抜いたのは幻刀斎である。

「貪狼……」

甚六が呼び掛けた時には、すでに血に飢えた餓狼の如く、鞘から飛び出して嚙み付

いている。

一瞬、街の音が消え、人流がぴたりと止まった。衆の視線は集まっているが、到底有り得ない光景に目を疑い、言葉を失して固まっている。

次の瞬間、溜まった何かが弾けたかのように、けたたましい悲鳴が巻き起こった。転がるようにして逃げる男、頭を抱えて怯える女、腰を抜かしてしまう老人、大声で泣き出す子ども。瞬く間に阿鼻叫喚《あびきようかん》の様となった。

「来い!!」

眼前の幻刀斎に、人波を縫って向かって来る小隊に向けて痛烈に叫ぶと、甚六は刀を下げたまま駆け出した。

幻刀斎も両脚を旋回させながら剣を振るう。老いているとは思えぬ異常な速さ。そして、肩が、肘が、手首が、ぐにゃぐにゃと曲がりながら斬り掛かって来る。まるで腕が一匹の大きな蚯蚓《みみず》のようである。

「無駄だ」

それでも刀身は躍動し、幻刀斎の斬撃を弾き飛ばす。幾ら撓《しな》ろうとも、幾ら回ろうとも、貪狼は確実に嚙み殺していく。

鉄壁を誇る貪狼だが、全く穴が無い訳ではない。唯一ともいうべき弱点は、

――攻め手に回れば貪狼は消える。

と、いうこと。つまりこちらの攻撃に合わせ、敵が反撃してくれれば、それは防ぐことが出来ない。貫地谷無骨はそれを看破し、相討ち覚悟で斬り掛かってきたので、傷を負わされたのである。

が、此度はその轍《てつ》は踏まぬ。甚六は攻めるつもりはない。ただひたすらに防備に徹する。幻刀斎を討つのは己の刃でなくて良いのだ。

「もっと来やがれ！」

三助の、風五郎の、七弥の笑みが脳裡に浮かび、激情のままに叫んだ時、港の方から船の汽笛が鳴った。ここは港都横浜。そこで柄の悪そうな男と、奇怪な老人が急に斬り合いを始めたのである。悲鳴と恐慌が凄まじい速さで伝播《でんぱ》していく。

「刀を捨てろ！」

「撃たれたくなければ止まれ！」

遂に来た。軍兵が口々に命じるものの、二人とも止まらない。いや、止まれない。

縺《もつ》れ合うように刃を交えながら駆け抜ける。射線に人が絶えたその瞬間を逃さず、下士官が高らかに吼えた。

「撃《て》え!!」

硝煙が噴き出し、轟音が鳴り響く。

弾丸が空を裂いて飛翔する。幻刀斎は腰を逆に折りながら膝から地に滑り込んだ。有り得ぬ方向へ躰が屈折している。

甚六も幻刀斎とは反対方向に地を蹴っている。圧されたかのように、ゆっくりと時が流れる錯覚を受けた。弾丸が腿のすぐ傍を、脇腹の横を通っていく。が、一弾は胸に向かっている。全てを躱し切れない。いや、全てを躱す必要は無い。

「まさか――」

天地逆さまの幻刀斎の顔に吃驚が滲んでいた。

七百年前、貪狼が生まれし時、銃は存在していなかった。刃を、矢を、弾く。それが貪狼であり、想定の速さを超える銃弾は流石に凌げぬ。それが幻刀斎の常識であり、少なくとも師はそうであった。

が、己は向き合い続けた。元来、継承戦が行われるはずの時を超えて。限界は遥か先にあると信じて――。

「貪狼……」

甚六の呟き、鞭声《べんせい》の如き破裂音が重なり、弾丸は斜め後ろへと飛び去っていった。

己の貪狼は弾丸をも喰らう。

「ば、化物……化物だ！」

兵たちが騒然となる。蛸《たこ》のように身を曲げる男、銃弾を撥ね除ける男、そう思うのも無理がない。混乱の中、下士官がいち早く我に返り、

「撃て、撃て、撃ち続けろ！」

と、連呼する。幻刀斎は膝で二、三歩進んで立ち上がり、そのままの勢いで走り出す。甚六も弾丸を払いながら追う。逃がす訳にはいかない。二人でいるところを撃って貰わねばならない。

止むことなき銃の咆哮、弾丸が倉庫の石壁に当たる音、一層大きくなった悲鳴。天から見下ろせば、人波が真っ二つに割れたように見えるだろう。その中、また二人が一つの塊の如く駆け抜けていく。

「応援を呼べ！」

下士官が命じて笛が吹かれるが、最初の銃声を聞きつけて幾つもの小隊がこちらに向かっている。合わせればもう一個中隊ぐらいの数はいるだろう。

人々はすでに潮が引くように逃げており、巻き添えが無いと判断したのだろう。歩兵第一連隊の兵は銘々に射撃を始めた。間断なく続く銃声、もはや戦場である。

幻刀斎でも流石にこれは堪らぬらしい。此方に向かって来るのを止め、とにかく一

所に留まらぬようにしようとしている。つまり逃げているのだ。しかし、甚六は、

「幻刀斎、幻刀斎、幻刀斎!!」

と、呪詛《じゅそ》の如く名を復唱し、ぴたりと張り付いて逃がしはしない。追う者、追われる者が入れ替わった恰好である。

軍兵はまだ増える。あちこちから甲高い笛の音が鳴り、逃げ惑う人々を掻い潜って往来から、路地という路地から、わらわらと集まって来る。合計、大隊に匹敵する数である。今しがた駆け付けた中には、

「あんな老人が!?」

と、戸惑いを見せる若い兵卒もいるが、

「あれが凶賊なのだ!」

と、一部始終を見ていた年嵩が教える。軍は完全に幻刀斎を「凶賊」と捉えた。一方、己に対しては躊躇《ちゅうちょ》する者はほぼいない。軍籍を叫んだところで信じやしないだろう。それでいいのだ。幾らでも狙え、幾らでも撃て、その念を籠めて、

「もっと来い!!」

と、軍兵たちに向けて煽った。

幻刀斎は柱の陰に隠れて狙いを外し、置き捨てられた俥の下に滑り込んで弾丸を躱

し、なおも両脚を廻し続ける。甚六は貪狼を極致まで引き出し続けて追う。

「死ね‼」

数十挺《ちょう》の斉射に合わせ、甚六は鋭く吼えた。貪狼でも全ては防げぬ。二発までは弾いたものの、一発は間に合わず腹部に熱いものが走る。幻刀斎も無事ではない。痩せた肩を弾丸が貫いて血が噴き出した。やはり化物ではない。人だ。人なのだ。

「一緒にいこうぜ」

背後から飛来した弾丸を撥ねながら、甚六は八重歯を覗かせた。

「こやつ……」

これも初めて見た。幻刀斎の顔が恐怖に引き攣っているのを。

銃声は一向に止まぬ。幻刀斎は遁《に》げる。甚六は迫る。互いに傷を増やしながら。横浜に非常事態宣言が出されたらしく、今や半鐘まで鳴り響いていた。

――そろそろだ。

幻刀斎も避けきれぬほど、甚六も防ぎきれぬほどの弾幕になってきた。思えば凄い時代である。京八流も、朧流も、如何なる達人も打ち砕く兵器の時代が来たのだ。

「なっ――」

己たちが進む先の路地から人影が現れた。五歳ほどの男の子。この地獄と化した街で親と逸《はぐ》れたのか。母と思しき者の名を呼んで泣き叫んでいる。

背しか見えなくとも判る。幻刀斎が嗤うのが。子どもの襟をむんずと摑むと、身を翻して後ろに放り投げた。恐怖に凍る子どもの顔。その奥には快哉《かいさい》なる幻刀斎の顔。

甚六は今日一番の声で背後に向けて叫んだ。

「撃つな!!」

しかし、追って来る兵には、子どもは見えていなかった。万雷の如く銃声が鳴り響いた。弾丸が地を削って砂埃を舞い上げる。

濛々と細砂が烟る中、甚六は両膝を地に突いている。刀を掲げた右手は宙に掲げたまま。そして、包み込むようにした左の腕の中に囁いた。

「大丈夫……当たってない」

貪狼は不思議な技だ。触れてさえいれば、他人も「躰の一部」と認識して守る。しかし、守る範囲が広くなる分、潰せる攻撃の数は減ってしまう。甚六が意識するまでもなく、貪狼は何を優先して守るべきか理解していた。子どもは無傷。甚六は左腿、右腕を貫かれ、右の耳朶を抉り飛ばされた。

「うう……」

子どもが胸に縋りついたことで、兵卒らも気付いたらしい。人質を取ったと勘違いしたのだろう。大声で待てと号令が発され、筒は向けるものの発砲はぴたりと止んだ。

首だけで振り返った時、幻刀斎がちょうど路地の中に飛び込むのが見えた。蠱毒には彩八、四蔵、そして、愁二郎が残っている。抜けるような蒼天を見上げながら、

――悪い。逃がしちまった。

と、兄弟たちに詫びた。

「凶賊、その子を離せ！」

軍勢の中から男が叫び、甚六は視線を落とした。階級章を見ずとも軍服で判る。少佐以上の士官である。

「言われなくともそのつもりだよ……」

甚六は小言を零して、子どもから手を離した。が、子どもは胸にしがみついて離れようとしなかったので困った。

「坊主、怖くないぞ。軍人は味方だ」

優しく語り掛けて、そっと胸から顔を剝がす。子どもの頭をぐしゃりと撫でると、甚六は頰を緩めて続けた。

「泣き虫め。もう泣くな」

子どもがこくこくと頷くのを見届けると、

「今からそちらに行かせる。罷《まか》り間違っても撃つなよ」

と、軍兵たちに向けて呼び掛けた。士官がはきと承諾し、部下たちにもそのように命じるのも確かめた。

「じゃあな」

子どもの背を柔らかく押した。時折、子どもは不安げに振り返るので、甚六は早く行けといったように顎を振る。

「さて……」

子どもが辿り着くまでもう僅か。この怪我、この軍勢、逃げ果せることは難しい。とはいえ、諦めるのは己の性に合わない。

「最後まで足掻くか」

そう言ったのは己に向けてか。それとも貪狼か。今ならば防げて二弾。あとは運に任せて路地へと駆け込むしかない。甚六がゆらりと陽炎の如く立ち上がると、士官が慌てて狙いを定めるように命じた。

「甚六!!」

その時である。突如、空から声が降って来た。屋根から飛び出した男に、軍兵もあっと意識を奪われている。

何も変わっちゃいない。お節介焼きのままだ。宙を舞う兄を見上げながら、

「久しぶり」

と、甚六は童のように頬を緩ませた。

二

愁二郎らが横浜に入ったのは二十日の正午前のこと。当初の予定より丸一日遅れてしまったことになる。

小田原より先の四つの宿場全てに軍が入り込んでおり、そのいずれでも止められて訊問を受けた。危惧していた通りとなった訳である。

特に後半二つ藤沢と戸塚の宿場では執拗であった。横浜に近いからかと思ったがどうも違う。小田原宿の入口で止めた男がいきなり刀を抜き、兵卒を二人斬って検問を突破したという。そのことが伝令より報じられたらしい。恐らく蠱毒に参加している誰かの仕業と見てよいだろう。

「何だ……」

横浜に入ってすぐ異変に気が付いた。半鐘が鳴り響き、銃声が轟いている。老若男女の悲鳴も聞こえるし、何より血相を変えて逃げ惑う者がいる。ライフルを手にした軍人たちが、人々の流れに逆らうように走り去っていく。甚六と幻刀斎がすでに衝突したのだ。

「彩八！　二人を──」

「私たちも行きます！」

響陣を待っている時間はない。一刻も早く、双葉たちを港まで連れていかねばならない。愁二郎は彩八に任せて行こうとしたが、双葉が遮るように凜然《りんぜん》と言い放った。

彩八もきっと共に行きたいはず。双葉はそう考えたのだろう。それに他の蠱毒参加者が横浜にいないとも限らない中、皆で動いたほうが安全なのも確かである。咄嗟に考えを纏めると、

「解った！」

と、愁二郎は応じて駆け出した。

人々が逃げて来た方向に、軍人たちが向かう先に、絶叫をかき分けるようにして突き進む。やがて目に入るのは軍人ばかりとなり、

「そっちは危ない！　凶賊が暴れている！」

と、避難を促す兵卒もいた。が、それを無視して走り続ける。その時、離れたところを並走する背広姿の男を目の端に捉えた。人混みにいた時は分からなかったが、軍人だらけの中を走っている今はかなり目立つ。

「椽……こんなところまで付いてくるのか」

「嵯峨様、香月様は私の受け持ちですので」

「邪魔は——」

「しませんよ」

椽はさらりと言い放って続けた。

「それにそろそろ、最後の黒札が出そうです」

「そのような頃か……」

裏を返せば、まだ箱根を越えていない者がいるということ。時間の猶予はまだある。

途中までは軍人の流れを見て進んだが、もはやそれは通用しなくなった。見渡す限り軍兵が犇《ひし》めいている。決して凶賊を逃がさぬように現場を包囲、道々を封鎖しているのだ。

銃声を頼りにするしかないが、石壁は反響を生むため、禄存でも正確な位置を割り出し難いらしい。

「行くしかないか」

闇雲に突っ切るか。その考えが頭を過ぎったその時である。打ち捨てられた俥の陰から呼び掛ける者があった。

「嵯峨様！」

面識のない若い女である。何故、名を知っているのかと訊こうとした矢先、意外な者が反応を示した。椽である。

「椒……」

「お前の仲間なのか」

椽は何も答えない。それが答えである。椒と呼ばれた女はこちらに駆け寄り、

「蹴上様はあちらに」

と、方角を指し示した。蠱毒の罠か。いや、この女の眼を見て、嘘を吐いていないと直感した。

「助かった。ありがとう」

愁二郎は心から礼を述べた。

一方、感情を表に出さない椽が、これには眉を開いて驚いている。しかし、やがて聞いていない振りを決め込むように視線を外した。

「そこの路地にいてくれ」

愁二郎は石造りの建物に挟まれた一本の小道を指差した。甚六の位置は判った。しかし、この軍人の壁を潜り抜けていくことは出来ない。残された手段は上から越えていくだけ。それには己の武曲が最も適している。彩八もすぐにそれが最善だと察し、

「お願い……」

と、哀願の眼を向けて託した。

「二人を頼む。十分で合流出来なかったら先に港へ行ってくれ。俺も甚六を連れて向かう。もしそれも無理なら……横浜を出る」

この先、何が起こるかも読めぬ修羅場。各々の判断が求められる。双葉と進次郎は船に乗せて別れるが、状況によっては彩八とも東京まで会えないかもしれない。響陣もすでに横浜に来ているはずだが、この有様では合流出来ないことも有り得る。

「行ってくる」

愁二郎は煉瓦《れんが》の柱を蹴って宙を舞い、青銅の欄干に取り付いて身を引き上げる。吊《つ》るされた木製の丸い看板を摑むと、また柱に蹴りを浴びせて屋根に降り立った。

新時代の象徴のような街。海は皐月の陽射で白鱗《はくりん》を撒いたように輝き、港湾には軍艦が二隻の他、大小幾つもの船が停泊している。大勢の軍兵が集結して、往来を、路地を、店の軒先を埋め尽くしているのは、ある意味では壮観であった。

端から武曲を全て振り絞る。愁二郎は身を低くしながら、青嵐《せいらん》の如く屋根を走り、翡翠《かわせみ》のように次の建物へと飛び移っていった。

「いた……」

すっかり大人になった。が、はきと判る。甚六に間違いない。

それより一体、どういう状況だ。甚六が往来の真ん中で地に両膝を着けている。そこに数十の筒が向けられていた。幻刀斎らしき者の姿は無い。

遅れて気が付いたが、甚六は男の子を抱きかかえていた。巻き込まれそうになったのを守ったのだろう。愁二郎の胸に一気に込み上げるものがあった。甚六は何も変わっていない。当然だ。兄弟を守るため、たった一人で因業に決着をつけようとする漢《おとこ》なのだ。

指揮官らしき者の呼びかけに応じ、甚六は優しい手付きで男の子を送り出した。肌に朱が見えた。すでにかなりの傷を負っているらしい。

――落ち着け。

愁二郎は深く息を吸い、ゆっくりと吐いた。救い出せるか否かは、虚を衝けるかどうかで決まる。頭が屋根に触れるほどの低い姿勢で、そろりと近くへと移動する。

甚六が起《た》つ。愁二郎はその一瞬を見逃さず、咆哮と共に空へと飛び出した。

「甚六‼」

はっと顔を上げる甚六。咄嗟のことにこちらに銃を向ける者、いや、甚六から狙いを外してはいけないと戻す者、鋼の筒が黒波のように大きくうねった。

「久しぶり」

十三年振り、甚六の第一声はそれであった。何も変わってはいない。あの日、鞍馬山で別れた時のままである。愁二郎は口元が綻びそうになるのを堪え、

「来い！」

と、腰に手を回して駆け出した。

「新手だ！　撃てぇ！」

悲痛な叫びにやや遅れ、発砲音が鳴り響く。京八流の苛酷な修行の中に、数十張りの仕掛け弓を同時に放ち、飛来する矢を躱すというものがある。兄弟で協力して回避せねばならない。この修行、兄弟で最も相性が良い組み合わせが――。

「武曲」

「貪狼」

幾星霜を経て、声がぴたりと重なった。

大地を蹴って宙で身を旋回させる。狙いの上を越える。甚六を抱えながら。

一弾だけ、首元に来ていた。体を捻って躱そうとするが、それより速く、視線に銀の線が飛び込んで来た。甚六の刀が銃弾を嚙み千切ったのである。

地に足が着いたのはほぼ同時。そのままの勢いで、砂埃を立てながら路地の中へと滑り込んだ。

「無事だな」

「ああ、相変わらず無茶をするなあ……」

「お前に言われたくない。行くぞ」

愁二郎は促して路地の奥へと駆け出す。追えと連呼する声、甲高い笛の響き、長靴《ちょうか》の群れの音が背後より聞こえる。このままだと路地を突っ切ってまた大きな路《みち》に出る。

「行けるのか？」

甚六は短く訊いた。出口にも軍がいて鉢合わせにならないかという意味だ。

「多分。彩八なら判るんだがな」

屋根の上から見た限り、包囲していた兵たちとは距離があった。笛の音を聞いてから急いだとしても間に合わないはずだ。彩八ならば禄存で音を集めて分析し、正確なことを言えるだろうが、己は予想しか立てられない。

「彩八も……」

「近くまで来ている」

「そうか。あいつなら禄存も上手く遣えるだろうな」

何を根拠にしているのか判らないが、甚六は決めつけるように言い切った。

「俺が先に出る」

愁二郎はさらに脚を速めて先に、甚六も続いて往来に飛び出した。

「うわ、危ね」

甚六が素っ頓狂に言う。丁度、軍勢がこの往来に曲がって来ているところである。

「こっちだ」

大路に出たのも一瞬、また斜向《はすむ》かいのさらに狭い路地へ入った。あまりに軍兵が多い。この辺りに集まっているだけで、ざっと五百は超えているのではないか。このまだと鳥籠の中で足掻いているようなもの。包囲を狭められていずれは終わる。

「入るぞ」

小さな窓。人目に付かぬからか硝子作りではなく、昔ながらの板で塞がれたものだ。愁二郎は板を居合いで両断し、肘で叩き割って中に入った。

「うえ、厠《かわや》かよ」

甚六も追って入るなり顔を歪める。厠から出たが人の気配は無い。緊急を告げる半鐘を聞いて逃げ出したようだ。火事と間違ったのか。持ち出し切れなかっただろう物が散乱していた。

「上にいくぞ」

二階のある建物だった。廊下の奥の階段を見つけて上に行く。ここにもやはり気配は無い。どうも養蚕に携わる商人の建物である。それらしい書類が落ちていた。

「来ないな……」

甚六は階段の下を見ながら呟いた。窓枠に気が付かなかったのか。外からは依然として跫音が聞こえるものの、建物の中に踏み入る気配はない。少しの猶予が生まれたと見て、愁二郎は溜息を漏らして腰を下ろした。甚六も息を沈めつつ壁にもたれ掛かるように座る。

「傷を診せろ」

「手当なんて出来ないだろ」

「妻が医者だ。やり方は知っている」

「え……愁兄、奥さんいるの？」

「彩八から聞いてなかったか」

「うん。いや、驚いた。そうか……愁兄がねえ」

甚六は妙に子どもっぽい相槌を打ち、感慨深そうに口元を綻ばせた。甚六は横目で見ながら訊いた。

「針や糸。晒でも持っているのかい？」

「使い切った……」

「抜けているのも相変わらずだ」

甚六はふっと息を漏らし、ならば傷を検めたところで一緒だと付け加えた。

「どうやって抜けるか……彩八たちは近くにいるが、もうすぐ離れるだろう」

彩八の他に連れが二人いること、十分して戻らねば先に港に行くことを手短に話した。とてもではないが再合流出来そうにない。先程のように屋根の上を忍んで行きたいが、この辺りで二階があるのはこの建物だけだった。どうしても目立ってしまう。ならば突破するしかない。横浜を出る北側より、港のある南側のほうがやや囲みが薄かった。そちらを貫いて、港で彩八と落ち合う。その後のことはその時に考えるしかない。

「もうひと踏ん張りか」

甚六は右手の傷を押さえながら零した。愁二郎だけでは突破は難しい。傷が気に掛
かるが、甚六の力も不可欠である。

「それにしても凄いな。弾丸まで捉えられるようになったのか」

正直、先刻は驚いた。昔と比べ、貪狼の質が格段に上がっている。

「修練を続けたからな。愁兄は怠けていただろう？」

「ああ、戊辰の後は剣を握りもしなかった」

「それがまた……か」

甚六は天井を見上げて細く息を吐いた。

「逃れられないのかもしれないな」

「馬鹿言うな。そんなはずねえ」

愁二郎が呟くと、甚六は真剣な面持ちで否定した。ずっと独りで宿命に抗ってきた
のである。断固たる意志を感じた。甚六は話を引き戻した。

「貪狼には成長の余地があった。おかしいと思わないか。何故、まだ伸びるのか」

甚六は十年以上前にそれを疑問に思って、京八流に何か秘密が隠されていると考えた。貪狼に伸び代があったこと、二つ以上の奥義を持っても単純に強くはならないこと、さらに源義経のこと、それらから甚六はある仮説に辿り着いたという。

「継承戦は無かっただと……」

愁二郎は絶句した。

「幻刀斎は明らかに狼狽えていた。ほぼ間違いねえ」

いつの時代か、誰かが、全ての奥義を独占しようとした。その者は見事に目的を達し、自身の悪事を隠すため、継承戦をでっち上げたのではないか。恐らく「岡部幻刀斎」も、何らかの理由で、その時に誕生したものではないかと。

「本来、京八流は八人で受け継ぎ、八人の力を合わせて敵に臨むものだった」

甚六は自身の仮説をそう締め括った。二つ以上の奥義を持つ己と四蔵で話していた。一人で八つの奥義を持つより、八人が一つずつ持って戦ったほうが強いと感じていると。甚六の言う通りだと腑に落ちる。

「では……何故、文言だけで継承出来る……」

愁二郎は渇いた喉を絞った。奥義は「言葉」だけで継承が能う。継承戦を行うためではないのか。これにも甚六は一つの答えを持っていた。

「もし、誰かが斃れた時、他の者に受け継ぐため……じゃあないかな」

甚六は穏やかに言った。もし真にその通りだとすれば、京八流は忌々しいものではなく、慈愛に満ちたものだということになる。答えは明らかではない。が、甚六の言葉は信じられるもので、何よりそうであって欲しいと思えた。

限なく探せ、建物の中かも知れない、などと外から声が聞こえる。もうそれほど時は残されていない。

「動くぞ」

「待て。まだ話がある」

甚六は限られた時間の中、懸命に何かを伝えようとする。その前に一つ訊きたい。そう前置きして甚六は尋ねた。

「北辰と武曲、完璧には同時に出せないだろう？」

「ああ……彩八に聞いたのか」

「いや、やはりな」

甚六は自信を漲《みなぎ》らせながら続けた。

「奥義には相性があるんだ」

それは己も朧げに感じていた。四蔵は廉貞と破軍、廉貞と巨門は同時に遣う。が、破軍と巨門は切り替えねばならぬと話していた。しかし、相互の相性があったとしても、一人で八つの奥義を得なければ全てを確かめ得ない。

「いや……多分だ。多分だけど解る。順番なんだよ」

「順番?」

愁二郎は鸚鵡返しに訊いた。

「一から八。隣り合わせが悪く、最も遠くが良いんだ」

北辰、武曲、禄存、破軍、巨門、貪狼、廉貞、文曲。北辰と七星の順であり、兄弟の名に含まれた数の順番ということである。

例えば、愁二郎が持つ北辰と武曲は隣り合わせだから相性は悪い。四蔵の破軍と巨門も同じ。一方、彩八の文曲と禄存は三つ離れている。彩八は確かにその二つの奥義を難なく同時に遣っている。

「文曲と最も相性が良いのは、破軍ということか」

「ああ、そうなる。そして、愁兄の武曲の対は……」

甚六はそこで一度言葉を途切り、

「貪狼さ」

と、不敵な笑みを浮かべた。

「お前……まさか……」

「愁兄、受け取ってくれ」

「駄目だ。諦めるな」

愁二郎は頭を横に振った。

「よく聞いてくれ。これしか道は無いんだ」

甚六は射貫《いぬ》くような眼差しを向けた。着物をはだけて腹部を見せる。銃創があり今なお血が溢れ出ている。位置からするに肝臓を貫かれている。さらに右腕、左腿も血は止まっていない。ここまで動けたことに驚くほどの傷である。

「彩八から聞いた。奥義を渡しても暫くは遣えると」

三助がそうであった。奥義を渡しても、彩八に託した後も、禄存を使って幻刀斎に挑んでいたと。恐らくは奥義の影のようなものが暫くは残るのだろう。

「貪狼が二つあればここは抜けられる」

甚六は自信を漲らせてはっきりと断言した。

「甚六……駄目だ……諦めるな」

愁二郎は再び繰り返す。十三年の時を超え、今ようやく再会出来たのだ。まだ話したいことが沢山ある。聞きたいことが沢山ある。もう一度、共に生きたかった。

「こっちの科白だ。幻刀斎を必ず倒してくれ。諦めるな」

愁二郎の震える肩に手を置き、甚六は囁くように、その言葉を告げた。

奥義の継承はたったこれだけだ。甚六の言う通りだと改めて思った。継承戦で勢い余って殺してしまったら、どうやって受け継ぐというのか。その時は師から受け継ぐと聞いていたが、やはり仕組みそのものがおかしい。京八流は奪う剣ではなく、想いを受け継ぐ剣なのだ。

「行こう」

愁二郎が口を結んで拳を固める中、甚六は抜けるような笑みを見せた。

三

二階の窓から、隣の家屋の屋根に降り立つ。

「失うなよ」

愁二郎が懐に札を入れるのを見て、甚六は言った。奥義だけではない。首のものを残し、全ての札も受け継いだ。その数、十九点である。

「ああ。必ず」

数百の血眼が捜しているのだ。この時点で早くも気付かれた。笛と怒号が浴びせられる中、さらに隣の屋根へ、次いで地に降り立って、陽に向かうように疾駆する。南へ、港がある方へ。

「来るぞ！」

甚六が先陣。愁二郎はそのすぐ後ろに付き、真一文字に突き進んでいく。阻むは雲《うん》霞《か》の如き軍兵。黒光りした筒をこちらに向けていた。

「貪狼、あと一度だけ……全てを振り絞れ」

甚六が長年連れ添った相棒に語り掛けた時、轟音が響き、硝煙がぱっと広がった。生まれて初めて聞いた。空を捩じり伏せるような怪音。甚六の腕の唸りである。次の瞬間、割鉦《われがね》を乱打したようなけたたましい音。甚六が弾幕を切り裂いたのである。

――全ては落とせねえ。きっと弾丸が躰を貫いてくる。

甚六はそう話していた。だからこそ使え。肉を抉って威力の落ちた弾丸ならば、受け継いだばかりでも必ず捉えられると。

「貪狼……」

愁二郎は唸るように名を呼んだ。貪狼は肌の奥義。僅かな風の流れを感じ取って身を委ねる。甚六の躰を抜けた弾丸の揺らぎを感知し、愁二郎の手が自然と動いた。ばちんという音が立ち、弾丸が明後日の方角へ飛んでいくのが判った。

「愁兄、上手いぞ」

甚六の声は未だ快活。が、口元から飛沫が飛んで来た。血を吐いている。弾が胸を貫いたのである。

「予想通りだ」

甚六が笑っているのが判った。

――銃撃を加えて尚、仕留められずに斬り込みを受けた時、兵たちは必ず乱れる。

甚六はそう語っていた。これは兵が戦闘経験の無い平民だから。攻撃している時は平然としていても、自身が死ぬかもしれないという恐怖が擡げた瞬間に一気に崩れる。昨年の西南の役の折も、薩摩兵の斬り込みを受けて幾度となく崩壊し、故に士族の警官による抜刀隊を結成して補ったのである。

今、言葉の通り、眼前の兵たちが凄まじく狼狽している。次弾の装塡も覚束ないほどに。中には早くも身を翻して逃げ出す者さえいた。

射撃はてんでばらばら。甚六は斉射でなければ難なく防いでいく。さらに恐慌する軍勢を見据え、甚六は振り向かぬまま言った。

「四蔵兄に伝えてくれ。世話になったと」

「解った」

「彩八には泣くなと」

「ああ」

「愁兄、後は任せた」

兄弟で打ち合わせた通り。甚六が軍勢に衝突した刹那、愁二郎は武曲でその背を抜き去った。慌てふためく兵卒の間を縫いながら、背を踏んで飛び越えながら、愁二郎は潜り抜けていく。サーベルが頭上に降って来たが、貪狼が容易く吹き飛ばす。これも甚六の予想通り、武曲と貪狼は全く干渉し合わない。いや、相性が抜群であった。まるで己たちのように。

甚六の咆哮が遠くなる。薄らいでいく。消えていく。愁二郎は共に笑いあった日々を胸に、千切れ雲の如く霧散しはじめた軍勢の中を駆け抜けていった。


——残り、十一人。

拾《ジユウ》ノ章　鉄《くろがね》の路《みち》

一

横浜市中を早足で行く。灯明台局を左側に見ながら進めば、やがては波止場に行き当たると聞いている。予め決めた十分を過ぎても、愁二郎は戻らなかった。いや、戻れる状況では無かったのだ。彩八にもそれは判る。

愁二郎と甚六ならば、きっと軍の包囲を抜けられる。港に来ることは出来ずとも、横浜から出ることが出来る。そう信じて港を目指すしかない。足手纏いにならぬためにも。

「彩八さん……」

顔を少し顰めたのを見逃さず、

と、双葉が不安げに呼んだ。

「心配無い」

先刻から銃声が聞こえている。それは双葉や進次郎の耳朶にも届いているだろう。ただそれが何挺に拠るものまでかは判らない。しかし、緑存ならば判ってしまう。あまりに多過ぎるのだ。聞こえて来る度、二人の兄の安否が気に掛かった。

半鐘が絶え間なく鳴り響いており、横浜中が騒然となっている。が、この辺りはまだ銃声から遠いこともあり、人々は落ち着きを保っていた。

「英国が攻めて来たのじゃないか」

「いや、歩兵第一連隊が謀叛《むほん》したらしい」

「戸部《とべ》牢屋敷《ろうやしき》のほうだ。きっと脱獄があったんだよ」

「いや、凶賊が暴れていると聞いたぞ」

人々が口々に発する憶測を、彩八の耳は余さず捉えていた。噂話をするくらいなので、やはりまだ若干の余裕があるということだ。

大きな通りに出たところで、建物の隙間から船が覗き見えた。あの辺りが波止場ということである。進次郎は溜息を宙に溶かして、しみじみと言った。

「もうすぐですね」

二人の蠱毒は間もなく終わるのである。幾度も危険に晒され、一度は命を落とす覚悟も決めた。ようやく生き残れるという実感が込み上げて来たのだろう。

「最後まで油断はしないことね」

彩八は常に周囲の音に気を配っていた。長靴の跫音は方々から聞こえる。横浜にいる軍人の数は千を超えるという。全員が一所に集まれば他の警備が薄くなってしまう。半分ほどは集結せずに見廻りを続けているらしい。

「そうだ。彩八さんこれを」

「私も」

進次郎は懐から袋を、双葉は内紐に括りつけた巾着を、それぞれ取り出して渡して来た。共に中には蠱毒の点札が入っている。

「そうだったな」

彩八は受け取って襟元に忍ばせた。二人は蠱毒を離脱するため、もはや札は不要となる。別れる前に受け取ることを決めていたのだ。

「今、響陣さんも含めて全員が二十点を持っているので……合計で百点。これで東京に入れます」

進次郎は点数を繰って確かめた。最後の関門である品川宿を抜けるには、一人三十点が必要となってくる。己、愁二郎、響陣の三人ならば、この点数で十分に足りる。

「響陣さんは何処かな……」

双葉はずっと気にしていた。話題に上ったことで改めて辺りを見渡した。

響陣は昨日に横浜に入っているはず。未だに接触が無いのは、混乱で己たちを見つけられ無いか、宿場が厳重になったことで同じく遅れているか。あるいは何者かに討たれたかのいずれかである。

「あいつに限っては滅多なことはない。二人を船に乗せた後に探してみる」

柘植響陣の実力は兄弟と比べても何ら遜色ない。余力を残しているようにすら感じる。幻刀斎を討つのに協力してくれる約束なのだ。生き残っていて貰わねば困る。

「何……」

思案に耽っていたが無理やり引き戻された。禄存が異様な声を捉えたのである。

「どうか――」

進次郎が尋ねようとするのを、彩八はさっと掌で制した。やはり間違いない。絶叫である。また新たに一つ、叫喚が上がった。人々の煩雑な声に混じり、常人には聞き取りにくいがかなり近い。

「急ぐぞ」

彩八が促したその時である。これは双葉たちにも聞こえて勢いよく振り返る。銃声である。それも一発ではない。二、三、四、まだ続いている。

気付いたのは衆も同じ。すでに不安は募っていたのだ。一斉に顔色を変え、悲鳴と共に少しでも銃声から離れようと走り出した。

「まずい」

彩八は舌打ちをした。商店から、旅籠から、飯屋から、先々の幾つもの道から、人々がどっと飛び出して来た。彼らの動きは図ったように同じ。一旦、左右を見渡した後、すでに逃げている者につられるように、同じ方向へと駆け出していく。

往来は瞬く間に一変した。今までも人は多かったが、一気に数倍に膨れ上がり地が見えぬほどになっている。

「行くぞ!」

彩八は鋭く叫び、双葉と進次郎も走ろうとする。が、すでに道が滞り始めてまともに進めない。その時、彩八の耳朶は厄介な名を捉えていた。

「振り返るな」

彩八は予め言った。阿鼻叫喚が近付いて来ているのだ。が、遂にすぐ後ろで悲鳴が聞こえたので、進次郎が咄嗟に振り返ってしまった。

「え……」

進次郎の表情が凍り付く。やはり目敏く見つけたらしい。すぐに聞き覚えのある嬲るような声が飛んで来た。

「おいおい、お前はあの時の小僧じゃねえか」

「貫地谷無骨……」

彩八も振り返って睨み付けた。

「お前もいたな。そっちはあの小娘か？」

常軌を逸している。無骨は抜き身の刀を肩に乗せている。人々は顔面蒼白で道を開けるため、無骨は悠々とした足取りで近付いて来る。

「二度の最後尾は失格だから急いだが……楽しくなってきたな」

無骨は笑みを浮かべながら、腰を抜かしている中年の男を、ためらいもなく斬り捨て、何の躊躇もなく骸の上を踏み越えた。

「賊、止まれ！」

軍兵が十数人、銃を構えながら走って来た。顔が朱に染まっている者もいる。先刻、彩八が聞いたのは軍人が制止する声。そして、小馬鹿にする無骨の声。その後、絶叫が二つ。つまり無骨は軍人を斬り伏せ、こちらに来たという訳である。

「これでも撃てるのか？」

這って逃げる女。無骨はおもむろに髪を掴むと、無理やり立たせて盾にした。

「貴様……卑怯な」

「こっちの科白だ。つまらねえもん使いやがって。腰のそれは飾りか」

兵卒は銃剣を腰に装備している。これは銃先に付けるのは勿論、脇差のようにしてそのままでも使える。士官はサーベルか日本刀の帯剣が許されており、無骨が睨んだ者は業物らしき刀を差していた。

「鳴海宿での私闘。さらに小田原から戸塚までの五宿で軍人を斬殺……相違ないか」

時間を稼ごうとしているのか。士官が問い掛ける。

「間違いねえ」

無骨は全く悪びれずに返す。

無骨はかなり後ろにいたはず。それが同日に横浜に入れた理由がこれで解った。こちらが訊問に時を要したのに対し、無骨はそれらを問答無用で突破してきたのである。

それが東に伝わったからこそ、己たちは藤沢、戸塚の両宿でさらに厳しい詮議を受けることになったのだ。

「いい加減、抜けよ」

「……狙い続けろ」

無骨の挑発に応じず、士官は部下たちに命じる。

「これで撃てるか？」

無骨は女を突き飛ばすと同時、さっと位置を変えた。

「よおく狙えよ。他の奴にも当たるぜ？」

そこで諸手を広げて呵々と笑い飛ばす。背後には多くの衆人。弾が逸れれば怪我人、死人が確実に出る。士官が歯を食い縛って堪える中、彩八らは少しずつ波止場に近付く。

「止めておけ」

進次郎が懐に手を入れようとしたので、彩八は小声で止めた。ここで拳銃を放てばさらに恐慌が増してしまう。それに無骨はこちらに向かって来るだろう。一定の膠着がある今のまま、じりじりと距離を空けたい。

拮抗が破れたのは突然だった。新たに五十人ほどの軍人がこちらに向かって来ていた。士官はそれに気付くや、手柄を奪われたくないと思ったか、それとも援軍に勇気を得たか、

「抜剣！　掛かれ！」

と、大音声で号令を発したのである。

無骨は嗤いながら片手で刀を薙いだ。一瞬で兵卒の顔が真一文字に割れる。手首を巧みに返してまたもう一人。喉から顎にかけて裂け、血飛沫が高く舞い上がった。

こうなればもう混乱の極致である。恐怖に硬直していた人々も、我先にと他者を突き飛ばして逃げようとし、渋滞を押してさらなる混雑を生む。

「刻舟は何処だ!?」

無骨は己たちを忘れていない。此方に鋭い眼光を飛ばしながら、また兵卒の脳天を叩き斬った。

「知るか」

彩八が吐き捨てると、無骨は不気味な笑みを浮かべた。

「お前らの誰かを捕まえれば現れるだろう」

「やれると思うか」

「お前は無理だろうよ。だから斬る。娘にしよう。小僧を生かして呼びに行かせる」

妙案を思い付いたかのように満足げであるが、発想が狂気じみている。行く手を阻もうとする兵卒を一刀のもとに屠り、無骨はこちらに向かって来る。

「二人とも下がってろ」

もはや戦いは避けられぬ。彩八は二刀を抜いてこちらから躍りかかった。小刻みに連撃を繰り出すが、無骨は的確に受ける。粗暴さに似合わぬ繊細な動きである。

「お前もいいじゃねえか」

「文曲……」

十指を躍動させ、軌道を曲げた斬撃を見舞う。

「おっ」

無骨は眉を開くものの、文曲での攻撃さえ即座に対応する。やはりこの男、強さだけは申し分ない。応酬が繰り広げられる中、士官が刀を掲げて向かって来た。己が戦っている今なら、背を斬れると思ったらしい。

「待て――」

彩八が止めようとした時には遅かった。士官は右腕を切り落とされ奇声を上げる。その右腕、無骨は地に落ちる前に摑み、こちらに向けて投げた。彩八が払った時、無骨は脇を駆け抜けていた。

「双葉！」

彩八が叫んだ。己では物足りなかったのだ。いや、愁二郎に異常な執着を見せている。呼び寄せる餌になる双葉を狙っている。

彩八は追おうとする。進次郎が懐に手を入れようとする。しかし、もはや間に合わない。無骨の嬉々とした背、双葉は恐怖に引き攣った顔。その間に、流星の如く、巨大な影が飛び込んで来た。


「You alright?」

何を言っているのかは不明。しかし、彩八は確かに声を聞いた。次に鈍重な音を捉えた時、猛牛に衝突されたように無骨は横に吹き飛んだ。

「ギルバートさん⁉」

双葉が吃驚の声を上げたことで、彩八もその正体が判った。別行動をしていた時、双葉たちと遭遇し、愁二郎と互角の戦いを見せたという異国人である。

言わばただの体当たり。しかし、恐るべき威力である。宙から落下してなお、無骨は砂埃を上げて地を滑った。

「怪我はないかい」

「はい！」

ギルバートが尋ね、双葉が弾んだ返事をする。

「何だあ……てめえはよ」

無骨が頭を摩りながら膝を立てる。

「You're a nutter」

「あ？　何て言った」

「罵ったのだよ」

「殺す」

無骨が猛然と向かう。ギルバートは素早くサーベルを抜き、腰の斧を回しながら手に取った。無骨の強烈な一撃を受け止める。しかもサーベルを持つ右手で。凄まじい腕力だ。

無骨もこれには顔色を一変させ、雨の如く立て続けに乱撃を浴びせる。速さでは無骨が勝り、ギルバートは防戦一方。

無骨は斬撃を放った後、股間を痛烈に蹴り上げた。が、ギルバートは肘でしかと受けている。そこで斧を地に落として手を空にするや、無骨の足を鷲摑《わしづか》みにし、猛虎のような咆哮と共に身を回して放り投げた。無骨は高らかに宙を舞い、店先に並んだ棚に激しい音を立てて墜落した。

「双葉、行くぞ」

彩八は促した。今の間に人がやや減り、隙間を抜けていけるようになっている。

「ギルバートさん！」

双葉が呼び掛けた。無骨と戦う危険もあるが、数十の軍人が無骨のもとに殺到している。あれに巻き込まれれば、ギルバートとて無事では済まない。

「あいつを倒さないと。札が足りないんだ」

蠱毒参加者も残るところ僅か。次に会敵する保証はない。ここで札がまだ足りないならば、彩八とて同じようにしただろう。

「心配無い。一緒に来て！」

双葉がなおも訴える。ギルバートは一瞬迷いを見せたが、巨軀を翻して続いた。

「何故、ここに」

横まで来たギルバートに向け、双葉は訝しげに訊いた。横浜は東海道から逸れている。それにこの間、横浜の警備が厳重になると教えてくれたのはギルバートなのだ。

「大使館の知人に手紙を託しに来た」

その知人は英国船に乗って本国へ戻ることになっているという。ギルバートは手紙を渡して、家族に届けて貰えるように頼んだらしい。

「もっと早くに着くつもりだったが、宿場でかなり足止めされてしまってね」

文明開化を謳《うた》ってはいるが、横浜などではともかく、宿場では碧眼《へきがん》金髪の異国人はどうしても目につく。此度、来るのが英国要人とあって、同朋《どうほう》で恨みを持っている者がいないとも限らない。宿場での詮議は己たち以上になったようだ。

「手紙……間に合って良かったね」

「ああ、ありがとう」

ギルバートは彫の深い顔を緩めた。

「こちらこそありがとうございます。あと何点足りないのですか？」

「五点だが……」

「彩八さん」

「解った」

彩八は受け取った袋の中から、五点分をギルバートに差し出した。

「君たちの分だ。貰えないよ」

「私たちはもう必要ないんです。蠱毒から脱けられます」

双葉は周囲を気にしながら小声で囁いた。

「本当かい？」

ギルバートが不安そうに尋ねるので、彩八が代わって答えた。

「百点ある。こちらで残るのは三人。五点渡しても足りる」

「感謝する」

ギルバートは札を受け取ると、額に戴《いただ》くようにして腰の袋に入れた。

「港から……？」

声を落とし、ギルバートは訊いた。

「はい。船に」

「そうか。見送ろう」

ギルバートが微笑んだその時である。背後から悲痛な声が上がった。まさかと振り返った彩八の両眼に飛び込んで来たのは貫地谷無骨。雑踏を薙ぎ倒し、血飛沫を上げ、こちらに向かって走って来る。

「しつこい奴め……」

彩八は憤慨を零した。仕留められなかった軍の不甲斐なさにも苛立つ。波止場はもうすぐそこである。双葉と進次郎だけ行かせるしかない。彩八が覚悟を決めた時、

「いや、まだ何があるか判らない。最後まで一緒に」

と、ギルバートが心を読んだように言った。その言葉通り、近くの半鐘が激しく鳴り始めた。非常事態宣言を伝える鐘である。人々はさらに浮足立ち、押せ、退け、邪

魔だ、との我儘《わがまま》の声が方々から沸き立ち、まるで火事場のような混雑となった。が、無骨には関係ない。押し分け、乗り越え、斬り伏せて、ぐんぐんと近付いて来る。

「私に任せて行きなさい」

「駄目です！」

ギルバートの申し出に、双葉が必死に反対する。宮宿で双葉のために無骨と戦い、散った剣客がいると愁二郎が言っていた。そのことが脳裡に過ぎったのだろう。しかし、ギルバートは無精髭《ぶしょうひげ》の生えた頰を緩めた。

「妻と四人の子どもがいる。ここで君たちを守らなければ嫌われてしまう。絶対に死なないから安心しなさい。適当なところで逃げるから」

心配かけまいとする言葉の数々に、双葉も唇を嚙み締めて大きく頷いた。

「ありがとうございます！」

「Bob's your uncle」

ギルバートは脚を止めて身を翻すと、再び斧とサーベルを両手に待ち構えた。暫くすると無骨の狂気に満ちた声、ギルバートの猛々しい咆哮が聞こえ、辺りの絶叫をさらに大きいものにしていた。

二

彩八たちは振り返らずに行く。振り返る余裕は無い。強烈な混雑、芋を洗うような有様である。無理もない。後ろには見境なく殺す異常者がおり、時折銃声までも聞こえてくるのだ。人々は思考を止めて、とにかく離れるように波止場へと向かう。あまりの犇めきに、先の方では押されて海に落下した者も出ている。

「どの船だ……」

船には駅逓局の「丸に一引き」、通称「くしだんご」と呼ばれる意匠の旗が掲げられているらしく、彩八は目を凝らして探した。

「あれ！」

双葉の視線の先の船、件の旗がたなびいていた。軍艦には劣るものの、周りに比べてかなり大きな船である。

「自分のことだけを考えろ！」

彩八は二人に向けて叫んだ。殺到している者たちは船に乗る訳ではない。ただ、当てもなく詰めかけているだけ。掻き分けて抜かそうが、押して海に落とそうが、命を賭けた遊びを続けさせられる訳ではない。今はただ、己のことだけを考えればいい。

進次郎は肩を入れながら人混みを分けていたが、ふっと空間が生じてよろけて前に出た。

「気にするな！　先に行け！」

進次郎は顎を引くように微かに頷き、さらに前へと進む。一方、背が低い双葉はかなり苦しい。屈強な男の肩に、年増の尻に押され、人の波に流されていく。

「摑まれ！」

彩八は手を伸ばした。双葉は圧に呑み込まれそうになり、手を引き抜くのもやっと。懸命に手を伸ばすものの、躰が沈み込んで僅かに届かない。

「そのままにしていろ！」

彩八は身を乗り出して、さらに手を遠くにやる。指が触れた。その瞬間、するりと絡ませて一気に引き寄せる。

「ありがとう……ございます」

彩八が抱き寄せた時、双葉の息は荒く、顔色も頗る悪かった。

「このまま離れるな。進次郎は……」

船の方に目をやった。人が流れて危険だからか。入り口の扉は閉められており、進次郎は下げられた梯子《はしご》を上っている最中であった。

「あれは」

甲板には何と、前島密の姿があった。手配をするだけでなく、自らが乗り込んで駆け付けてくれたのだ。進次郎は船に乗り込むなり、

──まだ双葉がこの中にいます。

と、こちらの方を指差して叫ぶ。普通ならば騒ぎで聞こえないが、禄存ははっきりと捉えていた。

「何……」

彩八は思わず漏らした。前島が進次郎に向けて状況を説明する。その内容は、

──更なる軍艦が港に入る。急いで退避せねばならない！

と、いうものだったのだ。誰一人、横浜で何が起こっているのか全貌を把握していない中、非常事態宣言を告げる半鐘が鳴らされた。よりによって、英国要人が入るという日に。英国大使館から事態を鎮静化させろと問い詰められている。さもなければ、此度の入港は取り止めにすると。

陸軍が不甲斐ないことに業を煮やし、いや、そもそも犬猿の仲だけあって、海軍はここぞとばかりに出張ろうとしている。軍艦を波止場に接舷させ砲を向けて威圧、そ

れでもって恐慌を鎮めようとしているらしい。実際に砲弾は撃たぬ。が、海軍のことだから、空砲の二、三発は撃つかもしれないと前島は早口で語る。

「……馬鹿な」

そのような事をすれば、余計に事態は混迷を極める。しかし、海軍はやるつもりだ。前島が乗っていることを知り尚、速やかに波止場から離れろと恫喝《どうかつ》したという。

「双葉、許して」

船に乗れないことではない。船には乗せる。何をしたとしても。罪が無いことは解っている。命を奪うような真似はするつもりはないが、腕や脚を斬りつけて散らすしか道はない。

「駄目」

双葉は勘違いしていない。己がしようとしていることを察している。

人を傷付けることもだが、己にそのようなことは絶対にさせたくない。双葉の眼からはその強い意志を感じた。

「私も東京まで行きます」

双葉は真っすぐに見つめてきた。

「駄目だ」

今度は彩八が止める番であった。が、双葉は凜乎として言い放った。

「大丈夫。皆と一緒なら」

ただ怯えてるだけの、弱々しく、一人では何も出来ない、出逢った時の面影はなかった。そこにあったのは一人の覚悟を決めた女の顔。彩八もまた腹を括って頷いた。

「解った。行こう」

彩八が決断を下すと、双葉も力強く頷く。

「躰に力を籠めろ。少しだけ耐えていろ」

そう指示を出すと、彩八は腕で這い上がるようにして人混みから頭を出した。そして、船上に向けて、

「行ってくれ！」

と、手を縦に振って合図を出す。進次郎が真っ先に見つけ、前島に促す。こちらの声は届かないが、向こうの会話は聞こえており、伝わっていると確信した。

「構わない。行ってくれ！」

伝わって尚、前島が迷いを見せているので、彩八はさらに大きく手を振った。

——聞こえていますか！

進次郎の声に、彩八は手を旋回させて応じる。

──本当に行ってもよいのですか⁉

これに対しては、また押すように手を縦に振って承諾した。己がこの距離でも声を拾うことを聞き、前島は口に手を添えて大声で叫んだ。

「承知した」

彩八は呟くように応じると、足を地に戻して双葉の手を引いた。

「こっちだ！」

「はい！」

何処へとは聞かれなかった。彩八は肩を捻じ込むようにして、灯台が聳える北西に向けて進む。

互いに強く手を握りしめながら、二人は汽笛を背にして人混みを割って行った。

ようやく群衆を抜けた。人とは奇妙なものだ。波止場にぶつかれば左右に逃げれば良いのに、混沌《こんとん》の渦中に嵌まれば、そのような単純なことにさえ頭が回らない。

彩八らは海岸線を走る。風が強くなり始めたからか、打ち寄せる波浪に白みが増している。高まる潮騒《しおさい》の中、彩八は行き先を示した。

「あの灯台の向こうだ」

「あの先に船が?」

双葉がそう思うのも無理はない。灯台は湾の端に建っている。真っすぐ行けばまた海にぶつかるのである。前島が新たな船を回すのかと思ったらしい。

「違う」

確かに前島は乗れと言った。が、船ではない。

「陸蒸気《おかじようき》……横浜停車場へ行く」

彩八が言うと、双葉はえっと声を上げた。

今から六年前の明治五年（一八七二年）、横浜は歓喜に沸き上がった。横浜から東京新橋までの路線が開通したのである。途中の何ヵ所かは海を埋め立てて堤を作り、その上に線路が布かれたという。海を突っ切る恰好となったことで、当初予定していたよりもさらに早い移動が可能となった。

東京までの時間、僅か五十三分。それまでは馬車を用いても四時間かかっていたのだから、驚くべき早さといえよう。これを使い、一気に東京に入る。

——工部省に打電する。横浜停車場で蒸気機関に乗れ。四蔵も乗ったもので恐ろしくはない。合言葉は「串団子より願う」だ。それを伝えれば乗れるように急ぎ手配をする！

前島は船上からそう一気に叫んだのである。前島は工部省と昵懇《じっこん》と話していた。恐ろしくないとわざわざ付け加えたのは、一度脱線したことで騒ぎになったからであろう。結果、四蔵が東京までかなり早く辿り着けたことも腑に落ちた。

「陸蒸気……」

双葉は嘆息混じりに言った。

「頬が緩んでいるよ」

「ごめんなさい。一生乗れないと思っていたので」

「私もね」

彩八も苦く笑った。明治七年（一八七四年）に大阪と神戸、明治十年（一八七七年）に大阪と京都の間で、鉄道が開通して運行が始まっている。彩八は大阪にいたので見たことがあるが、運賃がかなり高いこともあって乗ったことは無かった。横浜から新橋までの運賃も、最も安い下等車両で三十銭、白米が七升は買えてしまう額である。

「近付いてきたぞ」

灯台が徐々に大きくなってきた。前島は最後に横浜停車場の場所を、

――灯台の脇、弁天橋《べんてんばし》を渡ればすぐだ！

と、付け加えて叫んでいた。その時、何処かから、

「おーい！」

と、呼ぶ声が聞こえた。双葉の顔にさっと喜色が満ちる。辺りを見渡すが、声の主の姿が見当たらないらしい。

「あそこ」

彩八は一発で位置を捉えて指差す。煉瓦造りの巨大な建物、その屋根から手を左右に振っている。

「響陣さん！」

「双葉、無事やったか」

「捜したよ」

「それはこっちの科白や。今、行く」

苦笑するや否や、響陣は窓枠を順に踏みながら軽やかに降りて来た。

「昨日から何処におったんや」

「違うの。私たちは今日入ったばかり」

「何や、遅刻か。ずっと探し回ってたで」

「響陣さんは何でこの建物に？」

双葉は立派な建物を見上げながら尋ねた。

「これ、横浜郵便局。俺らと言えばこれやろ。電報を打ちに来るんやないかと思って来たんや」

「そうなんだ」

「偶々かい」

双葉の空返事を受け、響陣はまた苦く頰を緩めた。

「進次郎はどうした？」

響陣は険しい顔になって周囲を見渡した。

「詳しいことは後で話す。簡単に言えば、双葉と進次郎は船で逃がすことになった」

彩八が割って入って端的に説明した。

「良かったな……ほなら何でここに双葉がおんねん！」

響陣はふと気付いて吃驚する。

「乗れなかった……ううん。乗らなかったの。最後まで皆と行く」

双葉がはっきりと言い切ると、響陣はふっと息を漏らした。

「そうか」

「愁二郎さんは――」

双葉が続けて教えようとするのを、響陣は遮るように言った。

「それや。えらいことになってるやんけ」

「知ってるの？」

彩八の問いに、響陣は深く頷いた。

「あの騒ぎや。誰か巻き込まれたんやないか。そう思って向かったんや。ほなら愁二郎がおるからな」

「会えたの!?」

「いや、豆粒くらいの大きさで見えただけや。周りを軍が取り囲んでいる。あれは流石に俺一人では無理や」

響陣は口惜しげに続けた。

「でも三人の姿は見えんかったからな。郵便局かと思ったたって訳や。彩八、二人で助けに行くぞ」

響陣が顎を振って行こうとするが、彩八は首を横に振った。

「心配ない。放っておこう」

「阿呆。あんなもん誰でも一人じゃ抜けられへんぞ」

「一人じゃないから大丈夫」

「確かにもう一人いたな。なるほど……あれが蹴上甚六やな」

響陣は顎に手を添えながら得心した。

「ここで合流出来ない時は、東京でと話してある」

「愁二郎なら心配ないか」

響陣は片笑みつつ頷いた。

「行こう」

彩八はまた脚を動かし始めた。双葉もすぐに続く中、響陣は逆方向を指差す。

「横浜を出るならこっちやぞ」

「横浜停車場に行くの。陸蒸気で東京へ行く」

「それは楽でええな。札はあるんか？」

「あっ……足りない」

双葉は愕然となった。進次郎から受け取った二十点を足して六十点。双葉もあの時はまだ船に乗るつもりだったので、ギルバートにそこから五点を渡してしまったので、五十五点になっている。

「違う。進次郎さんの胸の札も……」

双葉は思い出したように続けた。首から札を外しては失格。蠱毒の監視者に始末されてしまう。その為、船に乗り込む直前で外すつもりだったのだ。群衆に分断されてそのままで、進次郎の首の札を回収出来ていない。つまり五十四点という訳だ。

響陣は二十点ちょうど。合わせて七十四点。これでは二人だけしか東京に入れない。

「あの異人に渡してもたんか……」

響陣は額に手を添えた。

「どちらにしても七十九点じゃ足りなかった。それに……それが双葉でしょう？」

彩八がぞんざいに言った。響陣は目を丸くしていたが、やがて溜息と共に頷いた。

「なるほどな。ほなら今はどうする？」

「あんたが六点頂戴。それで私たちが行けるし」

「何でやねん」

「五点、静岡に置いてきてあげたでしょう。利子つけて返して」

「それに俺は富士山に行って、点数を集められへんかったから仕様がないやんけ」

響陣がぶつぶつと零すので、

「ふふ」

と、双葉が笑みを漏らして、響陣が顔を覗き込む。

「どうした？」

「やっぱり皆が揃ったほうがいいなって」

「そやな。後は……」

「愁二郎さんだね」

双葉が頷いた時、灯台のある角を丁度折れて、石畳の大通りに出た。件の弁天橋が見えた。その先、双子のような対称の建物からなる横浜停車場も。

「おいおい……噂をすれば……」

響陣が眉間を摘まんだ。大通りの奥、蠢《うごめ》く黒いものが見えた。人の群れである。こちらに近付いている。黒いのは軍服。百は優に超えるだろう軍人たちが、こちらに向かって来ているのだ。

その先、人波を縫うように疾駆する者。向こうには北辰がある。己たちより早く気付き、双葉の名を呟いたのが聞こえた。もはや間違いない。

「愁二郎さん！」

双葉が弾けるように叫ぶ。

蠱毒に参加した者、業を背負いし者たちが、宿命に導かれたように訪れ、見えない糸に引き寄せられるように集う。この街の不思議な力を感じながら、彩八は潮風を頬で切るように駆け出した。

三

　愁二郎は大岡川《おおおかがわ》沿いを海に向けて走っていた。今なお軍兵を振り切れないでいる。厳密に言えば、幾ら消耗していてもどの兵卒より脚力で勝るため、後ろに付かれても徐々に距離は開いていく。

　が、軍は笛を巧みに使って援軍を呼び、あるいは小隊を切り離して先回りさせ、徹底的に捕捉し続ける。一個の人としては振り切れても、軍という一つの集団から逃げられないでいる。流石、最も訓練が厳しいと言われる歩兵第一連隊だけはある。

　──港へ行く。

　海を目指しているのはその為である。双葉と進次郎はもう船に乗り込む頃だ。彩八と港で落ち合い、あわよくば響陣とも合流。その後、山手《やまて》居留地、山手公園を突っ切り、根岸《ねぎし》競馬場の方へ。滝頭埠頭《たきがしらふとう》を横切って、戸塚宿を目指して東海道へ復帰する。これが愁二郎の描いた当座の計画であった。

「このままだ」

　愁二郎は自らに言い聞かせた。海に突き当たったところで右に折れて港を目指す。

本当は街中を通るほうが近いのだが、それだと関係の無い人々を巻き込みやすいし、いざとなれば海に軍人を落とすことが出来る。今、川沿いを行くのもそれが理由である。

灯台が見えた。横浜停車場を利用する者もいるため、この辺りはどうしても人通りが多い。常に周囲の警戒を怠らぬように、北辰を遣い続けている。その眼が遠く、己が曲がろうとする角から現れた者を捉えた。

「双葉……」

間違いない。何故ここにいるのだ。船に乗れなかったのか。しかし、進次郎の姿は無い。一方、彩八、響陣はいる。どういった状況か見えない。

彩八の耳はすでに今の呟きさえ捉えたらしく、こちらを見つめているのが判った。響陣も、双葉も気付いた。

「愁二郎さん！」

呼ばれたのが口の動きで判った。いや、確かに聞こえた。

「双葉！　逃げろ！」

背後から軍人が迫っている。今ならば巻き込まずに済む。

聞こえたはずだ。少なくとも彩八には。しかし、皆は逃げるどころか、こちらに向かって真っすぐ走って来るではないか。

互いの距離は百メートル。五十、三十、十。再会は丁度、弁天橋の袂となった。

双葉はそのまま愁二郎の胸に飛び込んで来た。

「よかった……」

「船には乗れなかったのか」

「進次郎さんは乗れた。自分で決めたことなの」

双葉は顔を離して凛然と言った。事情は判らないが迷いは感じられなかった。

「久しぶりやな」

「響陣」

「とにかく急いだほうがええやろ」

響陣が顎をくいと振った。

「ああ、行こう」

今しがた双葉たちが来た道へ進もうとすると、彩八が慌てるように制止した。

「違う。こっち！」

「あそこは……」

愁二郎は白亜の豪華な建物へと目をやった。

「前島が手配してくれた。東京まで一気に行く」

「解った」

愁二郎は凡そを理解して頷いた。東京までの最速での移動手段、蒸気機関車を使うというのである。弁天橋を渡り掛けてすぐ、彩八が横に来て小さく訊いた。

「甚六は……」

「すまない。すでに……後を託された」

彩八はそれで全てを察したらしい。救えなかったことを責められる覚悟はしていた。しかし、彩八は一言も詰《なじ》ることなく静かに尋ねた。

「何か言ってた……？」

「泣くなと」

「そっか」

彩八はぽつりと答えると、哀しみを堪えるように唇を噛み締めていた。

軍人は諦めておらず尚追って来ている。仲間の手引きで逃げると見たらしく、こちらを指差しながら何やら喚いている。その時、北辰の宿る眼が異物を捉えた。

「響陣、双葉を頼む」

「ああ……何や？」

響陣は怪訝そうにする。

「札を渡す。最悪、これで三人は東京に入れる」

愁二郎は冷静に言うと、懐から取り出した十六点を響陣に渡した。

「彩八、冷静になれ」

愁二郎は続けた。

「まさか」

彩八は咄嗟に音を探そうとするが捉えられない。今は地蔵のように全く動いていないから当然。動かずにして確実に近付いているのだ。

「あそこだ」

愁二郎が目を向けたのは橋の下。大岡川の流れに乗って海へと進む小舟。船頭は脅されているのか顔面蒼白である。船尾にその男、岡部幻刀斎が不気味に佇んでいる。

「来るぞ」

次の瞬間、幻刀斎は船から飛び出した。川岸の鉄柵に降り立ち、細い欄干を猿《ましら》の如く駆け抜けて来る。その異様な様に日傘を差した貴婦人が仰け反り、俥に乗った富豪らしきものが素っ頓狂な声を上げる。

「塞がれる！」

響陣が言った。己たちはともかく、双葉の脚と比べれば、幻刀斎の方が遥かに速い。弁天橋の向こう側に先に辿り着かれる。

「このまま走れ。俺が――」

愁二郎が言い終わるより早く、彩八が脚を速くした。今しがた甚六の話をしたばかり。冷静になれと言っても無理。己が逆の立場であってもそうしていたはずだ。

「響陣、双葉とそのまま走り抜けてくれ」

「解った！」

響陣の応諾に弾かれるように、愁二郎も脚の旋回を速める。

「幻刀斎!!」

「……衣笠彩八」

彩八が二刀を抜いて苛烈に叫び、幻刀斎は鉄柵から舞って濁った声で呼ぶ。弁天橋の袂、三本の白刃が交錯した。甲高い音が鳴り響き、周囲の吃驚が絶叫へと変じる。彩八は文曲で軌道を曲げる。が、幻刀斎も骨が無いかのように首を折って躱す。互いに有り得ぬ曲線を描きながらの応酬、愁二郎はその中へと飛び込んだ。

「嵯峨愁二郎」

幻刀斎は呪詛の如く名を呼び、こちらに刃を向ける。二対一での戦いが始まる中、響陣と双葉が脇を擦り抜けて橋を渡り切った。

「彩八、無理だ。時間が足りない」

奥義三つ持ちと、二つ持ちでも歯が立たなかった。此度も同じ構図であり、しかも攻撃に特化した四蔵がいない。仮に仇を討てたとしても時が掛かり過ぎる。すぐ後ろに軍が迫っており、残された猶予はもう無いのだ。

「ここで――」

「四蔵も含めて皆でやるんだ」

彩八は反論しかけたが、ぐっと言葉を呑み込む。

「くそ……」

彩八は二刀を振るいながら口惜しそうに零した。

「俺が食い止める」

普通、鉄道は決められた時刻に発着する。出発まであとどれくらいの時が必要なのか。前島が何か手を打ったとしても、機関車を動かすには石炭を熾《おこ》す必要があり、その準備が間に合っているのかも判らない。誰かが殿となって時を稼ぐ必要がある。

「出る時には汽笛を頼む。必ず追いつく。双葉を頼んだ」

愁二郎が有無を言わさぬ口調で続けると、彩八はさっと諸手を引き、身を翻して停車場に向けて走り出した。

「行かせはしない」

幻刀斎が追おうとするが、愁二郎は間に入って遮った。

「こちらの科白だ」

「邪魔ばかりしおって……期待されておるだけあるか」

「何の話だ」

「島田で鎖鎌の男がな。知己なのだろう？」

「備馬……」

「嵯峨には勝てぬと、死の間際にほざきおったわ」

挑発に敢えて乗る形で、愁二郎は竜巻の如き足払いを放った。幻刀斎はひょいと跳んで躱すと、宙で身を回して反撃してきた。振り返ったのではない。下半身は正面を向いたまま、上半身だけをこちらに捩じって。

あまりに意表を衝く一撃。今までならば斬られていたはず。が、刀が迸って斬撃を弾き飛ばした。

「貪狼……受け継いだか」

「受け継いだのはそれだけじゃない」

交錯する刃の先、業が刻まれたような皺顔《しわがお》。愁二郎は睨みながら心魂を燃やした。

――残り、十人。

拾壱《ジユウイチ》ノ章　旅の果て

一

横浜停車場の電信機が工部省よりの特別命令を受けとったのは、午後四時十一分のことであった。

特別命令は工部卿から鉄道局長を経て発せられる。つまり今の場合、井上馨《いのうえかおる》、井上勝《まさる》である。同じ姓だが兄弟という訳ではない。共に長州藩出身であるため、親戚ということは有り得るが、そのあたりは詳しくはない。但し、一緒に留学もしたことがある間柄であるため、肝胆相照らす仲と聞いたことがある。ただでさえ迅速に伝達される特別命令だが、今回の場合だと二、三十分で発せられた可能性もある。

何を措《お》いても最優先に。解除の命が出るまでは、他の省、局、庁、如何なる組織の干渉も受けず、万難を排して遂行する。それこそが特別命令である。

横浜停車場が受け取ったのは初めてのこと。場内に緊張が走り、総員即座に準備に動き始めた。

火夫、平野《ひらの》平左衛門《へいざえもん》もそのうちの一人で、額から汗を流しながら石炭を運んでいた。火夫とは蒸気機関が運転するためのボイラーの火を扱う職である。通称「缶焚《かま》き」などと呼ばれるが、正式名称は「機関助士」という。読んで字のごとく機関士の助手を行うのだが、将来の機関士候補という側面もある。

「特別命令なんて初めてじゃねえか。本当に誰か来ると思うか?」

同僚の落合丑末《おちあいうしまつ》が石炭を熾しながら訊いてきた。

「判らないさ」

平左衛門は滴る汗を拭いながら応じた。横浜停車場設置以降、初めてとなる特別命令。その内容は奇妙なものであった。

ある者が間もなくこの停車場を訪ねるので、臨時で東京まで蒸気機関車を走らせろ。その者には合言葉を告げてあるので、それを以って判断すべし。その合言葉は――。と、その概要はこうであった。

「来るなら誰だ。何処かの卿……あるいは皇族ということも……」

「丑末、口ばかり動かしてないで、もっと手を動かせ」

注意したのは同じく火夫の山下熊吉《やましたくまきち》。生真面目な男で、いつもお調子者の丑末をこのように窘《たしな》めている。平左衛門ら三人がこの仕事に就いたのは同時期、年齢も近いということもあって仲が良い。

常日頃から共にいるのだが、今は特に月のほとんどを過ごしている。現在、蒸気機関の機関士は全てお雇い外国人である。鉄道局は日本人機関士を生み出すべく、来年に機関助士から選抜することが決まっている。この三人は揃って機関士を希望しており、今は厳しい研修の真っ最中なのだ。

「機関士はまだか」

平左衛門はボイラーの様子を見ながら呟いた。

「ああ、四時十一分とはあまりに間が悪い」

熊吉が舌打ちをする。新橋と横浜の間で、一日に出る列車の本数は、午前七時から十二時まで一時間十五分ごとに五本、午後は一時十五分から十一時二十分まで八本の計十三本である。二時三十分に新橋を出て五十八分後に横浜に到着。午後三時四十五分に折り返したばかりなのだ。

件の「ある者」が例えば午後五時前に到着するならば、定時便に乗り込んで貰えば良いのだが、そう上手くいくとは限らないだろう。

機関士はずっと列車に乗りっぱなしで停車場にいる訳ではない。臨時便を出すためすでに呼びに走っては、非番のお雇い外国人機関士を引っ張って来なければならない。すでに呼びに走ってはいるが、外国人は非番の時は遊び回っていることが多く、なかなか捕まえられずにいるといったところだろう。

「よし、俺は車輪の点検を行う」

平左衛門が言うと、

「気合いが入っているねえ」

と、丑末が茶化すように見送った。

平左衛門は嘉永《かえい》二年（一八四九年）に江戸芝露月町《しばろうげつちょう》に生まれた。当年で三十歳となる。先祖代々、加賀《かが》藩お抱えの刀剣商だったが、廃刀令が出て成り立たなくなった。平左衛門が新たな職を探していた時、新橋駅で「一目惚れ」して志願し、新橋火夫見習として採用された。今から四年前の明治七年（一八七四年）のことだ。

平左衛門が惚れたのは蒸気機関ではない。いや、それも好きではあるのだが、その時に惹かれたのは別。新橋駅を降りて来る人たちである。

行きたいところへ、逢いたい人のもとに近付いている高揚、蒸気機関そのものへの興奮、どの人の顔もきらきらと輝いていた。自分もいつか、このように人を運びたい。その一心で今も機関士の勉強に励んでいるのだ。

「車輪よし」

平左衛門はしっかりと確認をした。

現在、準備している臨時便は、イギリスのシャープ・スチュアート社製、官鉄160形後期型蒸気機関車。当初、様々な会社から十両輸入して運用されたが、その中で最も優秀であったため、明治七年（一八七四年）に新たに二両輸入された。つまり平左衛門と同期の車両である。輸入された順に番号が与えられる。この車両の付番は「23」だ。

「何だ……」

平左衛門は顔を顰めた。たった今、外から悲鳴が聞こえたのである。暫くすると、若い新人の火夫が大声で、

「来ました!!」

と、告げた。

「よし、いつでも出せる。走行中の機関車に打電を――」

平左衛門が言うのを遮り、火夫は苦悶の表情で続ける。

「真に乗せてよいものか……場内で意見が割れております」

意味が解らない。命令は出ているのだ。平左衛門が舎に向かう途中、外の騒ぎはさらに大きくなっていた。これが関わっているのか。

舎にはすでに丑末、熊吉も戻って来ていた。車掌、電信員、乗車切手の販売員まで、鉄道に関わる全ての職員が揃っており、その中心で喚く男が一人いた。

これが「ある者」ということだろう。身に着けている服はお世辞にも美しいとはいえず、旅塵にまみれているようにすら見える。とてもではないが、特別命令が出るような要人には見えない。

しかし、皆が判断に迷っているのは、それが理由ではないらしい。切手販売員がまた一人、外から飛び込んで来て、

「やはり軍が追っているようです！　外では乱闘も！」

と、報じた。これが理由だ。

「ええから出せ！　合言葉は言うたやろ！」

男は上方訛りで捲し立てる。

「それはそちらの子が……」

車掌が諸手で宥《なだ》めつつ言った。それで気が付いた。男一人ではない。もう一人、娘がいる。歳の頃は十二、三といったところか。娘は改めて合言葉を口にした。

「串団子より願う。お願いします。響陣さんも……この方も一緒です！」

「ほら、そう言うてるやろ！　あと二人来る！　急いでくれ！」

男が唾を飛ばした時である。また舎に入って来る者があって一同に緊張が走った。知らない女である。その後ろ、もう一人洋服の男が飛び込んで来た。

「彩八さん！」

娘が呼んだので、この女も仲間だと判った。

「行ける!?」

「それが……」

「串団子より願う。早くして！」

合言葉が伝わっていないと思ったらしく、女もまた口にした。命令を受けた時から感じていたが奇妙な合言葉だ。

――駅逓局か。

平左衛門ははっとした。駅逓局の旗は通称「くしだんご」という。この者はそうは見えないが、駅逓局絡みの案件ではないかと予想出来た。

「椽……何であんたが？」

彩八と呼ばれた女が、後ろの男に向けて訊いた。

「鉄道で向かわれるご様子だったので」

「蠱毒じゃ禁止？」

「いいえ。途中、品川を通ります。鉄道の場合、品川停車場。そこで最後の札を確かめさせて頂くことにします」

「そう。邪魔はしないで」

「それは承知しております」

彩八がやり取りをしている最中、車掌が懸命に響陣と呼ばれた男に事情を訊きだそうとする。

「何故、軍に追われているのです」

「いや、追われてるんは俺らやない。外の男や」

「その男は……？」

「仲間や」

「じゃあ、駄目でしょう！」

車掌は悲痛な声を上げ、さらに説得を試みる。

「どちらにせよまだ動かせないのです」

「まだ火が入っていないってことね。あとどれくらい？」

蒸気機関の仕組は知っているらしく、彩八が決めつけて尋ねた。

「いいや、もう火は入った。いつでも出せる」

仕事が遅いと思われたくないのだろう。丑末がむっとして口を挟んだ。

「じゃあ、何故動かせないの？」

「機関士が来ていないのです」

車掌は泣きそうになりながら応じる。実際は動かしてよいか迷っているが、これならば納得するだろうと考えたらしい。

「助けて下さい。行かなければならないのです。私たちを連れていって下さい……お願いします」

娘は目に涙を浮かべて必死に哀願した。

「お嬢ちゃん。新橋までかい？」

その瞬間、平左衛門は口を衝いて尋ねてしまっていた。皆が唖然とした顔でこちらを見る。が、二人だけは違った。丑末はにやりと口辺を緩め、熊吉は呆れたように溜息を零す。

「はい！」

「俺たちが動かす。東京まで走らせるぞ」

平左衛門は疑うことなく、俺たちと言った。事実、二人も止めるどころか力強く頷いている。

「平さん、それはまずいです」

車掌は泣きそうになりながら止めるが、平左衛門は首を横に振った。

「ありとあらゆる手立てを尽くし、万難を排して遂行せよ。何人の横槍も許すまじ。工部卿井上馨……」

打電の内容を改めて読み上げ、平左衛門は続けた。

「こうなるかもしれないと判っておられるのだ。きっと何かのっぴきならぬ事情がありなのだ。責任は取って下さるはず。俺たちは……鉄道を必要とする人を運ぶ。それだけ考えりゃあいい」

平左衛門が言い放つと、横浜停車場職員一同の眼の色が変わった。平左衛門は今一度、大声で叫んだ。

「23番車、新橋まで走らせるぞ！」

さっと皆が散開して準備に入る。誰かが指揮を取らねばならず、平左衛門は自らが買って出た。

「丑、熊、車両を頼む！」

「三分で出せる！」

二人は頷いて機関車の下へ駆け戻る。

「9番車が午後三時四十五分に新橋を出発し、こっちに向かっている。このままじゃ正面衝突だ。もう川崎停車場での擦れ違いは出来ない。鶴見停車場の脇線に入れるように打電を頼む！」

「承知しました！」

電信担当が大急ぎで走った。

「停車場を封鎖だ！」

「やってるよぉ！」

車掌が泣きっ面で停車場の扉を閉める。際の際だったらしく、すぐに扉を激しく叩く音がする。

「すぐに柵を乗り越えて線路から入ってくるぞ。おっちゃん、頼んだ！」

「石上げられたら堪らねえからな」

年嵩の清掃員たちが線路側の柵へと箒《ほうき》を手に向かう。

「あの……」

娘は涙を湛えながらじっと見つめた。

「お客さん、行きましょう。間もなく出発です」

平左衛門は凜然と言うと、三人の客を引き連れて機関車へと向かった。

「わあ……」

と、娘が嘆息を漏らしたので、平左衛門は自分が褒められているように嬉しかった。丑末、熊吉が急げと口々に言い、皆で乗り込んでいく。

「上等客車……出来るだけ前に移って下さい」

客車は下等三十銭、中等六十銭、上等一円と分けられており、上等が最も乗り心地がよく、最も前に連結している。

「最初はゆっくりなのです」

平左衛門は続けた。蒸気機関車は発車しても、徐々に加速するもので、すぐに最高速度になる訳ではない。すでに舎の扉は破られたらしく、軍人たちの怒号に混じり、

「切手の無いお客様は通せません!」

という車掌の悲痛な叫びが聞こえている。職員たちが通すまいとしてくれているが、もはや時間の問題であった。さらに予想通り、柵を越えて来ようとする軍人もお

り、清掃員たちが、

「線路に入っちゃいかん！」

と、箒ではたはたと頭を叩いて防いでいる。

「きっと乗り込まれます」

平左衛門は断言した。この状況からすれば、軍人は蒸気機関車に追い付き、最後尾の下等車両に乗り込んで来る。

車両間に扉がある訳ではなく、車両の外に出て連結部を渡ってこなければならない。走行中の蒸気機関車でそれをやるのは困難である。そもそも素人は恐怖で足が竦《すく》んでしまって外に出る事すら出来ないだろう。上等車両に乗って貰えれば、少なくとも新橋までは、軍人たちは追い付けないという訳だ。

「もう一人は!?」

平左衛門は娘の話を思い出して訊いた。

「汽笛で報せてくれ。必ず乗り込むからと」

「どちらにしても鳴らすさ。丑末！」

「あいよ！」

１６０形が雄叫びを上げる。野太さの中に品がある。何度聞いても惚れ惚れする声である。

「出発進行!!」

平左衛門は前後を確かめて高らかに宣言した。機関の運動が徐々に車輪に送られる。ここの加減を誤れば機関車は動かない。最悪、故障の原因ともなる。

最初は車輪が線路を踏むように慎重に、やがて滑らかに、徐々に加速が始まった。

「平左！　まずい！」

熊吉が身を乗り出して後ろを指差す。舎が突破されたらしく、どっと軍人が乗降場に入って来た。線路に飛び降りて追いつき、下等車両に続々と乗り込んでいく。

「やはりな……こっちに来る肝の据わった奴がいなければいいが」

「仮に来ても心配ない」

彩八は平然とした調子で言い、

「渡ってる途中に落としたるわ」

と、響陣が不敵に笑う。この自信は一体どこから来るのかと首を捻っている矢先、清掃員たちが柵から離れるのが見えた。乗り越えようとした柵に負荷がかかり、どっと倒れたのである。こちらからも軍人が一気に雪崩れ込む。

「あれは……」

平左衛門は唖然となった。柵と共に倒れ込んだ軍人の山を駆け上がり、鳥の如く飛び降り、こちらに真っすぐ向かってくる男がいる。乗降場から入った軍人たちが捕えようとするも、それを蹴散らしつつ足を止めない。

「愁二郎さん！」

娘が叫んで、このとんでもない男が最後の乗客だと解った。

「うわ……」

響陣がふいに顔を顰めた。

「……幻刀斎」

彩八は歯を食い縛る。

「何だ、あれは！」

熊吉が悲鳴に似た声を上げた。平左衛門も同感である。愁二郎という男の後ろを、老人が追い掛けてきているのだ。その速さ、とても年老いた人のものではない。その風貌も相まって妖怪を彷彿とさせる。

愁二郎が手を払ったり、脚を斬ったりと、軍人を殺さぬように苦慮しているのが、平左衛門にも解った。しかし、老人は容赦なく軍人を斬殺して駆ける。そのせいで徐々に距離が詰まっていっている。

「平左、あれ……」

丑末が乗降場を指差す。また軍人が雪崩れ込んだのか。しかし、今はそのような場合ではない。愁二郎が乗れるか、乗れないか、それだけである。

「来い……来い……来い!!」

平左衛門が祈るように叫んだその時、愁二郎が大きく舞い上がった。

「よし!!」

車両から身を乗り出し、平左衛門はぐっと拳を固めた。愁二郎は連結部を勢いよく蹴り飛ばし、下等車両の屋根をしかと摑んだのが見えたからである。

「こんな荒っぽい乗り方する客は初めてだ」

屋根に身を引き上げようとする愁二郎を見て、平左衛門は苦々しく笑った。己たちだけで、日本人だけで初めて走らせたこの時、乗せたのが変わった客だったことを生涯忘れないだろう。

そういえば、娘の名前だけは聞いていなかった。平左衛門が尋ねると、娘は頰の紅潮した顔を向け、

「双葉です」

と、名乗った。その時、機関車もまた遅れた挨拶をするように、暮れ始めた空に向

けて汽笛を鳴らした。

二

か間に合った。

愁二郎は歯を食い縛りながら、車両の縁に掛かった指に力を籠めた。際の際、何と

幻刀斎と対峙してすぐ、軍は弁天橋を渡って乱入。衆人を巻き込む訳にいかぬので

発砲は無かったが、銃剣、サーベルなどで襲い掛かって来る。愁二郎と幻刀斎、共に

相手との戦いを継続しつつ、わらわらと押し寄せる軍人も退ける。今日、横浜各所で

頻発した事変の数々、その総仕上げともいうべき混乱の極致であった。

汽笛の音を聞き、愁二郎は蒸気機関車へと向かった。舎はすでに軍に占拠されてお

り突破に時間を要する。

線路の柵にも軍人が殺到していた。そこを踏み越えて行こうとした矢先、人の圧に

耐えかねて柵が倒壊。軍人の山を踏み越え、線路で邪魔をする者を排除し、何とかこ

うして摑まれたという訳だ。

先頭付近から乗り出している人がいるのが見えた。そこに双葉たちもいるのだろ

う。後ろの車両には軍人が充満しているので、屋根を伝っていくのがよい。身を引き起こそうとしたその時、愁二郎の脚が鉛の如く重くなった。

「幻刀斎――」

愁二郎は息を呑んだ。幻刀斎が自身の右脚にしがみついている。

「降りよ」

幻刀斎が嗤う。その口内は柘榴を割ったように赤い。

軍人の群れを駆け抜ける、機関車の連結部分を蹴って飛ぶ。貪狼と武曲を同時に出す必要があり、ただでさえ相性の悪い北辰を遣う余裕は無かった。幻刀斎が何処にいるのか、最後で見失ってしまった結果である。

「離せ」

愁二郎は片手で刀を振るが、幻刀斎は蛇のように唸って躱す。また幻刀斎も片手で斬り掛かって来る。それを防ぐので精一杯である。

――駄目だ。

貪狼が使えない。甚六は残り限られた時間の中、貪狼の制約についても手短に教えてくれた。貪狼は自身に降りかかった攻撃を追尾する。この時、触れている者がいればそれも「自身の一部」と判断する。但し、守る範囲が大きくなる分、貪狼が追える攻撃の数が減る。この触れるというのが、貪狼の鍵になってくる。

こうして敵に触れられた時、それもまた貪狼は一部と判断してしまう。自らが自らを傷付ける行為に関しては、貪狼は機能しないので、敵に掴まれた今のような場合も一切使えなくなるのだ。

「お前は……何なんだ！」

離れろ。邪魔をするな。その一心で斬り払おうとするからか、口を衝いて出たのは根源的な、最も初歩的なこと。岡部幻刀斎とは一体、何なのかという疑念だ。

「ただ追う者よ」

「この時代だ！　お前さえ討てば、どうせ後はないのだろう！」

京八流と朧流。如何なる時も次代に受け継いできたという。が、この明治という時代の変革は、これまでの如何なる時代のそれをも凌駕している。京八流が崩壊しつつあるように、朧流もきっと風前の灯火。甚六はそう推理していたからこそ、今の幻刀斎さえ討てば全てが終わると考えていたのだ。

ほんの少しの動揺でも誘えれば、そんなつもりで吐いた言葉は意外な成果をもたらした。幻刀斎が刺突を繰り出しながら、

「故に儂がやらねばならぬのだ」

と、呻いたのだ。甚六の推理が当たっていると、幻刀斎自身が認めたということ。この怪老さえ倒せば、次代の幻刀斎はおらず、朧流は終焉を迎えるということだ。

「東京へ来い！」

愁二郎は脚を振って突きを逸らした。避けられはしたものの、振りほどくことは出来ない。機関車はもうかなりの速さとなっており、足元を地が勢いよく流れていく。

「まずはお主だけでも――」

愁二郎は息を呑んだ。足元ばかり見ていたので、迫っていることすら気付かなかった。何故、この男がここに――。

「爺、どけ」

遠雷のような低い声。眼帯。爛々とした隻眼。幻刀斎の背に向けて野獣の如く躍りかかる。乱斬り、貫地谷無骨である。

刹那、脚がふっと軽くなった。幻刀斎が手を離し、腰を回して、無骨の一撃を辛うじて受けたのである。

「そいつを殺るのは俺だ」

「貴様……」

空中で鍔迫り合いの恰好、互いがほぼ同時に唸る。愁二郎は落下を見届けるより早く、車両の屋根に一気に身を引き上げた。

「上だぞ！」

車窓から身を乗り出して見ていた軍人がいたらしい。その声を切っ掛けに、車両の左右から脚を摑まんと無数の手が湧き出す。走行中にも拘わらず、車窓に足を掛けて屋根に上がろうとする豪胆な者もいる。

「前に！」

機関士だろう。男が懸命に腕を振って促す。

墨壺を使って線を引くように、愁二郎は屋根の中心を真っすぐ駆け抜け、前の車両へと飛び乗っていった。

横浜停車場を出て暫く行くと、機関車は海の上を通る。厳密に言えば、海を埋め立てて建築された石造りの堤防の上を走るのである。

愁二郎が前から二両目に飛び移った時、西日を受けて薄紅色に滲む海へと出た。潮の香りがどっと押し寄せて来る。

「凄い男だ」

先程、手招きをしていた男が、一両目からこちらを見上げて感嘆の声を漏らした。

「あんたは？」

「平野平左衛門……いや、名はどうでもいいか。この機関車を動かしている一人だ」

「ありがとう。助かった」

「本来は五つの停車場に止まるが、これは臨時特別便だ。新橋まで一気に走らせる。大森《おおもり》停車場が出来たことで通常は五十八分かかるが、四十七分で辿り着く予定だ」

「解った。平野さん、頼む」

「任せてくれ」

平左衛門が自らの胸をどんと叩いた時、横からひょいともう一人顔を出した。

「双葉、無事で良かった」

「愁二郎さんこそ」

双葉は輝く海を背に微笑んだ。景色が流れていく。今、この瞬間も東京に近付いていっているのだ。

「……本当にいいんだな？」

愁二郎は改めて訊いた。東京まで行くと決めたことである。手立てを考えている訳ではない。しかし、品川を越えてしまえば後戻りは出来ない。脱けるならば今が最後の機会だ。

「皆と一緒に」

「行こう」

二人の視線が風の中で合わさった。あの日、天龍寺で手を摑んだ。今、双葉がいたからこそ、ここまで来られたと心より思えた。

「あっ……」

双葉が小さく声を上げる。愁二郎は首だけで振り返った。

誰かが試してみて、案外いけるとでも言ったのだろう。軍兵が続々と屋根に上がって来ている。

屋根だけではない。連結部を伝い、窓枠を使って、前の車両へと向かっている者たちもいた。一体、何人が乗り込んだのか。三十、いや五十はいるか。かなりの数であるのは間違いない。この機関車を遠くから見たならば、芋虫に蟻が群れているかのようであろう。

「あー、疲れてんのに。やるしかないか」

客車の中から、響陣の億劫そうな声だけが聞こえた。

「あんたは何もしてないでしょう」

彩八も姿は見えないものの、呆れていることだけは判った。

「いや、俺はお前らずっと探したし」

「いいから。やるよ」

「はいよ」

響陣、彩八が一両目の左右から姿を見せたかと思うと、颯爽と身を回して二両目の中、愁二郎の真下へと移った。

愁二郎がゆっくりと立ち上がった時、背後から声が掛かった。

「嵯峨様、お取り込みのところ申し訳ございません」

「橡……お前もいたのか」

愁二郎は振り返らずに答えた。

「先刻、黒札が出ました」

「そうか」

最後尾が箱根宿を越えたということ。しかし、この状況ならば、最早さして興味はなかった。

「二百二十二番、天明刀弥様です」

「とうや……」

初めて聞く名である。ずっと邂逅しなかった残り一人だろう。

どの様に書くのかは判らない。が、我が子と同じ名であることに些か驚いた。

「それに札を確かめねばなりません。皆様にはすでにお伝えしましたが、陸蒸気での移動となれば品川停車場を関所とさせて頂きます」

椽は揺れの中で続けた。

「解った」

「香月様、柘植様、衣笠様はすでに三十点をお持ちのようですが、嵯峨様は二十三点しかお持ちでないはず。あと品川まで四十分ほど……このまま停車場を過ぎた時には失格となってしまいます」

「随分と親切じゃないか」

愁二郎が皮肉交じりに返した。ほんの僅かな無言の後、椽は波音の間に言った。

「陸蒸気内に他の札はありません。嵯峨様が御三方から奪うということはないでしょう……品川停車場の前で飛び降りることをお勧め致します」

「その必要はないようだ」

「それは一体どういう……」

愁二郎の言う意味が解らぬようで、椽の声には困惑の色が混じっていた。

屋根の上には軍兵が二十人ほど。今の間、腰を低くして振動に備えつつ、じりじりとこちらに迫っていた。すでに中頃、四両目の客車にまで到達している者もいる。

「手伝いいるか？」

足元、車両の天井を通して響陣が尋ねた。

「いいや、俺一人でいい」

愁二郎は遠くを見据えていた。軍人の群れの先、最後尾の車両。先刻、上がって来る男がいた。腰から鞘ごと刀を抜くと、ゆっくりと白刃を解き放つ。全てが終わるまで、もう納めるつもりはないという意志の表れか。鞘を足元に転がすように捨てた。噎せ返るほどの殺気を全身から放ちながら、向こうもまた、己を射貫くように見つめている。

叢雲が風に流れていき、遠くに泰然と聳える富士の山が見えた。

白波が立つ。茜が滲む。一定の律動を刻んで、線路の継ぎ目を跨ぐ音が響く。まるで衝突までの残り時間を数えるように。

「神奈川停車場通過！」

海が途絶えた直後である。平左衛門が大音声で告げ、汽笛が雄々しく鳴り響いた。

それが、合図となった。

愁二郎は駆け出す。軍人たちの銃が一斉に火を噴き、撒き散らされた硝煙が景色と共に流されていく。それとほぼ同じ速さで、愁二郎は脚から滑り込み、擦れ違い様に二人の腿を斬っていた。

絶叫は二人分ではない。足元からもくぐもった悲鳴が跳ね回っている。車両内でも戦いが始まっていた。下で銃声が鳴った瞬間、響陣が窓枠を摑んで外に飛び出て来た。壁を踏んで躰を支える響陣に向け、

「手を貸すか？」

と、愁二郎は降り注ぐサーベルを撥ねながら問うた。

「阿呆。余裕や」

響陣は苦笑すると、また足から車内へするりと入る。外の様子を窺おうとした兵卒の顔を蹴飛ばしながら。

「一人やるのに時間掛け過ぎ」

彩八の小言。先程から小刻みな金属音、呻き、喚き、嘆きが間断無く聞こえている。狭い車両で、文曲が猛威を振るっている。

「こっからや」

響陣の軽い威勢と共に、二、三人の叫喚が同時に巻き起こった。

狭い車両の中でも混戦が繰り広げられている中、愁二郎はその間にも四人を屠りな

がら前に進んでいる。サーベルを絡めとって飛ばし、脇を浅く斬りつける。眼前に向けられた筒先を摑んで逸らし、弾丸は他の兵卒の肩に当てる。丁度、溜池に差し掛かったところで、銃剣を躱して立て続けに二人蹴り落とした。

三

絶叫が渦巻いているのは己の周り、車両の中だけではない。汽車の最後尾からこちらに近付いて来ている。こちらは絶叫の域を遥かに超えており、断末魔といったほうが相応しい。

出来る限り命は奪わぬようにする己とは違う。何の躊躇いもなく、むしろ丁寧に野花を摘むように消していく。

「刻舟！」

貫地谷無骨が、舞うやすぐに流れゆく血風の中で叫んだ。走り出した汽車に追いつき、幻刀斎に斬り掛かり、共に落ちた。が、逃さぬという執念が、己と戦うことへの渇望が、すんでのところでしがみつかせたのだろう。そして、最後尾車両より這い上がって来た。

戦いが始まる前も、最中も、今この間も、ずっと目が合い続けている。軍兵という障壁を両側から切り裂くようにして、二人の間の車両を一両、また一両と減らしていく。

「鶴見停車場！　品川まであと二十八分!!」

椽とのやり取りを聞いていたのだろう。何か判らずとも品川までの時間が重要なのだと察したのだ。平左衛門が報せようと必死に吼えた。新橋からこちらに向かっていた機関車が交錯に備えて脇線に入っている。

擦れ違う機関車に向け、無骨が巨漢の兵卒を痛烈に蹴り飛ばした。手足をばたつかせて宙を漂ったのも一瞬、堅牢なる鉄の塊に衝突。牛蛙《うしがえる》の如き呻きが瞬く間に流れていく。

無骨は首を振って銃撃を躱し、また前へ、車両を詰めた。互いの間に残るはもう一両のみ。幕末から蘇った二人の人斬りに圧倒され、二十数人の軍兵が所狭しと押し込められている。後ろに向けて、示し合わせて三人が飛ぶ。しかし、その内二人は空で首を斬られて絶命し、一人も足が着くや否や頽れた。前、こちらには二人。肩と腿を裂いて、顎を小尻で殴って瞬く間に沈める。

ここは停車場の間隔が近い。橋に差し掛かり、愁二郎がさらに下士官を川に投げ飛

ばした時、

「川崎停車場！　残り二十分‼」

と、平左衛門が叫び、汽笛が鳴らされる。蒸気が頭上を越えていく。それは過去に戻っていく一筋の雲のように見えた。

文明の奏でが消えゆく前に、遂に同じ車両へ。幕末の京、宮宿、浜松郵便局、四度目にして、これが最後――。

「お前を殺す」

「終わりにしよう」

互いの宣誓と共に刃が邂逅した。

鍔迫り合いになるや、愁二郎は後ろに飛んで小手を狙う。洒落臭《しやらくさ》いとばかりに、無骨は刀を回して弾きつつ、ひたすら前へと突き進んでくる。

腰を両断しそうなほどの胴払いを受けると、その勢いのままに身を転じ、愁二郎は颯《はやて》の如き足払いを見舞った。

「同じ手は止めろや！」

無骨は軽々と飛び越え、鉄槌のような一撃を、間髪を容れずに落雷の如き二撃を打ち込む。何とか受けたものの、あまりの圧に膝が折れそうになり、愁二郎は再び独楽のように旋回して猛威をいなした。

一進一退、二本の白刃が舞い踊るように交錯し、随分と傾いた陽が煌めかせる。この間、残った軍兵たちも、ただ黙って見ていただけではない。己たちを制圧しようとするものの、竜巻に呑まれるように倒れていく。そして、最後の一人が戦意を失って這うように逃げていった。

「義眼はなしか」

「端から全力だ」

無骨は義眼をしていない。どこで手に入れたか、代わりに漆黒の眼帯をしている。義眼を外せば強くなる。どういった理屈か判らないと本人も言っていた。そもそもこの男に理屈など無い。

「そんなもんか！」

無骨の剣が加速する。

乱斬り。この男がそう呼ばれるようになったのは、敵味方の見境なく斬り掛かるからだけではない。弛《たゆ》まず繰り出す圧倒的手数。無骨は五月雨の如く斬撃を浴びせて来る。

が、それに一々、一瞬なりとも思考を奪われていた浜松の時とは違う。今は考えるより先に感じて、四肢が、貪狼が応じる。

「そりゃあ、お前の弟とか言っていた男の技……てめえ、手ぇ抜いてやがったのか!!」

以前は見せず、今になって遣う。無骨から見ればそうであろう。斬撃に激昂が乗り、一層の重さを生んだ。

「信じないだろうが受け継いだ」

「何だ。強くなったってことか!」

無骨は呆気ないほどすんなりと信じた。袈裟、逆風、唐竹、刺突。ここに来て、無骨の手数がさらに増える。まるで歓喜を斬撃に変えているように。

この男はやはり理屈の枠外を生きている。

一方、残された時間は刻一刻と減っている。一分、一秒、強さが増している。

愁二郎は武曲で脚を刻みつつ、無骨の喉元に向けて貫穿《かんせん》を放った。守っているだけでは決着がつかない。

「何……」

無骨は紙一重で躱した。首の薄皮が裂けて血が滲むのみ。熱波よりも速い胴払いを返して来た。何とか受けたものの、刃が滑って腕を斬られた。

ここで畳みかけられるとまずい。北辰で視えている。背後は連結部で逃げ場がない。愁二郎は前へと踏み出し、無骨の脇を駆け抜けた。再び斬撃が来るが、戻った貪狼がこれは食い千切る。

互いの位置が入れ替わった恰好である。愁二郎は振り向かずそのまま最後尾に向かった。四肢に大傷を負って勝てる相手ではない。腕の傷を確かめる猶予が欲しかったのである。

「やはりな。攻め手に回った時は出ないんだろう?」

無骨はけけと嗤った。

甚六は無骨と戦ったことがあると言っていた。貪狼の弱点に気付いているかもしれないとも。かといって、狙ってすぐに出来る訳ではない。天賦の才を有しているとしか言えない。

――いけるか。

愁二郎は走りながら傷口を診た。出血こそ夥《おびただ》しいが、幸い骨には達していない。少しでも双葉たちから離したかったということもある。愁二郎は最後尾の車両まで進み、息を整えつつ身を翻した。無骨は愉悦に浸るように悠々と近付いて来る。

「……札が欲しいか」

「あ?　ああ……どうでもいい。お前とやりたいだけだ」

真に忘れていた様子。素朴なまでの戦への執心だけが、無骨を突き動かしているらしい。無骨は思い直したかのように言った。

「東京に行けば、強い奴とやれるかもな。お前こそ足りているのか」

「二十三点だ」

「おいおい、お前こそ足りねえじゃねえか。安心しろ……たんまりと持っているからよ」

無骨は襟を分けて胸元を見せた。無骨の首にあるのは最初の一点だけではない。より好敵を求めるためだろう。青や白の札にもわざわざ穴を空け、いつでも、誰でも、奪ってみろと言わんばかりに、これ見よがしに首から下げている。

遠くからでも北辰で判った。二十七点あると。だからこそ途中で降りることを勧めた椽に、

——その必要はないようだ。

と、答えたのである。

機関車は橋を行く。多摩川《たまがわ》を越えた。横浜を出てすぐにあったような、海の上を真一文字に走る石造りの堤防。東京までを結ぶ最後の道。その手前、小さく品川の町が見えている。

「合わせても二人は無理だな」

無骨は心底嬉しそうに頬を緩めた。

「ああ」

「奪ってみろ」

無骨が掌を上に手招きした時、

「大森停車場！　残り……七分!!」

と、平左衛門が、品川までの最後の停車場の通過を告げた。

本来、戦わずともよい者たちを戦わせる。ここに来て、蠱毒の原点へと立ち返る。

それに抗い続ける旅であった。

それに抗い続けて来た人の、己を呼ぶ声が聞こえた。

「行こう」

愁二郎は応じると、旅の果てへと踏み出した。

乱れ撃たれる刃を掻い潜る。

刃の旋律の中、二人の男が踊るように躍動する。流れゆく景色の中、愚かしくも美しい、過ぎ去った時代が見える気がした。

今、無骨からは不思議と狂気は感じなかった。ただ純粋に遊びを楽しむ童のような眼に見えた。

互いの躰に無数の小さな傷が出来、血の粒が風に飛ぶ。その中で無骨の剣はさらに冴え渡り、

「宗太《そうた》……やはり止まれねえな」

と、何処の誰とも判らぬ名を呟いた。

こんな無骨にも、ここまで生きて来た旅があるのだと今更気付いた。背負うものを、生きて来た道を、確かめ合うように刃を重ねる。

汽笛が何度も鳴る。報せている。残された時が僅かだということを。この戦いがまもなく終わるということを。

愁二郎の斬り上げ、無骨の袈裟斬り、宙で弾けて甲高い音を鳴らした。大久保より贈られた刀、旅の無事を祈念する刀、丹波守吉道が二つに折れた。

「刻舟、終わりだ」

無骨は名残惜しそうな声と共に、刀を斬り返して来る。

脇差を抜く余裕は無い。後ろに退く間も。

愁二郎はまだ前へ踏み出す。

無骨の刃を潜り、地を蹴って宙を舞う。

北辰ははきと回転を捉えている。貪狼は落ちる速さを感じている。刹那、北辰を打ち消して、最も長く付き合ってきた技に、残された全てを込めた。

「武曲……」

線路を走る音だけが響く。

無骨の首紐が切れ、乾いた音と共に札が落ちた。

「……凄えな」

無骨は空を見上げていた。

その胸を深々と、折れた吉道の先が貫いている。

空を舞う鋩《きっさき》の回転を際の際まで北辰で視て、貪狼で落ちる速さを捉え、武曲で宙を飛び蹴り、踵で撃ち込んだのである。

「刻舟……嵯峨愁二郎だったか」

「ああ」

無骨は目を細めて静かに呼んだ。口から止めどなく血が溢れている。

「それで……東京……楽しめるのか？」

愁二郎の手、折れた吉道を見ながら、無骨は囁くように訊くと、

「村雨《むらさめ》だ。持ってけ」

と、自身の刀をふわりと投げた。

愁二郎が宙で受け取った時、無骨はすでに後ろに大きく傾いていた。過ぎ去りし風を全身で追うように。

「ああ……楽しかった」

満足げな声だけを残し、無骨は姿を消した。

汽車は全てを置き去りに進む。線路に大の字に寝そべる姿は、やはり遊び疲れて眠る無邪気な童のようであった。

「百二十番香月双葉様、東京二番乗りです！」

橡の声が聞こえた。先頭車両が品川停車場に入っている。続いて、

「百六十八番衣笠彩八様、三番乗り。九十九番柘植響陣様、四番乗り！」

と、続けられる。

橡が車両からさっと身を乗り出し、真っすぐこちらを見つめる。愁二郎は屋根に落ちた札の元へ跳んだ。

品川停車場の乗降場へ突入したのは、札を掴んだ次の瞬間であった。

京より百二十五里。四百九十三キロメートル。天龍寺を出てから十五日。五月二十

日、午後五時十七分――。

「百八番嵯峨愁二郎様……蠱毒、東京五番乗りでございます！」

橡が高らかに宣言した。

品川停車場を過ぎて、再び海の上を行く堤防に入る。

煙突から濛々と噴き出す煙の向こうに、大都東京の果ての見えぬ街並みが広がっている。

身を乗り出してこちらを見つめている。愁二郎は潮風を頰に受けながら、この旅を共に歩んだ少女に微笑みを返した。


――残り、九人。

（人ノ巻　了）

本書は文庫書下ろし作品です。

|著者|今村翔吾　1984年京都府生まれ。2017年『火喰鳥 羽州ぼろ鳶組』でデビュー。'20年『八本目の槍』で第41回吉川英治文学新人賞を受賞。同年『じんかん』で第11回山田風太郎賞を受賞。'21年「羽州ぼろ鳶組」シリーズで第6回吉川英治文庫賞を受賞。'22年『塞王の楯』で第166回直木賞を受賞。他の著書に、「くらまし屋稼業」シリーズ、『童の神』『ひゃっか！ 全国高校生花いけバトル』『幸村を討て』『茜唄』（上・下）『戦国武将を推理する』『海を破る者』『五葉のまつり』などがある。

イクサガミ　人《じん》

今村翔吾《いまむらしょうご》

2024年11月15日第1刷発行
2025年3月24日第4刷発行

発行者——篠木和久
発行所——株式会社　講談社
東京都文京区音羽2-12-21　〒112-8001
電話 出版 (03) 5395-3510
販売 (03) 5395-5817
業務 (03) 5395-3615

Printed in Japan

講談社文庫

定価はカバーに
表示してあります

KODANSHA

デザイン—菊地信義
本文データ制作—講談社デジタル製作
印刷———株式会社KPSプロダクツ
製本———株式会社国宝社

ISBN978-4-06-531163-9

講談社文庫刊行の辞

二十一世紀の到来を目睫に望みながら、われわれはいま、人類史上かつて例を見ない巨大な転換期をむかえようとしている。

世界も、日本も、激動の予兆に対する期待とおののきを内に蔵して、未知の時代に歩み入ろうとしている。このときにあたり、創業の人野間清治の「ナショナル・エデュケイター」への志を現代に甦らせようと意図して、われわれはここに古今の文芸作品はいうまでもなく、ひろく人文・社会・自然の諸科学から東西の名著を網羅する、新しい綜合文庫の発刊を決意した。

激動の転換期はまた断絶の時代である。われわれは戦後二十五年間の出版文化のありかたへの深い反省をこめて、この断絶の時代にあえて人間的な持続を求めようとする。いたずらに浮薄な商業主義のあだ花を追い求めることなく、長期にわたって良書に生命をあたえようとつとめるところにしか、今後の出版文化の真の繁栄はあり得ないと信じるからである。

同時にわれわれはこの綜合文庫の刊行を通じて、人文・社会・自然の諸科学が、結局人間の学にほかならないことを立証しようと願っている。かつて知識とは、「汝自身を知る」ことにつきていた。現代社会の瑣末な情報の氾濫のなかから、力強い知識の源泉を掘り起し、技術文明のただなかに、生きた人間の姿を復活させること。それこそわれわれの切なる希求である。

われわれは権威に盲従せず、俗流に媚びることなく、渾然一体となって日本の「草の根」をかたちづくる若く新しい世代の人々に、心をこめてこの新しい綜合文庫をおくり届けたい。それは知識の泉であるとともに感受性のふるさとであり、もっとも有機的に組織され、社会に開かれた万人のための大学をめざしている。大方の支援と協力を衷心より切望してやまない。

一九七一年七月

野間省一

内田康夫 終幕《フイナーレ》のない殺人
内田康夫 御堂筋殺人事件
内田康夫 記憶の中の殺人
内田康夫 北国街道殺人事件
内田康夫 「紅藍《くれない》の女《ひと》」殺人事件
内田康夫 「紫《むらさき》の女《ひと》」殺人事件
内田康夫 藍色回廊殺人事件
内田康夫 明日香の皇子
内田康夫 華の下にて
内田康夫 黄金の石橋
内田康夫 靖国への帰還
内田康夫 不等辺三角形
内田康夫 ぼくが探偵だった夏
内田康夫 逃げろ光彦〈内田康夫と5人の女たち〉
内田康夫 悪魔の種子
内田康夫 戸隠伝説殺人事件
内田康夫 新装版 死者の木霊
内田康夫 新装版 漂泊の楽人
内田康夫 新装版 平城山《ならやま》を越えた女

内田康夫 秋田殺人事件
内田康夫 孤道
和久井清水 孤道 完結編〈金色の眠り〉
内田康夫 イーハトーブの幽霊
歌野晶午 死体を買う男
歌野晶午 安達ヶ原の鬼密室
歌野晶午 新装版 長い家の殺人
歌野晶午 新装版 白い家の殺人
歌野晶午 新装版 動く家の殺人
歌野晶午 密室殺人ゲーム王手飛車取り
歌野晶午 新装版 ROMMY 越境者の夢
歌野晶午 増補版 放浪探偵と七つの殺人
歌野晶午 新装版 正月十一日、鏡殺し
歌野晶午 密室殺人ゲーム2.0
歌野晶午 密室殺人ゲーム・マニアックス
歌野晶午 魔王城殺人事件
内館牧子 終わった人
内館牧子 別れてよかった〈新装版〉
内館牧子 すぐ死ぬんだから

内館牧子 今度生まれたら
内田洋子 皿の中に、イタリア
宇江佐真理 泣きの銀次
宇江佐真理 晩鐘〈続・泣きの銀次〉
宇江佐真理 虚ろ舟〈泣きの銀次参之章〉
宇江佐真理 室の梅〈おろく医者覚え帖〉
宇江佐真理 涙堂〈琴女《ことじょ》癸酉《きゆう》日記《につき》〉
宇江佐真理 あやめ横丁の人々
宇江佐真理 卵のふわふわ〈八丁堀喰い物草紙・江戸前でもなし〉
宇江佐真理 日本橋本石町やさぐれ長屋
浦賀和宏 眠りの牢獄
上野哲也 五五五文字の巡礼〈魏志倭人伝トーク 地理篇〉
魚住昭 渡邉恒雄 メディアと権力
魚住昭 野中広務 差別と権力
魚住直子 非・バランス
魚住直子 未・フレンズ
魚住直子 ピンクの神様
上田秀人 密封〈奥右筆秘帳〉
上田秀人 国禁〈奥右筆秘帳〉

講談社文庫　目録

2024年12月13日現在